Werner Bauknecht

Totgelaufen

Ein Tübingen-Krimi

Oertel+Spörer

Dieser Kriminalroman spielt an realen Schauplätzen.
Alle Personen und Handlungen sind frei erfunden. Sollten sich dennoch Ähnlichkeiten mit lebenden oder verstorbenen Personen ergeben, so sind diese rein zufällig und nicht beabsichtigt.

Postfach 16 42 · 72706 Reutlingen

2. Auflage 2014

Titelbild: Jens Hilberger
Umschlaggestaltung: Bettina Mehmedbegović,
Oertel + Spörer Verlag
Satz: Uhl + Massopust, Aalen
Druck und Bindung: CPI books GmbH, Ulm
Printed in Germany.
ISBN 978-3-88627-929-6

Werner Bauknecht

Totgelaufen

Über dieses Buch

So hatte sich das Hauptkommissar Martin Löffler vorgestellt. Kaum aus Hamburg in seiner alten Heimat Tübingen zurück, wird ein Teilnehmer beim Stadtlauf auf der Neckarbrücke erschossen. Kein guter Anfang, denkt sich der Kommissar, denn eigentlich wollte er erst einmal sein Team kennenlernen. Allen voran diese etwas aufmüpfige Monika Berger, die jede Gelegenheit nutzt, ihm an den Karren zu fahren. Als die Ermittlungen in Gang kommen, geschieht ein zweiter Mord, der den Beamten Rätsel aufgibt. Zwei Tote und keine Erklärung, so steht Martin Löffler schließlich da. Zeit, seine Verbindungen spielen zu lassen und etwas genauer zu recherchieren. Auf der Suche nach dem Motiv taucht eine Spur auf, die in einen richtigen Dopingsumpf führt.

Werner Bauknecht ist in Tübingen geboren, studierte in München Soziologie, Betriebswirtschaft und Politik.
Er lebt mit seiner Familie in Rottenburg und arbeitet als freier Journalist. Der Autor hat bereits zahlreiche Kurzgeschichten, Drehbücher und Theaterstücke veröffentlicht.

1

Eingebettet in den jährlich stattfindenden umbrisch-provenzalischen Markt, lockte der Tübinger Stadtlauf, der drei Mal durch die malerische Altstadt, vorbei am Anlagensee jenseits des Neckars und dann über die Neckarbrücke hinauf zur Stiftskirche führte, Jahr um Jahr Tausende von Zuschauern an. Sie verbanden den leiblichen Genuss, den der Markt mit seinen französischen und italienischen Spezialitäten bot, mit einem sportlichen Spektakel, das in der Region seinesgleichen suchte. Angeführt von kenianischen Spitzenläufern, lieferte sich die deutsche Langlaufelite oft spektakuläre Duelle, die, zum Vergnügen der Zuschauer, erst auf der Zielgeraden entschieden wurden. Auf einer eigens aufgebauten Stahlrohrtribüne stand an diesem Tag alles, was in Tübingen Rang und Namen hatte, bereit, sich ihrem Volk zu zeigen und sich sachkundig zu geben, falls ihnen das Mikrofon des Moderators nahe genug kam. Von hier oben hatte man naturgemäß den besten Überblick über die Läufer, die sich am Start vom Beginn der Neckarbrücke nach hinten, fast bis zur Blauen Brücke, drängten.

Horst Schmid, Krankenpfleger in der hiesigen Uniklinik, hatte sich durch das riesige Teilnehmerfeld hindurch – fast Tausend Läufer und Läuferinnen drängten sich nervös vor der Startlinie – heimlich nach vorne gemogelt. Er wusste vom vergangenen Jahr noch, wie es sich anfühlte, im Pulk loszurennen und zu versuchen, der Enge und den heftigen Stößen und Schlägen in die Rippen zu entkommen. Er wollte von ganz vorne starten, um dann, wenn er sich von den Menschentrauben befreit hatte, seinen eigenen Rhythmus für die Strecke zu finden.

Die Stimmung unter den Läufern und Läuferinnen war großartig. Zum tollen Wetter kam noch die Freude am Laufen dazu, und die Aussicht, gleich durch Altstadtgassen zu rennen, die von Tausenden Schaulustiger gesäumt waren, die jeden der Teilnehmer anspornten. Viele liefen in Gruppen zusammen oder ganze Familien nahmen am Lauf teil.

Horst Schmid war ein Alleineläufer. Wenn er von seinen anstrengenden Schichten nach Hause kam, schnürte er in der Regel sofort seine Laufschuhe und rannte durch den Schönbuch. Er wohnte in Lustnau, direkt am Stadtrand. Nach wenigen Hundert Metern war er schon im Wald und konnte sich durch sein Laufen langsam von der Anstrengung des Tages befreien. Erst wenn er dann, nach etwa vierzig Minuten, wieder zurückkehrte, hatte er das Gefühl, zu Hause angekommen zu sein.

Seine Frau verstand das nicht. Vor allem hatte er, was ihr noch weniger gefiel, während der vergangenen Wochen sein Pensum an Laufkilometern noch erhöht. Außerdem nahm er jeden Dienstag und Donnerstag am Stadtlaufvorbereitungsprogramm teil. Dazu fuhr er eigens mit dem Auto zum Lauftreff auf dem Sand, einem auf der Höhe liegenden Stadtteil Tübingens. Dort bot der Veranstalter Trainingsmöglichkeiten zusammen mit deutschen und kenianischen Assen an, die gemeinsam mit den Hobbyläufern die Trainingsläufe absolvierten.

Das war eine tolle Sache, neben einem Olympiasieger oder Weltmeister herzulaufen, und ihm unterwegs Fragen zu seinen Trainingsmethoden zu stellen. Die überaus freundlichen Weltklasseathleten aus Afrika waren jederzeit für solche Fragen aufgeschlossen, auch wenn die Unterhaltung nur in radebrechendem Englisch gehalten werden konnte.

Das Läuferfeld zog sich langsam zusammen. Es war noch eine Minute bis zum Start, wie der Moderator bekannt gab. Der Bürgermeister der Stadt hielt bereits die schussfertige Starterpistole in der Hand. Dann wurde rückwärts gezählt.

»Fünf… vier… drei… zwei… eins… los!«

Die Pistole krachte, und das Feld setzte sich in Bewegung. Horst Schmid gelang es, sich weitgehend aus den Positionskämpfen herauszuhalten. Sein Puls schlug höher, nachdem er die Steigung in der Neckargasse geschafft hatte. Heftig atmend kämpfte er sich über den Holzmarkt, und nachdem er auch den Marktplatz durchlaufen hatte, ging es ein paar Hundert Meter leicht bergab. Jetzt hatte er seinen Rhythmus gefunden. Zwar wurde er immer wieder von schnelleren Läufern überholt, aber das störte ihn nicht weiter. Er genoss die Freude des Laufens, Platzierungen und Zeiten spielten für ihn keine große Rolle. Allerdings traf das nicht unbedingt auf den Stadtlauf zu. Hier galt es durchaus, sich ehrenvoll, und das hieß: Mit einer guten Zeit, aus der Affäre zu ziehen. Zu viele Bekannte standen an der Strecke, und denen wollte man zeigen, was das ausgedehnte Training bewirkt hatte.

Er bog in die zweite Runde ein. Wieder ging es über die leicht ansteigende Neckarbrücke. Ein Läufer vor ihm schien plötzlich zu stolpern. Er warf die Arme in die Luft, der Oberkörper kippte nach hinten. Dann fiel er auf den Rücken und sein Kopf schlug auf dem Asphalt auf. Dann blieb er bewegungslos liegen.

Horst Schmid, der nur zehn Meter hinter dem Mann lief, konnte gerade noch ausweichen und verhindern, dass er auf ihn trat. Er rannte an dem Liegenden vorbei und schaute dann zurück. Der Mann bewegte sich noch immer nicht. Er versuchte auch nicht, sich aufzurichten oder sich wenigstens vor den nachfolgenden Läufern in Sicherheit zu bringen. Zuerst zögerte Horst Schmid noch einen kurzen Augenblick. Doch dann blieb er abrupt stehen, machte einen Schritt zur Seite, um den Weg für die anderen Läufer freizumachen. Langsam ging er ein paar Meter zurück, hin zu dem am Boden liegenden Mann.

Ganz ruhig lag der Mann da. Er lag auf dem Rücken, seine Augen waren geöffnet. Aber etwas war seltsam mit ihnen. Horst Schmid schaute genauer hin. Die Augen blieben starr, der Mann blinzelte nicht einmal. Schmid kniete neben ihm nieder und fühlte die Halsschlagader. Es war nichts zu spüren. Dann schaute er auf das Trikot des Mannes. Man hatte es nicht gleich erkennen können, weil die Startnummer den größten Teil der Brust bedeckt hatte. Obwohl Horst Schmid sich seit vielen Jahren immer nur um Kranke oder Verletzte gekümmert hatte, an dieses Gefühl würde er sich wohl nie gewöhnen. Auch jetzt sprang er erschrocken auf und trat einen Schritt weg von dem Mann auf dem Boden. Dann, ruhiger werdend und sich wieder fassend, ging Schmid wieder neben dem Mann in die Hocke.

Inzwischen waren auch andere Läufer stehen geblieben. Man ahnte, dass etwas passiert war. Es begann sich eine dichte Traube um den Läufer auf dem Boden zu bilden. Die Neugierde brachte selbst die ehrgeizigsten Zeitläufer dazu, stehen zu bleiben, und den Versuch, eine neue Bestzeit auf dieser Strecke zu laufen, ins nächste Jahr zu verschieben.

Schmid riss dem Liegenden die Startnummer vom Lauftrikot. Auf der Brust war ein großer Blutfleck zu erkennen, der sich an den Rändern ständig vergrößerte. Mitten in dem Blutfleck konnte man einen dunklen, fast schwarzen Punkt erkennen.

»Aber da ist ja eine Schusswunde in der Brust des Mannes«, rief ein Mann, der sich neben Schmid gestellt hatte. »Man hat den Mann erschossen. Das ist ja unglaublich.«

»Aber heute ist doch Stadtlauf«, sagte eine Stimme aus der Menge, »da erschießt man doch keinen.«

»Rufen Sie bitte sofort die Polizei«, sagte Schmid zu der Frau neben sich. »Ich bleibe hier, aber tun kann man für den Mann ohnehin nichts mehr.«

2

Das Tübinger Polizeipräsidium in der Konrad-Adenauer-Straße lag ein wenig da wie ein Supermarkt auf der grünen Wiese. An den Stadtrand Tübingens gesetzt, im Ortsteil Derendingen, erhob es sich als ein schmuckloser Betonklotz. Die meisten Parkplätze vor dem Gebäude waren verwaist, die Polizei fuhr ihren üblichen Sonntagsdienst. In den Büros der Mordkommission hingegen herrschte rege

Betriebsamkeit. Es war Sonntagvormittag, es war umbrisch-provenzalischer Markt, die Sonne schien, und man hätte diesen Tag jederzeit an einem der Badeseen oder im Freibad verbringen können. Dort hätte man auch die Polizisten vermutet. Es war ja nicht so, dass Polizisten kein Wochenende hatten, wie jeder andere Arbeitnehmer auch. Dennoch hatten sich die Kommissarin Monika Berger, ihr Kollege Gerd Stammler und die Sekretärin Annemarie Heim in ihren Diensträumen eingefunden. Das hieß, man hatte sie herbestellt, obwohl sie eigentlich dienstfrei hatten.

Der Anlass war, dass ihr neuer Vorgesetzter, Hauptkommissar Christian Löffler, erwartet wurde. Auf dessen persönlichen Wunsch hin standen sie nun in ihrem Dienstzimmer und warteten. Dass man auf ihre Anwesenheit hier und heute drängte, war ihnen am Freitag in einer E-Mail mitgeteilt worden. Monika Berger hatte das Fenster zur Vorderfront des Gebäudes hin geöffnet. Die noch immer frische Luft strömte in den Raum. Sie erinnerte die Anwesenden daran, was sie verpassten, weil sie hier dem merkwürdigen Wunsch eines offensichtlich extravaganten neuen Chefs nachkommen mussten.

Schweigend saßen sie in dem Raum. So richtig Lust hat niemand, etwas zu reden. Was Wunder, sie sahen sich ohnehin fast jeden Tag. Monika Berger stand von ihrem Stuhl auf und ging langsam durch den Raum. Es schien, als sei sie vollkommen in Gedanken versunken, als nehme sie überhaupt nicht wahr, wo sie sich befand.

Kommissarin Berger war eine hübsche Frau. Sie war fast ungeschminkt, nur ein zartroter Lippenstift sorgte für einen Farbfleck in ihrem Gesicht. Imposant war ihre Größe. Fast eins-achtzig maß sie, und das auch bloß dann, wenn sie flache Schuhe trug. Kam sie mit hochhackigen Schuhen oder mit Lederstiefeln, war sie die Längste in der Abteilung.

»Wenn sie mich hier rauswerfen, dann mach ich auf Model«, pflegte sie zu kokettieren, wenn sie bei ihrem früheren

Vorgesetzten, dem jetzt pensionierten Karl Dreher, antanzen musste, weil etwas vorgefallen war. Jedenfalls war es Monika Berger durchaus bewusst, dass sie eine attraktive Frau war, und mit diesem Wissen hielt sie nicht hinter dem Berg. Plötzlich stoppte sie ihrem Spaziergang durch das Büro und blieb stehen. Sie schaute die beiden anderen an.

»Dass sie uns auch einen von außerhalb als neuen Chef vor die Nase setzen müssen«, sagte sie. »Als gebe es nicht genug kompetente Leute aus den eigenen Reihen. Wer braucht schon so ein Nordlicht hier bei uns?«

»Aber er soll doch hier aus der Gegend stammen«, sagte Annemarie Heim, »das habe ich zumindest gehört.«

»Dann wäre er ja bloß ein Rückkehrer«, antwortete Gerd Stammler.

Stammler, ein schlaksiger Mann von etwa fünfunddreißig Jahren mit einem ewigen Dreitagebart, sah übernächtigt aus. Seine Haare waren fettig, und während er auf dem Stuhl an seinem Schreibtisch saß, pulte er mit einer Schere an seinen Fingernägeln. Statt für einen Kriminalpolizisten hätte man ihn genauso gut für einen Streetworker im Milieu straffällig gewordener Jugendlicher halten können. Aber er war ein guter Polizist, der sich schon frühzeitig für Computer interessiert hatte. Gab es Probleme mit den PCs in der Abteilung, kamen die Kollegen zu Stammler, der in der Regel immer Rat wusste.

»Woher weißt du das denn – das mit dem Rückkehrer?«

»Annemarie hat recht«, sagte Monika Berger, »ich hab vorgestern mal ein wenig im Computer herumgestöbert. Man will ja schließlich wissen, was auf einen zukommt. Ein paar Sachen habe ich auch gefunden. Zum Beispiel stammt unser Neuer aus sehr gutem Hause. Du weißt schon, Halbhöhenlage Tübingen. Dann hat er ein erstklassiges Abitur gemacht, anschließend steile Karriere bei der Polizei. Er war immerhin einer der jüngsten Hauptkommissare aller Zeiten. Dann wurde er auch zügig Erster Polizeihauptkommissar. Das ist doch schon was.«

»Oh je«, meinte Stammler, »der Neue ist ein Streber.«

»Oder einfach auch bloß ein guter Bulle«, sagte Annemarie leise, »man muss ja nicht immer gleich den Teufel an die Wand malen. Seht doch auch mal das Positive an der Sache.«

Stammler strich Annemarie über den Rücken.

»Unsere gute Seele. Aber vielleicht hast du ja recht, warten wir einfach ab, was passiert. Außerdem hat er sich bereits um zehn Minuten verspätet.«

Aber Monika Berger war noch nicht fertig.

»Der Mann war übrigens ziemlich erfolgreich, da oben im Norden. Da fragt man sich natürlich, warum er wieder zu uns in den Süden zurückkommt.«

»Heimweh, vielleicht«, mutmaßte Heim.

»Hast du darüber nichts in deinem Computer gefunden«, fragte Stammler.

»Ach, du kennst das ja. Das lief unter Verschlusssache, an die Daten komme ich nicht ran. Zumindest nicht so ohne Weiteres. Allerdings – für einen Spezialisten …«

Die Kommissarin grinste Stammler an. Aber der hatte seine Augen schon auf eine Stelle hinter ihrem Rücken gerichtet.

»Sie haben sich ja gut informiert. Dabei dachte ich immer, dass diese Daten geheim sind. Immerhin gibt es ja so etwas wie Datenschutz und der sollte doch für alle gelten, oder? Besonders für die Polizei – könnte ich mir vorstellen.«

Berger drehte sich zu der Stimme in ihrem Rücken um, und sah einen Mann in der Türöffnung stehen. Locker und leicht stand er da, sodass man den Eindruck haben konnte, dass er nicht erst seit ein paar Sekunden ihrer Unterhaltung zuhörte.

Aber die Kommissarin Monika Berger hatte durchaus das Talent, sich ihre Überraschung nicht anmerken zu lassen.

»Wir sind doch bei der Polizei«, sagte sie, »und hier ist fast nichts geheim.«

Der Mann trat einen Schritt vor und stand nun direkt vor der Kommissarin.

»Dann haben Sie ja auch festgestellt, dass ich einen gewissen Hang zum Erfolg habe. Das ist für einen Job bei der Kripo sicher kein Nachteil, meinen Sie nicht auch? Ach, übrigens, mein Name ist Löffler, Hauptkommissar Christian Löffler. Nur der Vollständigkeit halber: Ich bin Ihr neuer Chef.«

Damit streckte er die Hand aus und reichte sie Monika Berger. Sie gab ihm die Hand, und nahm sich dabei Zeit, den Mann vor ihr genauer zu betrachten. Zunächst einmal sah er aus wie aus dem Ei gepellt. Er trug einen perfekt sitzenden Anzug zu einem perfekt sitzenden Hemd mit einer perfekt sitzenden Krawatte. Er war deutlich über eins-achtzig groß und er war ein schöner Mann. Eindeutig nicht hübsch oder gut aussehend, sondern schön. Attraktiv. Sehr attraktiv.

Wie aus einer Fernsehserie entsprungen. Gecastet von einer Modelagentur. Ein dunkelhaariger Schönling, bei dessen Anblick man sich unwillkürlich fragte, was er denn um Gottes Willen bei der Polizei zu suchen hatte. Oder bei dem man unwillkürlich die Umgebung absuchte, um herauszufinden, wo denn die Filmkameras standen.

»Und, sind Sie zufrieden?«, fragte er die Kommissarin. Erschrocken zog sie ihre Hand zurück. Tatsächlich wurde sie sogar ein wenig rot im Gesicht. Ihre Burschikosität funktionierte offensichtlich nicht in jeder Situation.

»Stammler, Kommissar Gerd Stammler, Computerspezialist. Guten Tag, Herr Hauptkommissar.«

Stammler schüttelte Löfflers Hand und ließ dann Annemarie Heim den Vortritt. Sie stellte sich ebenfalls vor und ergriff Löfflers dargereichte Hand.

»Na schön, das reicht für den Anfang an Vorstellung. Denn tatsächlich sind wir nicht nur für ein erstes Abtasten hier, meine Herrschaften. Der Herr Staatsanwalt hat mich unterwegs angerufen, deshalb auch meine kleine Verspätung. Sie werden es nicht glauben, aber ich bringe Ihnen als Einstand gleich einen neuen Fall mit. Man hat nämlich während des

Stadtlaufs einen Mann erschossen. Auf offener Straße. Mitten im Laufen. Unglaublich. Der Mann ist noch am Tatort gestorben. Die Kollegen sind bereits dort. Sie, Frau Berger, und ich fahren zusammen zum Tatort, und Sie beide halten hier die Stellung.«

Löffler drehte sich um und verließ den Raum. Achselzuckend folgte ihm die Kommissarin.

»Das war ja eine kurze und prägnante Vorstellung«, sagte Stammler, »und was machen wir beide jetzt den Nachmittag über?«

»Er sieht sehr gut aus«, sagte Heim, »findest du nicht auch?«

»Ach, Heimchen, du findest doch jeden Mann unter vierzig attraktiv.«

»Vielleicht, aber bei dem hier stimmt es ausnahmsweise auch.«

3

Die beiden Kriminalkommissare hatten die kurze Strecke vom Polizeipräsidium bis zur Tübinger Innenstadt schweigend zurückgelegt. Löffler musste sich als Fahrer darauf konzentrieren, den Massen an Fußgängern auszuweichen, die sich durch die komplett abgesperrte Innenstadt wälzten.

»Sie kennen sich aber gut aus hier«, sagte Monika Berger.

»Sie dürfen nicht vergessen, dass ich in dieser Stadt geboren und aufgewachsen bin. So viel hat sich hier nicht verändert seitdem.«

Löffler fuhr an der Blauen Brücke vorbei, bog nach rechts in die Wöhrdtstraße ein und parkte den Wagen direkt am Verkehrsbüro auf einem Taxiplatz. Einem Taxifahrer, der den anderen der beiden Stellplätze besetzt hielt, zeigte er seinen Ausweis. Der Mann nickte nur gleichgültig und las weiter in seiner ›Bild am Sonntag‹. Den kurzen Rest des Weges legten sie zu Fuß zurück, denn auf der Neckarbrücke gab es kein Durchkommen für einen Wagen.

Die Kollegen hatten den Tatort, der eigentlich nur darin bestand, dass ein Mann auf der Straße lag und tot war, mit einem Band abgesperrt. Mit den Händen und gutem Zureden versuchten die uniformierten Polizisten die Menschen davon abzuhalten, über den Toten zu stolpern, weil deren Neugierde und ihr Voyeurismus sie geradewegs zu der Leiche trieb. Das, was sie bisher nur vom Fernsehen kannten, hatte unversehens Einzug in ihr wirkliches Leben genommen. Dem konnten sie nicht widerstehen. Die Sensation der Realität konnte jetzt mit dem abgeglichen werden, was man sonst nur von der Mattscheibe her kannte. Löffler ging zu einem der Polizisten hin und zeigte ihm seinen Ausweis.

»Ach, der Neue«, sagte der Polizist, schüttelte Löffler kurz die Hand und machte für ihn und Kommissarin Berger den Weg frei.

»Warum dürfen die da rein und wir nicht«, fragte einer der neugierigen Drängler.

»Weil ihr Gaffer seid, und wir Polizisten«, rief Monika Berger dem Mann zu.

Löffler schaute sie erstaunt an, sagte aber nichts. Krankenwagen und Notarzt waren über die Gartenstraße zur Neckarbrücke gekommen. Dadurch konnten sie nur wenige Meter entfernt von der Leiche ihre Wagen abstellen. Ein Mann kniete neben dem Toten und schien ihn zu untersuchen. Berger und Löffler beugten sich über die Leiche und verschafften sich so einen ersten Eindruck.

»Die Spurensicherung ist schon da«, stellte Monika Berger fest, »haben Sie die angerufen?«

»Nein, das war der Staatsanwalt. Ich habe ihn darum gebeten.«

»Aha, Sie haben ihn darum gebeten.«

»Kommen Sie«, sagte Löffler, »lassen wir die Leute ihre Arbeit tun, wir können da jetzt sowieso nichts machen. Wie wir gesehen haben, hat der Mann eine Kugel in die Brust bekommen. Da er Teilnehmer bei dem Stadtlauf war, rannte er die Neckarbrücke hinauf Richtung Neckargasse. Also muss der Schuss von da vorne gekommen sein.«

»Sie meinen aus der Zuschauermenge heraus?«

»Nein, eher von dort oben.«

Löffler zeigte zum Österberg hinauf. Von ihrem Standort aus konnte man ein ganzes Ensemble eindrucksvoller Verbindungshäuser sehen, die alle in ihrer Höhenlage förmlich auf dem Berg thronten. Direkt vom Ende der Neckarbrücke aus, an der Kreuzung zur Gartenstraße, neben dem Dönergrill, führte eine Steintreppe auf den Österberg. Nach jedem Absatz gab es einen terrassenähnlichen Vorbau, der freie Sicht auf die Neckarbrücke bot.

Die beiden Polizisten stiegen die Treppen hoch. Sie blieben bei jedem der Vorbauten stehen, und untersuchten den Boden vor dem Betongeländer. Bei dem zweiten Vorbau konnte man Spuren sehen, so, als habe dort jemand für längere Zeit gestanden. Die Spuren waren allerdings derart verwischt, dass man auf den ersten Blick kein deutliches Schuhprofil erkennen konnte. Oder es war absichtlich verwischt worden. Löffler lehnte sich gegen das Geländer und tat so, als legte er ein Gewehr an.

»Perfekter Platz, um auf jemanden da unten zu schießen«, sagte er zu seiner Kollegin. »Es sind gerade einmal achtzig bis hundert Meter von hier zur Leiche. Mit einem guten Gewehr ist das kein Problem.«

Monika Berger sah nach unten auf die Neckarbrücke. Noch immer drängten sich die Gaffer um den abgesperrten Tatort, und noch immer hatten die Kollegen alle Hände voll damit zu tun, sie abzuwehren.

Die Kommissarin schüttelte verständnislos den Kopf.

»Ein gut gewählter Platz«, sagte sie dann, »freie Sicht, guter Winkel, und normalerweise schaut niemand hier her. Man kann in aller Ruhe anlegen, schießen und verschwinden. Wer schaut schon nach oben, wenn die Läufer vor einem vorbeirasen. Und bei dem Zuschauerlärm kann man ohnehin kaum sein eigenes Wort verstehen, geschweige denn einen Schuss von hier oben. Ja, eine wirklich gute Wahl.«

»Und man muss nicht einmal besonders gut schießen können, um zu treffen.«

»Sie glauben nicht, dass es ein Profi war?«

Löffler schüttelte nachdenklich den Kopf.

»Profis sind selten«, sagte er dann, »außer in Filmen natürlich. Aber ich sehe hier weit und breit keinen Regisseur, der »Action« ruft. Aber klar, möglich ist alles.«

»Was ist mit dem Opfer?«

»Genau, wir müssen zunächst mal sehen, wer der Tote überhaupt ist. Jetzt schicken wir die Spurensuche hoch, die sollen nachsehen, ob sie was finden. Wenn hier jemand geschossen hat, dann werden sie auch was finden. Kommen Sie, kümmern wir uns um das Opfer.«

Er begann, die Stufen wieder hinunter zu steigen.

»Wenn ich gewusst hätte, dass ich so einen sportlichen Tag verbringe, dann hätte ich gleich beim Stadtlauf mitmachen können«, rief Monika Berger hinter Löffler her. Dann folgte sie ihm. Als sie wieder bei dem Toten eintrafen, waren die Sanitäter gerade dabei, die Leiche abzutransportieren.

»Schicken Sie mal die Spurensicherung nach oben«, sagte Löffler zu Berger, »ich kümmere mich hier um Zeugen.«

Während Kommissarin Berger zu den Kollegen der Spurensicherung ging, winkte Löffler einem der Polizisten zu. Der Mann kam zu Löffler, der ihn ein paar Meter beiseite nahm.

»Sagen Sie«, sagte er zu dem Mann, »gibt es denn irgendwelche Zeugen, die sich bereits gemeldet haben. Gibt es irgendjemand, der irgendwas gesehen oder irgendwas gehört hat? Oder hat der Täter sich bereits gestellt?«

Der Polizist sah ihn misstrauisch an.

»Das war ein Scherz«, sagte Löffler, »hanseatischer Humor. – Also, gibt es Zeugen?«

»Nur der Mann, der sich gleich um den Toten gekümmert hat. Er steht da drüben, beim Einsatzwagen.«

»Und wie heißt der Mann?«

»Schmid. Horst Schmid.«

Löffler schaute zu dem Einsatzwagen hinüber, und sah einen Mann mittleren Alters in kurzen Läuferhosen, mit dem Stadtlauf-T-Shirt und einem leuchtend roten Stirnband, das ihn aussehen ließ wie einen Indianer bei den Karl-May-Festspielen.

»Hören Sie«, sagte Löffler zu dem Beamten, »nehmen Sie sich noch ein paar Kollegen und befragen Sie jeden, absolut jeden, der zum Zeitpunkt der Tat hier stand und dem Rennen zugeschaut hat. Nehmen Sie die Personalien auf, notieren Sie jeden Satz, den die Leute sagen und schicken Sie dann alles an meine Abteilung.«

»Aber das ist ja eine Riesenarbeit«, sagte der Polizist entrüstet.

»Ach ja? Dann tun Sie gut daran, gleich damit zu beginnen.«

Löffler ließ den verdutzten Polizisten stehen und ging zu Schmid hinüber, der sich gegen den Einsatzwagen der Polizei gelehnt hatte und offensichtlich nicht so recht wusste, was er tun sollte.

Gerade als Löffler neben ihm auftauchte, begann er damit, sich zu dehnen. Er stützte sich mit beiden Armen auf der Tür des Polizeiwagens ab und drückte dann abwechselnd das linke oder das rechte Knie durch.

»Ich bin Hauptkommissar Löffler«, sagte er zu Schmid, »ich leite die Untersuchung hier. Man hat mir erzählt, dass Sie als Erster bei dem Erschossenen waren.«

»Horst Schmid«, stellte der Mann sich vor, während er sich weiter dehnte. »Ja, ich habe ihn fallen gesehen, ich war nur ein paar Schritte hinter ihm. Ich denke, am Anfang der Neckargasse hätte ich ihn überholt. Schwächeanfall, dachte ich zuerst. So wie der getaumelt ist. War ja auch naheliegend.

Die Anstrengung beim Laufen, dann das Wetter, mein Atem hinter ihm, vielleicht auch noch schlecht trainiert – da kann allerhand passieren.«

Er schwieg. Dann stellte er sich vor Löffler hin und zog, auf einem Bein stehend, mit der Hand das andere Bein in seinen Rücken.

»Und dann, was ist dann passiert?«

»Na, das wissen Sie doch. Er ist umgefallen und war tot. Erschossen.«

»Ist Ihnen denn irgendetwas aufgefallen, ehe der Mann tot umfiel?«

»Nein, aber ich habe ihn ja auch bloß von hinten gesehen. Außerdem habe ich gar nicht auf ihn geachtet. Eher so aus den Augenwinkeln.«

Löffler überlegte.

»Er hat also niemandem zugewinkt? Oder jemand etwas zugerufen. Vielleicht den Schritt beschleunigt?«

»Den Schritt beschleunigt? An der Stelle? Kurz vor dem Aufstieg zum Holzmarkt? Wissen Sie eigentlich, was es bedeutet, die Neckargasse hoch zu rennen? Da ist ja das Gehen schon anstrengend. Nein, beschleunigt hat er nicht. Aber mit den Armen hat er gerudert. Ja, genau, jetzt fällt mir das erst ein. Das fand ich merkwürdig. Irgendwie hat er mit den Armen gerudert. Er kann natürlich auch jemand zugewinkt haben, das kann ich nicht so genau sagen.«

»Standen denn viele Zuschauer an der Stelle, an der er gewinkt hat?«

Schmid dachte nach, während er damit begann, Kniebeugen zu machen.

»Also, wenn ich es mir recht überlege, war da gar nicht so viel los. Die meisten Zuschauer standen in der Neckargasse, aber wir liefen ja gerade auf die Kurve zur Gasse zu. Und da waren nicht so viele Leute. Was soll ich sagen, natürlich kann er da jemandem zugewinkt haben.«

»Und was ist dann passiert, nach dem Winken?«

»Er machte so eine Art Ausfallschritt, und dann ist er auch schon hingefallen. Ja, und das war es dann.«

Schmid ließ sich in den Spagat fallen und wippte dabei von einer Seite zur anderen.

»Sagen Sie mal«, sagte Löffler, »können Sie mit dem Gezappel nicht mal aufhören. So kann man sich doch nicht unterhalten.«

»Gezappel nennen Sie das? Sie sind wohl kein Läufer, oder? Sonst wüssten Sie, dass ich mich dehnen muss, ich habe keine Lust, mir einen Muskelfaserriss zu holen, nur weil ein Mann vor mir erschossen wurde. Jedenfalls bin ich dann zu dem Mann hingegangen, um ihm aufzuhelfen. Aber da sah ich auch bereits die Bescherung. Also nicht gleich, weil da noch die Startnummer dazwischen war. Aber dann – Blut. Alles voll Blut. Schauen Sie sich nur mein Laufhemd an. Das kriege ich bestimmt nie mehr sauber.«

»Ja, klar, das ist natürlich furchtbar. Was für ein Pech Sie auch haben.«

»Aber es ist ja nicht bloß das Trikot, wissen Sie. Haben Sie eigentlich eine Ahnung, wie lange ich für den Lauf trainiert habe? Drei Monate, fast jeden Tag, direkt nach der Arbeit auf die Piste. Meine Frau spricht schon nicht mehr mit mir. Und dann so was. Alles für die Katz – das Startgeld, das Training, die ganze Vorbereitung. Was glauben Sie, was meine Kollegen sagen werden? Die stehen doch alle an der Strecke, und ich bin hier und dehne mich. Und das, nachdem ich alle mit meiner großen Klappe genervt habe. Also eines kann ich Ihnen sagen – ich fühle mich nur unwesentlich besser als der Tote da drüben.«

»Das sagen Sie ihm am besten selbst.«

»So war es ja nicht gemeint. Aber eine gute Zeit kann ich jetzt nicht mehr laufen.«

»Tja, Künstlerpech. Dann halt im nächsten Jahr.«

»Das sagen Sie so leicht. Lebe ich dann noch?«

»Ich würde sagen, das hängt von ihrem Training ab. Ich

schicke Ihnen einen Kollegen, der wird Ihre Aussage aufnehmen.«

»Schicken Sie ihn nur her, jetzt ist schon alles egal.«

Horst Schmid legte sich auf den Boden, und begann, Liegestütze zu machen. Löffler beobachtete ihn kopfschüttelnd noch eine Weile. Dann schaute er auf den Neckar hinauf, entlang der Mauer, an deren Ende der gelbe Hölderlinturm in der Mittagssonne leuchtete.

Dieser Teil Tübingens bezeichnete man auch als das Sahnestückchen der Stadt. In der Tat war es ein imposanter Anblick. Die Neckarmauer, dahinter die hochgebauten, alten Häuser, schief, winklig, mit abgeblätterter Fassade, aber imposant. Hoch oben beherrschte der mächtige Kirchturm der Stiftskirche den Luftraum, die goldenen Lettern der Kirchenuhr strahlten im Sonnenlicht. Darüber, im Westen aufragend, weit hinter dem Hölderlinturm, thronte das Tübinger Schloss.

Der Stadtlauf war längst beendet, man hatte die Läufer um die Unglücksstelle herumgeführt. Jetzt wälzten sich Tausende von Besuchern durch die Stadt, die wegen des Marktes nun ein einziger großer Fressnapf war. Monika Berger tauchte neben Löffler auf.

»Ein schöner Anblick«, sagte sie, und deutete zum Neckar hin.

Löffler nickt nur. Dann ging er zu dem Krankenwagen, bei dem die Sanitäter gerade die Türen zumachten.

»Schauen Sie, dass Sie den Mann schleunigst in die Pathologie bringen«, sagte er zu einem der Sanitäter. »Ich werde dort anrufen und Sie ankündigen.«

»Nicht mehr nötig«, sagte der Mann, »der Gerichtsmediziner ist schon verständigt. Ich glaube, er erwartet uns bereits. Er hat übrigens gesagt, dass er das heute nur macht, weil Sie das sind. Ich soll Ihnen einen schönen Gruß ausrichten.«

Der Mann öffnete die Fahrertür und der Wagen fuhr los. Sie konnten jetzt die Mühlstraße befahren, nachdem sie wieder freigegeben worden war.

»Alte Freunde«, fragte Monika Berger.

»Schwaben-Connection. Noch nie davon gehört?«

»Gehört schon, aber ich wusste bis heute nicht, wie die Leute dahinter aussehen.«

»Dann warten Sie mal ab, wie Kürner, der Gerichtsmediziner, aussieht. Sie werden erstaunt sein.«

»Ach, den kenne ich bereits, bisher hat er mich nur nie beachtet. Ich gehöre nicht zu seinen Kreisen. Ich bin in der Tübinger Altstadt aufgewachsen. Die Prachtvillen in Halbhanglage kenne ich nur von den Postkarten, die ich gelegentlich verschicke.«

Löffler lächelte.

»Sie haben ja einen schweren Standesdünkel. Meine Vorfahren stammen übrigens auch aus der Altstadt. Ammergasse. Mein Großvater hatte noch einen Misthaufen vor dem Haus, und sein Abort war die Ammer. Aber die Zeiten ändern sich.«

Sie gingen zusammen zum Auto zurück. Auf der großen Stahlrohrtribüne wurde gerade die Siegerehrung für den Stadtlauf abgehalten. Die Honoratioren der Stadt standen auf der Bühne und warteten darauf, dass sie den Siegern die Medaillen umhängen durften. Von dem Vorfall am Ende der Neckarbrücke war hier wohl noch nichts bekannt. Oder man hatte vor, sich später darüber Gedanken zu machen. The Show must go on. Es war Stadtlauf und umbrisch-provenzalischer Markt. Wer konnte es ihnen verdenken. Ein Kenianer hatte den Lauf gewonnen.

4

Die Ausfahrtstraßen der Stadt waren wenig befahren. Die Menschen wollten jetzt bummeln und den Markt genießen. Schinken aus der Partnerstadt Perugia konnte man kaufen. Oder ein Stück Seife aus der französischen Provence. Dazu einen dunklen Rotwein, abgefüllt in Aix en Provence, einer anderen Tübinger Partnerstadt. Löffler fuhr zügig. Er benutzte den Tunnel unter dem Schlossberg, dann ging es über den Hagellocher Weg hinauf zu den Kliniken.

»Sie kennen sich *wirklich* gut aus«, sagte die Kommissarin.

»Manche Dinge vergisst man nicht.«

»Und warum sind Sie weggegangen?«

Löffler schwieg eine Weile.

»Karriere«, antwortete er dann. »Ich wollte etwas anderes kennen lernen. Neues erleben kann man nur dort, wo man nicht schon alles kennt.«

Berger lächelte stumm vor sich hin.

»Ist was?«

»Ein guter Spruch, den muss ich mir merken. Warum sind Sie dann zurückgekommen? Wurde das Neue schon wieder zum Alten?«

Löffler lächelte wieder.

»Ich glaube, das genügt für heute an Privatinformationen. Meinen Sie nicht auch? Wir müssen ja während der nächsten Zeit noch etwas zu reden haben, aber dann bin ich an der Reihe mit fragen.«

»Es ist nicht so, dass ich neugierig bin«, sagte Monika Berger nach einer kurzen Überlegungspause, »ich rede halt gerne. Aber das werden Sie noch feststellen, keine Angst.«

»Der Schwabe ist auch nicht redseliger als der Hamburger«, meinte Löffler nach kurzer Pause, »lassen Sie sich nicht von Vorurteilen leiten. Ich kann ja inzwischen vergleichen. Ist übrigens auch nicht gut für den Job, den Sie haben, so übersieht man leicht etwas.«

»Halt«, rief Monika Berger plötzlich, »Sie hätten hier rechts abbiegen müssen, hier geht's zur Patho. Drehen Sie um.«

Löffler beachtete sie nicht. Er fuhr einfach geradeaus weiter, dann bog er links ab in Richtung Waldrand. Der Schönbuch umgab den am höchsten gelegenen Tübinger Stadtteil Waldhäuser Ost wie ein Ring. Waldhäuser Ost war in Tübingen eher berüchtigt für seine Siebzigerjahre Hochhäuser, die diesen höchsten Tübinger Punkt verschandelten, und die jedem Besucher ins Augen fielen, wenn er von Richtung Stuttgart oder Nürtingen über Lustnau Richtung Innenstadt fuhr. Andererseits genügte es bereits, seinen Fuß vor die Haustüre zu setzen, schon war man in einem weitreichenden Waldgebiet, das kilometerlange Spaziergänge über leicht begehbare Waldwege bot.

Um die Hochhäuser herum gruppierten sich inzwischen schmucke Einfamilienhäuser oder Wohnblocks, nicht höher als zwei, drei Stockwerke. Zu den Häusern gehörten gepflegte Gärten, viele Bäume, Hecken, Wiesen. Dieses Ensemble nahm den Bausünden der Siebziger ihre Wucht, und machte den Stadtteil insgesamt doch recht wohnlich.

»Wir haben noch etwas Zeit«, sagte Löffler zu der unruhig wirkenden Kommissarin, »wir können getrost einen kleinen Umweg fahren, damit geben wir dem Mediziner noch etwas Vorlaufzeit. Genießen Sie einfach den Ausflug.«

»Während der Dienstzeit?«

»Wir können genauso gut im Auto über den Fall reden, wie im Büro. Aber vielleicht beflügelt die Natur unsere Gedanken, und wir kommen zu neuen Ideen, die wir im sterilen Büro nicht haben.«

»Sie sind ein Romantiker, Herr Hauptkommissar.«

»Trotzdem habe ich es weit gebracht. Vielleicht auch gerade deshalb.«

»Was ist nun mit dem Fall?«

Löffler war inzwischen am Heuberger Tor angekommen. Das Heuberger Tor war ein am Waldrand gelegener Parkplatz für Spaziergänger, von dem aus man eine wunderbare Aussicht auf Hagelloch, das Waldgebiet des Rammert und das Ammertal hatte. Es gab eine Grillstelle, die im Sommer ständig von Heerscharen von Ausflüglern belegt war, die aber so viel Müll zurückließen, dass die Stadt sich gezwungen sah, das Grillen hier zu verbieten. Nicht alle hielten sich daran. Auch heute war eine Familie gerade dabei, Rote Würste und Kartoffeln ins Feuer zu halten.

»Zunächst einmal«, sagte Löffler, nachdem er den Wagen abgestellt und die Seitenfenster geöffnet hatte, »müssen wir herausfinden, ob der Tote das Opfer eines Zufalls war, oder ob er gezielt erschossen wurde.«

»Sie meinen, ob der Schütze in dem ganzen Durcheinander der vielen Läufer den falschen Mann getroffen hat?«

»Genau, das wäre doch durchaus denkbar.«

»Ja, warum nicht? Aber andererseits – nach dem, was wir bisher wissen, hätte auf die Entfernung auch ein Hobbyschütze das Ziel treffen können. Soweit wir wissen, lief der Mann zum Zeitpunkt des Schusses für sich alleine, er war nicht in einer Gruppe. Das hat der Zeuge ausgesagt.«

»Sehen Sie, ich hatte recht.«

»Womit denn?«

»Büroarbeit funktioniert auch im Auto. Nun genießen Sie noch eine Weile die schöne Aussicht. Oder wollen Sie sich ein wenig die Füße vertreten?«

»Im Sitzen kann ich leichter denken.«

5

Als die beiden Kriminalkommissare eine halbe Stunde später das Gebäude der Gerichtsmedizin im Universitätsviertel der Stadt betraten, erfasste sie beide ein Kälteschock. Zeigte das Thermometer draußen in der Spätsommersonne noch fast achtundzwanzig Grad, war von der Wärme offensichtlich nichts durch die ziemlich dicken Mauern des alten Gebäudes gedrungen. Löffler zog schnell sein Sakko enger um sich.

»Wissen Sie, wo es langgeht«, fragte er Monika Berger.

»Immer mir nach, ich kenne mich aus. Aber das Reden mit Kürner übernehmen Sie, als alter Freund. Von Kommissar zu Pathologe, sozusagen.«

»Markus ist Rechtsmediziner. Darauf legt er Wert. Er ist inzwischen, glaub ich, sogar Professor.«

Als sie in den Raum des Pathologen eintraten, sah man einen Mann über einen Schragen gebeugt, der in dem gleißend hellen Licht einer schwenkbaren Lampe mit silbern glänzenden Instrumenten an einem menschlichen Körper herumhantierte. Als er die Hereinkommenden sah, richtete er sich auf, legte die Instrumente zur Seite und kam ihnen entgegen. In seinem weißen Mantel hätte er ein Arzt so gut wie ein Metzger im Schlachthof sein können. Ohne Monika Berger zu beachten, breitete er seine Arme aus und umarmte Christian Löffler. Beide klopften sich gegenseitig auf die Schultern, dann trennten sie sich und standen sich direkt gegenüber. Sie sahen sich neugierig an.

»Du siehst ja noch besser aus als früher«, sagte Kürner.

»Dafür hast du dich verschlechtert. Aber wenn ich meine Tage und Nächte in diesem dunklen Gemäuer verbringen müsste, würde es mir auch nicht anders gehen.«

Professor Markus Kürner lachte laut und schlug dabei dem jungen Löffler mit seiner Hand auf die Schulter.

»Du brauchst nicht zu glauben, dass ich mich hier drin noch mehr als nötig aufhalte. Als Chef des ganzen Ladens kann ich mir meine Aufgaben aussuchen. Wir machen zwar noch keine Obduktionen in einer Freiluftarena, aber keine Angst, ich komme schon zu genügend frischer Luft. Ich bin heute nur da, weil ich erfahren habe, dass das hier deine erste Leiche ist. Zumindest deine Erste in Tübingen. Das ist mein Einstandsgeschenk an dich – hochprofessionelle Arbeit als mein Beitrag zu deinem ersten Fall in Tübingen.«

Zusammen gingen sie zu dem Toten, der aufgebahrt in der Mitte des Raumes lag.

»Und, Markus, weiß du schon was?«

»Ein sauberer Schuss.«

»Nur einer?«

»Wie gesagt, ein sauberer Schuss, mitten durchs Herz. So perfekt getroffen, da brauchte es keinen zweiten Versuch.

Der Mann war sofort tot. Ein Schuss aus großer Entfernung, würde ich sagen. Also ein Gewehrschuss. Mehr habe ich noch nicht in der Kürze der Zeit. Wer war der Mann denn?«

Löffler zuckte mit den Schultern.

»Das wissen wir noch nicht«, sagte Monika Berger, die schweigend hinter Löffler gestanden hatte und nun nach vorne trat. »Oder haben Sie vielleicht einen Ausweis in seinen Laufschuhen entdeckt?«

Kürner sah die Kommissarin verwundert an. Dann schaute er fragend zu Löffler hin. Aber der tat so, als habe er nichts gehört, und widmete sich scheinbar hochinteressiert dem toten Körper vor sich.

»Aha, also einer der Stadtläufer. Klar, bei dem Outfit. Da hätte ich auch selbst darauf kommen können. Aber im Lauf der Zeit achtet man in meinem Job nicht mehr auf die Kleidung der Kunden, nur noch auf das, was sich darunter verbirgt.«

»Kunden«, fragte Monika Berger.

Wieder schaute Kürner sie irritiert an, sagte aber nichts.

»Kannst du etwas zu dem Kaliber sagen«, fragte Löffler.

»Nichts Besonderes, wenn ich mir den Einschuss so anschaue. Das Kaliber kann ich schwer bestimmen, nur aus bloßem Augenschein, ganz ohne die Kugel. Die steckt noch in ihm drin. Lass' mich in Ruhe weiterarbeiten, nachher kann ich dir Genaueres sagen. Ich ruf dich von zu Hause aus an.«

Löffler ging einmal um den toten Mann herum.

»Habe ich dich bei etwas Besonderem gestört«, fragte er dann, »beim Grillen vielleicht oder bei einer Pool-Party?«

Kürner lächelte verlegen. Dann knöpfte er seinen weißen Arztmantel auf. Darunter trug er ein Laufshirt mit einer Startnummer, dazu offensichtlich nagelneue Laufschuhe.

»Ich habe beim Stadtlauf mitgemacht. In der dritten Runde hat man mich herausgeholt und mir erzählt, was passiert ist.

Auch, dass du die Ermittlungen leitest. Aber ganz ehrlich – das war mir nicht ganz unrecht. Bei der Hitze zu laufen macht mir keinen Spaß. Ich habe es auch nur wegen einer Wette gemacht. Jetzt habe ich zumindest eine gute Ausrede.«

»Tja, Tübingen läuft – ein schönes Motto«, sagte Monika Berger.

Kürner hatte offensichtlich beschlossen, die Kommissarin zu ignorieren. Er knöpfte seinen Mantel wieder zu und ging zu seinem ›Kunden‹.

»Jetzt stört mich nicht länger, wenn ihr Ergebnisse wollt, dann lasst mich in Ruhe arbeiten.«

»Na gut«, antwortete Löffler, »dann kümmere du dich um die Toten, wir schauen mal, was uns die Lebenden zu sagen haben. Außerdem ist es saukalt in deinen Gemächern, ich brauche jetzt erst mal wieder einen Strahl Sonne. Du weißt schon, das gelbe Ding am Himmel, das das Leben für ein paar Monate im Jahr so angenehm macht.«

Er tätschelte leicht Kürners Rücken, der sich bereits wieder über den Toten gebeugt hatte. Dann schob er Monika Berger vor sich her Richtung Ausgang.

Ärgerlich entwand sie sich seinem Griff und sah ihn böse an.

»Wir sehen uns dann bald, zwangsläufig«, rief Kürner ihnen nach.

Als sie das Gebäude durch den Haupteingang verließen und die große Türe ins Freie aufstießen, schlossen sie beide geblendet von der Helligkeit die Augen. Löffler holte eine Sonnenbrille aus seinem Sakko und setzte sie auf. Dann gingen sie zusammen zum Auto.

»Woher kennen Sie den Kürner eigentlich«, fragte Monika Berger, als sie über die Rümelinstraße bereits wieder Richtung Innenstadt fuhren.

»Ach, irgendwie schon ewig. Sein Vater und mein Vater waren in derselben Studentenverbindung.«

»Ach, der alte Korpsgeist. Ich hätte es mir denken können,

immerhin leben wir ja in Tübingen, einer der letzten Oasen der Burschenschaften. Oder heißt es nicht Seilschaften?«

»Nur kein falscher Neid. Und außerdem sollten Sie über Dinge reden, von denen Sie etwas verstehen. Der Rat gilt übrigens für Job und Privatleben.«

»Oh, habe ich eine wunde Stelle getroffen?«

»Und achten Sie auf Ihren Ton. Diese Spitzen wie eben bei Markus will ich nicht noch mal hören. Der Mann hat Ihnen nichts getan, und er ist hochprofessionell. Außerdem ein anerkannter Spezialist.«

Kommissarin Berger schwieg.

»Und jetzt rufen Sie Stammler an und geben die Startnummer des Toten durch. Dann erfahren wir endlich seinen Namen. Stammler soll versuchen, alles über den Mann herauszufinden.«

»Startnummer? Haben Sie sich die Nummer angeschaut?«

»Ja, Sie nicht?«

»Doch.«

»Na also.«

Sie hatten sich alle hinter Stammlers Rücken versammelt und schauten gemeinsam auf den Bildschirm. Stammler war gerade dabei, alles zusammenzufassen, was er in der Kürze der Zeit über den Toten herausgefunden hatte. Interessiert lauschten Kommissarin Berger und ihr Chef Löffler Stammlers Ausführungen.

»Bei dem Toten handelt es sich um einen gewissen Josef Maika. Tübinger. Zumindest wohnt er in Tübingen. Das habe ich zunächst über die Meldeunterlagen des Stadtlaufs herausgefunden. Ihm gehört das große Sportgeschäft in der Wöhrdtstraße, ihr wisst schon, das Geschäft, das im Sommer immer diese Laufkurse anbietet. Vorbereitung auf den Herbstmarathon und all so was. Er selbst ist Mitglied im LC Tübingen, dem Laufclub.«

»Leichathletikclub«, verbesserte Löffler.

»Danke, also Leichtathletikclub. Er ist da nicht nur Mitglied, sondern auch Trainer und gleichzeitig Vorsitzender. Er ist eine große Nummer in der Leichtathletik in Tübingen.«

»Woher weißt du das denn?«, fragte Monika Berger.

»Mein Neffe trainiert dort auch. Sprint. Also Kurzstrecke bis 200 Meter. Ich habe ihm schon ein paar Mal bei Wettkämpfen zugeschaut. Da habe ich den Maika auch gesehen. Jedenfalls hat der Mann noch eine Frau und einen Sohn, mit dem zusammen betreibt er den Laden. Der Junior ist dort so eine Art zweiter Geschäftsführer. Die Ehefrau, na ja, davon steht hier nirgends was, also wird sie halt zu Hause sitzen und sich um ihre beiden Männer kümmern.«

»Hast du die Adresse?«

»Klar, hier ist sie. Es wird ohnehin Zeit, dass mal einer zu der Frau fährt und ihr schonend beibringt, was passiert ist.«

»Wenn sie es nicht schon im Fernsehen gesehen hat, oder wenn sie nicht vielleicht sogar an der Strecke stand und alles mit angesehen hat.«

»Das glaube ich nicht, denn dann wäre sie schon längst hier aufgetaucht.«

»Vielleicht ist sie ja auch selbst mitgelaufen und hat von all dem nichts mitbekommen.«

»Ist sie nicht, das habe ich schon geprüft anhand der Meldeliste. Außerdem habe ich beim Fernsehen RTF angerufen, dem Privatsender in Reutlingen, sie schicken uns ihr Material von dem Lauf. Ungeschnitten. Vielleicht kann man ja was darauf erkennen. Der Sohn ist übrigens auch nicht in der Meldeliste. Der alte Maika hat eine Marathongruppe geleitet, ›Fit für den Marathon in drei Wochen‹ oder so was. Das heute war ein Teil des Trainingsprogramms, so eine Art Vorgeschmack auf die Wettkampfatmosphäre. Das habe ich von den Veranstaltern erfahren, die wollten die Sache nämlich in der Presse groß herausstellen.«

»Dann haben sie jetzt aber ein Problem«, sagte Annemarie

Heim, »denn jetzt können sie der Presse eine weniger erfreuliche Nachricht liefern.«

»Ihr Pech. Aber so ein Toter ist nichts Außergewöhnliches bei diesen Laufveranstaltungen. Im vergangenen Jahr starb ein Mann beim Stuttgarter Stadtlauf. Allerdings war es bei ihm Herzversagen und keine Gewehrkugel. Der Mann hatte sich einfach total übernommen.«

»Sport ist Mord«, sagte Kommissarin Berger.

»Ein blöder Spruch«, sagte Löffler, »aber ich kann Ihnen nicht einmal widersprechen. Wenn man solche Geschichten hört…«

Stammler drehte sich weg von seinem Bildschirm und wandte sich den anderen zu. Berger setzte sich an ihren Schreibtisch, während Löffler und Heim am Besuchertisch Platz nahmen.

»So, das war alles in der Kürze der Zeit«, sagte Stammler, »jetzt warte ich auf die Fernsehbilder.«

Für ein paar Minuten war es still im Raum. Löffler spielte an seinem Mobiltelefon herum, während Annemarie Heim an einer Wasserflasche nuckelte. Stammler surfte im Internet und las irgendwelche E-Mails.

Dann erhob sich Löffler aus seinem Stuhl.

»So geht es jetzt weiter: Frau Berger und ich übernehmen die Ehefrau, das kann jetzt nicht mehr länger warten. Sie, Stammler, suchen weiter nach Informationen über den Mann, über den Maika, und sein Umfeld. Vermerken Sie alles, was Ihnen in die Hände fällt. Sie wissen schon – geboren wo und wann, Schule, Jobs, Funktionen, Vorstrafen, familiäres Umfeld. Die ganze Palette. Frau Heim wird Sie dabei unterstützen. Kommen Sie Frau Berger, fahren wir.«

»Ich hätte da noch eine Idee«, sagte Monika Berger in die Runde.

Alle drehten sich zu ihr hin.

»Heutzutage hat doch fast jeder eine Digitalkamera, meist mit Videofunktion. Es würde mich nicht wundern, wenn die

Zuschauer an der Strecke, und zwar gerade an der oberen Neckarbrücke, wo man Maika erschossen hat – also, wenn da die Zuschauer nicht wie die Wilden gefilmt hätten. It's Handy-time, da wird was weggefilmt. Stoff für die kommenden langen Winterabende. Ich schlage vor, dass wir einen Aufruf an die Bevölkerung starten. Stammler, du kennst doch ein paar Leute vom Lokalradio. Ruf die mal gemeinsam mit Heimi an, die sollen da was machen.«

»Gute Idee«, sagte Löffler, »vielleicht kommt ja wirklich was dabei raus. Der Täter beim Abdrücken. – War nur ein Scherz. Also los, kommen Sie, Kollegin, fahren wir zur Ehefrau. Oder wollen Sie sich drücken?«

Monika Berger überging Löfflers Spitze.

»Es ist mir zwar nicht angenehm, aber es muss ja sein. Bringen wir es hinter uns.«

Als sie daran waren, den Raum zu verlassen, blieb Löffler noch einmal in der Türe stehen und drehte sich zu den anderen um.

»Ich frage mich wirklich«, sagte er, »wie Sie gearbeitet haben, ehe ich hergekommen bin.«

Dann ging er nach draußen. Ohne dass er es sehen konnte, zeigte Monika Berger ihm hinter seinem Rücken einen Vogel. Stammler lachte verlegen. Heim seufzte nur und setzte sich an ihren Schreibtisch.

6

Die Maikas bewohnten ein Reihenhaus in Lustnau, dem Stadtteil, der einen empfing, wenn man von Stuttgart über die B 27 oder auch über die alte Bundesstraße über Bebenhausen nach Tübingen fuhr.

Zwischen Lustnau und Pfrondorf war in den Neunzigerjahren eine neue Wohnsiedlung gebaut worden, das Neubaugebiet Herrlesberg. In einem kreisförmigen Aufbau waren dort Reihenhäuser, frei stehende Ein- und Mehrfamilienhäuser und Wohnblocks mit Appartements entstanden.

Die Maikas wohnten in einem Reiheneckhaus, zu dem nach hinten ein kleiner Garten gehörte. Löffler parkte direkt vor dem Haus und stieg aus dem Wagen. Er hatte einen Schwitzfleck im Rücken von den Autositzen, denn noch immer, obwohl es schon später Nachmittag war, hatte es fast dreißig Grad im Schatten. Löffler steckte die Sonnenbrille in sein Sakko, wartete auf Monika Berger, dann gingen sie zusammen zur Haustüre der Maikas.

»Wer spricht mit ihr«, fragte die Kommissarin leise, ehe sie auf die Türklingel drückte, »Sie als der Ranghöhere oder ich als Frau im Team?«

»Ich mache das, das gehört zu meinen Aufgaben.«

Gerade als Monika Berger zum zweiten Mal auf die Klingel drücken wollte, hörten sie Schritte. Dann stand eine etwa fünfzigjährige Frau vor ihnen, deren Gesicht man ansehen konnte, dass sie geweint hatte. Dunkler Lidschatten lief über rosa Wangen, in der Hand hielt die Frau ein Taschentuch, das sie unablässig mit den Fingern knetete.

»Frau Maika«, fragte Löffler.

Die Frau nickte stumm.

»Mein Name ist Löffler, das hier ist meine Kollegin Frau Berger. Wir sind von der Polizei Tübingen. Von der Kriminalpolizei. Wir sind hier, um Ihnen eine schlimme Nachricht zu überbringen.«

Die Frau nickte wieder, dann trat sie zur Seite und ließ Löffler und Berger ins Haus. Sie schloss die Haustüre hinter den beiden wieder, ging dann vor ihnen her und führte sie ins Wohnzimmer. Sie deutete auf eine Couch, aber Berger und Löffler blieben stehen. Auch Frau Maika setzte sich nicht.

»Ich weiß es schon«, sagte Frau Maika leise.

»Es tut uns leid, aber wir konnten nicht früher kommen.«

»Hat man ihn denn tatsächlich erschossen?«, fragte Frau Maika mit ihrer leisen Stimme, »ich meine, stimmt das tatsächlich? Man kann doch keinen auf offener Straße erschießen. Wer tut denn so etwas? Da kann ja was ganz Furchtbares passieren. Ich meine, wie kann man einen Mann in der Menge erschießen? Da können ja noch ganz andere getroffen werden. Ich kann mir das gar nicht vorstellen. Dass dann ausgerechnet mein Mann getroffen wird.«

»Wäre Ihnen jemand anders lieber gewesen?«

»Wie bitte?«

Vollkommen irritiert schaute Frau Maika Monika Berger an. Löffler schob die Kollegin zur Seite. Er stellte sich direkt vor Frau Maika, und sorgte damit dafür, dass sie Monika Berger nicht mehr sehen konnte.

»Sagen Sie, Frau Maika, wer hat Ihnen denn die Nachricht vom Tod Ihres Mannes überbracht?«

»Die Nachrichten sind ja voll davon. Da wird zwar sein Name nicht genannt, aber ein paar aus seiner Laufgruppe haben schon hier angerufen.«

»Denken Sie, dass es Zufall war, dass gerade Ihr Mann von der Kugel getroffen wurde? Sie können sich also absolut nicht vorstellen, dass man Ihren Mann mit voller Absicht erschossen hat?«

Frau Maika trat einen Schritt zurück. Dann schlug sie die Hand vor den Mund. Schließlich ließ sie sich in ihre Couch sinken und saß noch einige Zeit schweigend da. In annähernd filmreifer Manier gab sie die niedergeschlagene, erschrockene, vollkommen geschockte Witwe. Nicht, dass man es ihr nicht abgenommen hätte. Aber so viele Jahre Fernsehschauen, wie die meisten Europäer oder Amerikaner hinter sich haben, lassen Menschen in extremen Situationen oft genauso reagieren, wie sie es auf dem Bildschirm gesehen haben.

»Sie denken also, man hat ihn gezielt ermordet«, fragte Frau Maika atemlos, »soweit habe ich bisher noch gar nicht gedacht. Ich war der Meinung, das alles sei ein Unfall gewesen. Jetzt sagen Sie, es handle sich um einen geplanten Mord.«

»Aber nein«, wiegelte der Hauptkommissar ab, »so weit

sind wir noch nicht. Aber wir müssen natürlich schon im Vorfeld in alle Richtungen ermitteln.«

Frau Maika stand auf, ging aus dem Wohnzimmer und war dann verschwunden. Monika Berger sah Löffler an, der nur mit den Schultern zuckte. Dann nickte er mit dem Kopf Richtung Tür. Die Kommissarin setzte sich in Bewegung und folgte leise der Frau. Gerade als sie zur Tür kam, erschien Frau Maika wieder. In der Hand hatte sie ein Glas mit Wasser. Zumindest schien es der Farbe nach Wasser zu sein. Sie blieb vor Löffler stehen und schaute ihn an. Dann nahm sie einen langen Schluck aus dem Glas.

»So was hört man doch ständig aus Amerika«, sagte sie leise zu Löffler, »dass irgendwelche Leute ganz zufällig andere Leute erschießen. Einfach so. Weil es ihnen Spaß macht.«

»Ja schon, Frau Maika«, antwortete Löffler ruhig, »aber bei uns in Tübingen kommt das eher selten vor.«

»Wir meinen«, mischte sich Monika Berger wieder ein, »ob Sie sich einen Grund vorstellen können, aus dem man ganz gezielt auf Ihren Ehemann geschossen haben könnte. Ich meine, hatte er Feinde? Menschen, mit denen er im Streit lebte? Er ist ja immerhin ein Geschäftsmann, da tritt man schnell mal einem Konkurrenten auf die Füße.«

Frau Maika sah Monika Berger erstaunt an.

»Frau …?«

»Berger.«

»Frau Berger, wir haben ein Sportgeschäft, und nicht mal das größte der Stadt. Da wird einem Verkäufer vielleicht mal ein Laufschuh nachgeschmissen, weil er nach der ersten Stunde laufen seine Sohle verloren hat. Aber jemanden erschießen? Also, das Beste wird sein, Sie reden mit meinem Sohn darüber, wenn er zurück ist, er kann Ihnen zu den geschäftlichen Angelegenheiten mehr sagen als ich.«

»Wo ist denn Ihr Sohn?«, fragte die Kommissarin.

»Er ist mit dem Fahrrad unterwegs, er wollte eine Tour durch den Schwarzwald machen, den ganzen Tag. Ich konnte ihn bisher noch nicht mal mit dem Handy erreichen. Er weiß noch gar nicht, was passiert ist.«

Der Gedanke an ihren Sohn erinnerte sie offensichtlich wieder daran, was geschehen war. Ein paar Tränen liefen ihr über die Wangen. Ein Schluck aus ihrem Glas, dann zog sie die Nase hoch und ging ein paar Meter durch das Wohnzimmer. Sie stellte sich vor das große Fenster zur Straße und schaute schweigend hinaus.

Christian Löffler hatte sich in der Zwischenzeit im Wohnzimmer umgeschaut. Neugierig hatte er die Buchrücken der kleinen Bibliothek in einem Eckregal gelesen. Hatte sich die Titel der Zeitschriften auf dem Wohnzimmertisch angeschaut. Schließlich blieb er vor einer kleinen Sammlung von Familienfotografien stehen. Er nahm ein Bild in einem Rahmen in die Hand und sah es sich genauer an. Dann wandte er sich an Frau Maika.

»Ihr Mann war der Vorsitzende des Tübinger Leichtathletikvereins«, sagte er, und tippte dabei auf das Bild im Rahmen. »Sind die anderen Leute hier auf dem Foto seine Vorstandskollegen?«

Frau Maika warf einen Blick auf die Fotografie, die ein paar Männer und eine Frau nebeneinanderstehend zeigte.

»Ja, ich glaube schon.«

»Sie glauben es?«

Frau Maika stellte sich neben Löffler und schaute das Bild noch einmal an. Löffler roch jetzt das zarte Weißweinaroma, das ihm aus dem Glas der Frau entgegenströmte.

»Ja, das ist der Vorstand von dem Verein.«

»Hat man in dem Amt denn nicht auch viele Neider?«

»Davon weiß ich nichts«, sagte Frau Maika unwirsch, »auf jeden Fall hat man viel Arbeit. Außerdem, was ist das schon: Ein Vorsitz in einem kleinen Leichtathletikclub. Wenn Sie darüber Genaueres erfahren wollen, dann müssen Sie schon seine Kollegen fragen.«

Währenddessen hatte Monika Berger sich ebenfalls die

Fotos im Regal angeschaut. Sie kam mit einem Bild zu Frau Maika und hielt es ihr hin.

»Das hier ist doch auch ihr Mann, oder? Sie kommen aus der ehemaligen DDR, sehe ich hier. Leipziger Sportverein. War Ihr Mann bereits in der DDR als Trainer tätig? Sind Sie gleich nach der Wende hierher gekommen?«

»Wir haben jedenfalls nicht lange gewartet.«

Frau Maika hatte ihr Glas geleert, und verließ wieder das Wohnzimmer, um es neu zu füllen. Die Kommissare folgten ihr.

»Und warum sind Sie ausgerechnet hierher gekommen, ins Schwabenländle, nach Tübingen? Gibt es da einen besonderen Grund? Kannten Sie hier jemand? Oder war das eher Zufall, so nach dem Prinzip: Hauptsache Westen, egal wohin?«

Frau Maika trank wieder einen Schluck.

»Hören Sie«, sagte sie dann, »man hat gerade meinen Mann erschossen, und Sie stellen mir solche Fragen.«

»Na ja«, meinte Berger, »eigentlich sind es ja ganz einfache Fragen. Natürlich verstehen wir Ihren Schmerz …«

»Wieso verstehen Sie meinen Schmerz? Hat man Ihren Mann auch erschossen?«

»Nein, das nicht gerade, ich habe keinen Mann. Aber …«

»Dann reden Sie nicht solchen Unsinn. Sie plappern einfach irgendwas, von dem Sie denken, dass es angebracht wäre. Halten Sie lieber Ihren Mund, das wäre angebracht.«

Löffler zupfte die Kommissarin am Ärmel ihrer Bluse, zog sie zu sich her, legte den Finger über seinen Mund und stellte sich zwischen Monika Berger und Frau Maika.

»Hören Sie, Frau Maika«, sagte er betont ruhig zu der Frau, »es tut uns leid, dass wir Sie derart mit Fragen überfallen. Vielleicht waren wir auch ein wenig, nun ja, übereifrig oder auch unsensibel. Dafür entschuldigen wir uns. Glauben Sie mir, ich habe auch schon Menschen verloren, die ich liebte, und ich weiß, dass die Leere, die man da verspürt, einem vorkommt wie ein dunkles Loch, aus dem man nie mehr herauskommt. Aber dennoch würde ich gerne wissen, aus welchem Grund Sie ausgerechnet nach Tübingen gekommen sind. Wollen Sie mir das sagen?«

Frau Maikas Blick wanderte zu Löffler, dann zu Monika Berger und schließlich wieder zurück zu Löffler.

»Aber natürlich kann ich Ihnen das sagen. Ein Onkel meines Mannes hat uns eingeladen, er hat uns sein Sportgeschäft angeboten, wir sollten es weiterführen, weil er schon alt war. Das haben wir gemacht. Natürlich haben wir das gemacht, wir wären ja sonst bloß die üblichen Habenichts aus dem Osten gewesen. Der Onkel ist ein Jahr später gestorben. Den Laden hat er uns vermacht, Kinder hatte er ohnehin keine.«

»Da hatten Sie ja richtig Glück«, sagte Löffler.

»Ja, ja, kann man so sagen. Aber, ehrlich gesagt, wäre ich jetzt gerne alleine. Wenn Sie nichts dagegen haben.«

»Oh nein, natürlich nicht«, sagte Löffler, »wir reden und reden, dabei vergessen wir ganz, welch schweren Verlust Sie erlitten haben. Irgendwann müssen Sie einmal ins Präsidium kommen, um Ihren Mann zu identifizieren. Ich weiß, eine blöde Vorschrift, denn jeder weiß natürlich, dass es ihr Mann, dass er Josef Maika ist. Sie können natürlich auch Ihren Sohn schicken, wenn Ihnen das lieber ist. Wir melden uns wieder bei Ihnen. Ihr Sohn wohnt doch auch in Ihrem Haus, oder? Sagen Sie ihm doch bitte, er möge sich bei uns melden, sobald es zurück ist.«

Löffler reichte Frau Maika seine Karte. Sie nahm sie etwas linkisch entgegen, warf einen raschen Blick darauf, dann legte sie sie auf den Küchentisch.

»Noch einmal: Unser herzliches Beileid, Frau Maika.«

Löffler hielt ihr seine Hand hin, die sie zögernd nahm. Dann hielt ihr auch die Kommissarin ihre Hand hin und auch diese drückte Frau Maika. Schließlich drehten sich die beiden Polizisten um und gingen langsam zur Haustüre. Frau Maika folgte ihnen, noch immer das Glas in der Hand.

»Ach, ehe ich es vergesse«, drehte Löffler sich plötzlich um, »wie, sagten Sie noch mal, war das Verhältnis zwischen Ihrem Mann und Ihrem Sohn?«

Frau Maika blieb stehen und dachte einen Augenblick nach.

»Ich habe gar nichts gesagt«, antwortete sie dann, »weil Sie mich nicht gefragt haben.«

»Oh«, lächelte Löffler sie strahlend an, »dann habe ich das wohl vergessen. Nicht wahr, Frau Berger?«

»Ja, ich glaube schon, Herr Hauptkommissar«, reagierte die Kommissarin sofort, »aber dann fragen wir Frau Maika das halt jetzt: Nun, Frau Maika, wie war denn nun das Verhältnis zwischen den beiden?«

»Das Verhältnis war ausgezeichnet«, sagte Frau Maika ohne zu zögern, »sie arbeiten und führen das Geschäft zusammen, und das schon seit vielen Jahren. Es sind Vater und Sohn, ich bitte Sie, wenn die sich schon nicht mehr verstehen würden.«

»Sehen Sie«, sagte Löffler, weiterhin strahlend lächelnd, »das wollte ich hören. Nun verschwinden wir aber wirklich und lassen Sie alleine. Nicht vergessen, wenn Ihr Sohn kommt, na, Sie wissen schon.«

Damit traten die beiden Kommissare ins Freie. Sie hörten, während sie durch den Vorgarten zu ihrem Auto gingen, wie die Haustüre leise hinter ihnen ins Schloss fiel. Sie stiegen ein, Löffler startete den Wagen, fuhr einmal um die Ecke und hielt den Wagen dann wieder an. Er machte den Motor aus.

»Was war das denn eben?«, wandte er sich an Monika Berger.

»Ich weiß schon, was Sie meinen«, sagte sie, ungewohnt kleinlaut, was so ganz und gar nicht ihrer Natur entsprach. »Aber irgendwie ist mir der Satz einfach herausgerutscht. Sie hat sich aber auch angestellt. Irgendwie hatte ich das Gefühl, sie wünscht jedem den Tod an den Hals, nur ihrem eigenen Mann nicht.«

»Mensch, Berger«, sagte Löffler, dabei ziemlich laut werdend, »das ist doch normal in der Situation. Sie hat ihren Mann verloren. Um das Ungeschehen zu machen, würde doch jeder einen Handel mit dem Teufel eingehen. Sie können da doch nicht so reagieren.«

»Passiert nicht wieder.«

»Gut, vergessen wir es. Für's erste, zumindest.«

Löffler bog in die Pfrondorfer Straße ein und fuhr Richtung Lustnau zur Adlerkreuzung. An der Ampel mussten sie eine ganze Weile warten, weil der Bus bei Grün nicht weiterfuhr. Er wartete auf einen Mann, der winkend hinter dem Bus herrannte. Offensichtlich wollte ihn der Busfahrer noch mitnehmen.

»Es tut mir leid, dass Sie auch schon so eine Erfahrung machen mussten«, sagte Monika Berger plötzlich zu Löffler, »dass Sie auch einen Menschen verloren haben, der Ihnen nahe stand.«

»Ach«, sagte Löffler, »das ist schon lange her. Ich glaube es war in der zehnten Klasse, meine erste große Liebe.«

»Was ist denn mit ihr passiert? Woran ist sie gestorben?«

»Gestorben? Sie ist nicht gestorben, sie hat mich wegen Dieter Maier verlassen, ausgerechnet wegen Dieter, dem Klassenclown. Jutta Salchow hat sie geheißen. Ich bin eine Woche nicht zur Schule gegangen, dann hat mich Jutta besucht, weil sie dachte, ich wäre krank. Danach war ich mit ihr zusammen. Einen Tag. Dann hat sie sich für Dieter entschieden.«

Berger sah ihn mit großen Augen an.

»Sie haben Frau Maika angelogen?«, fragte sie fassungslos.

Löffler nickte.

Als die beiden Kommissare ins Büro zurückkamen, standen Annemarie Heim und Gerd Stammler vor einem großen Plasmabildschirm. Stammler hatte eine Fernbedienung in der Hand und spulte gerade die Aufzeichnung des Stadtlaufs zurück. Offensichtlich hatte der Reutlinger Sender kooperiert.

»Gut, dass ihr kommt«, sagte Gerd Stammler, »ich habe hier den Film vom Fernsehen. Also, ich habe mir die Stelle mit dem Schuss schon ein paar Mal angesehen. Aber, ehrlich gesagt, außer dem Opfer konnte ich bisher nichts Ungewöhnliches erkennen. Aber schaut auch mal drauf, vielleicht seht ihr mehr.«

Stammler hielt den Film an. Dann spielte er ihn bis zu der Stelle hin, an der Maika ins Bild kam. Die Kamera war in der Mühlstraße platziert, was bedeutete, dass die Läufer frontal auf sie zuliefen, ehe sie dann scharf links – aus Sicht der Kamera scharf rechts – in die Neckargasse einbogen.

Der Läufer vor Maika, war sicherlich zwanzig Meter von diesem entfernt, und der Mann hinter Maika, Horst Schmid, hatte einen Abstand von etwa zehn Metern. Man sah den Mann vor Maika in die Neckargasse einbiegen. Dann lief Maika auf den Kameramann zu, aber ehe er sich nach links in die Neckargasse orientieren konnte, sah man, wie er die Arme in die Luft warf und dann zu Boden stürzte. Er lag bereits am Boden, als der nachfolgende Läufer, Horst Schmid, an ihm zuerst vorbei lief, dann abbremste, sich umdrehte und zu dem Gestürzten hinging. Er beugte sich über ihn, griff ihm an den Hals und sprang dann erschrocken auf. Die nachfolgenden Läufer blieben stehen und bildeten einen Ring um den am Boden Liegenden. Stammler hielt den Film an dieser Stelle an.

»Ist euch etwas Besonderes aufgefallen?«

»Ich bin mir nicht sicher, zeig mir das Ganze nochmal«, sagte Monika Berger, »und achtet mal auf die Stelle, ehe der Läufer vor ihm abbiegt. Seht mal genau hin, was Maika da macht.«

Stammler suchte die Stelle und spielte sie dann ab. Tatsächlich konnte man sehen, dass Maika, nachdem der Mann vor ihm aus dem Bild verschwunden war, nach oben blickte. Sein Blick blieb eine kurze Zeit auf einen Punkt gerichtet, der über den wenigen Zuschauern lag, die an dieser Stelle standen. Ehe Maika, von der Kugel getroffen, die Arme nach oben warf, konnte man erkennen, dass er zuvor schon versuchte, den

Arm zu heben. Es sah so aus, als wolle er jemandem ein Zeichen geben, als wolle er jemandem zuwinken, oder als wolle er sich gegen etwas schützen, was auf ihn zukam.

»Stopp«, rief die Kommissarin, »noch ein wenig zurück, dann das Bild anhalten.«

Alle vier Polizisten sahen auf das Standbild, das vor ihnen wie eingefroren erschien. Tatsächlich konnte man – vor allem mit dem Wissen, was was danach passierte –, die Geste von Maikas Hand als eine Abwehrreaktion deuten, besonders im Zusammenhang mit seinem Blick, der starr nach oben gerichtet war. Er ging über den Kameramann hinweg, auf die Stelle, von der aus der Schuss wohl abgegeben worden war.

»Er hat gesehen, was auf ihn zukommt«, sagte Annemarie Heim in die Stille hinein.

»Ja«, sagte Löffler, »durch irgendeinen Zufall hatte er gerade in dem Moment nach oben geschaut, als der Schütze auf ihn angelegt hat. Dass ist ziemlich makaber, dass er sozusagen sein eigenes Ende auf sich zukommen sah, aber nichts mehr dagegen unternehmen konnte.«

»Furchtbar«, sagte Annemarie Heim.

»Vielleicht hat er den Schützen sogar erkannt«, sagte Stammler.

»Auf die Entfernung«, antwortete Monika Berger, »das halte ich für unwahrscheinlich.«

»Versuchen Sie doch mal, was mit dem Ton zu machen«, sagte Löffler, »vielleicht hat er irgendwas gesagt oder gerufen. Manchmal passieren die unwahrscheinlichsten Dinge.«

»Also ich weiß nicht«, meinte Stammler, »viele Chancen sehe ich da nicht. Ich kann es ja mal versuchen, aber wir sollten uns nicht zu viel davon erhoffen.«

»Sein Mund hat sich nicht bewegt«, meinte Annemarie Heim.

»Dann hat er also auch nichts gesagt oder gerufen«, ergänzte Stammler.

»Immer positiv denken, Stammler«, sagte Löffler, »das

schlimmste, das passieren kann, ist, dass Sie noch einen Tag ergebnislos in einem dunklen Bürobunker verbringen, während wir bei strahlendem Sonnenschein mit offenem Verdeck durch die Gegend fahren.«

Hauptkommissar Löffler griff nach seinem Sakko, das er auf den Schreibtisch der Kollegin gelegt hatte und ging zur Tür. Er öffnete sie, blieb noch mal stehen und drehte sich zu den anderen um.

»Ach ja, mein Einstand fehlt doch noch. Sie werden verstehen, dass ich Sie alle erst einlade, wenn wir den Fall gelöst haben. Das ist doch kein Problem, oder?«

Sie alle blickten sich gegenseitig an und schüttelten dann, wie auf Kommando, gleichzeitig den Kopf.

»Aber was ist«, meinte Monika Berger, »wenn wir den Fall nicht lösen?«

»Tja«, sagte Löffler nur und verließ dann den Raum.

»Wo geht er denn hin?«, fragte Stammler.

»Den Fall lösen, vermutlich«, antwortete Monika Berger, »wozu braucht das Superhirn uns schon dazu.«

»Ach was«, sagte Annemarie Heim, »es ist Feierabend, und er geht nach Hause, so einfach ist das. Ich gehe jetzt auch, dann habe ich wenigstens noch ein paar Stunden von meinem Wochenende.«

Damit ging sie zur Tür und verschwand. Monika Berger sah ihr nach, dann tätschelte sie Stammler leicht die Schulter.

»Wo sie recht hat, hat sie recht. Ich bin dann auch mal weg. Viel Vergnügen noch mit deinem Computer.«

»Kein Problem«, sagte Stammler, und wandte sich seiner Fernbedienung zu, »ich habe sowieso nichts vor heute. Bis morgen dann.«

Als Christian Löffler das Wohnzimmer des elterlichen Hauses betrat, saß sein Vater in einem eleganten, dunkelbraunen Ledersessel und las ein Buch. Auf einem kleinen Beistelltisch stand eine Flasche Rotwein und daneben ein halb volles Glas.

Das Wohnzimmer war riesig. Eine Fensterfront war ganz aus Glas, und draußen, in der einsetzenden Dunkelheit, hatte man einen freien Blick über die Hausdächer Lustnaus bis hinüber zum Österberg. Das Haus der Löfflers stand in einer durchaus privilegierten Halbhöhenlage in Lustnau. Hier waren in den späten Fünfziger- und frühen Sechzigerjahren große Häuser, fast Villen, entstanden.

Das Haus der Löfflers stand inmitten von großen Bäumen, hatte drei Stockwerke, wobei das mittlere auf drei Seiten von einem Balkon umgeben war.

»Na, hast du deinen ersten Tag gut überstanden«, fragte Löfflers Vater seinen Sohn.

Christian Löffler blieb vor seinem Vater stehen. Der Vater, Klaus Löffler, grauhaarig und trotz Abendstunde in Sakko und mit Krawatte, sah zu seinem Sohn hoch und nahm einen kleinen Schluck Rotwein.

»Ich kann mich nicht über Arbeit beklagen«, antwortete Löffler, »pünktlich zu meinem Dienstbeginn hat man mir eine Leiche geliefert. Während des Stadtlaufs wurde ein Sportler erschossen. Kaum zu glauben, nicht wahr?«

»Ich habe es in den Nachrichten gesehen. Ziemlich spektakulär, da hast du recht.«

»Wenn ich es nicht besser wüsste, würde ich sagen, du hast deine Finger im Spiel. Aber eine Leiche zum Einstieg deines Sohnes in den neuen Job, kannst noch nicht mal du so einfach bestellen.«

Löfflers Vater verzog das Gesicht. Dann lächelte er seinen Sohn an.

»Ich weiß gar nicht, was du hast. Was ist denn so schlimm daran, wenn ich meinem Sohn eine große Karriere wünsche? Aber wie du willst – wenn du dich schon weigerst, dass ich dir helfe, dann mach deine Karriere halt durch Glück und viel Arbeit. Mir soll's recht sein.«

»Ach Vater«, seufzte Löffler, und ließ sich auf einem Sessel gegenüber nieder.

»Na, ist doch so«, ließ der alte Löffler nicht locker, »wozu hat man denn in all den Jahren die vielen Verbindungen aufgebaut, wenn man sie später nicht einmal nutzt? Du könntest schon längst Kriminalrat...«

»Lass' es gut sein, Vater«, unterbrach ihn Löffler, »ich bin schon zufrieden mit dem, was ich bisher erreicht habe, auch wenn es dir nicht gefällt.«

»Aber nein, Christian«, wehrte der Vater ab, »so ist das nicht, ich denke nur, man sollte alle Chancen nutzen, die man hat.«

»Ich habe dir gesagt, dass ich nur nach Tübingen zurückkomme, wenn du dich aus meinem Leben heraushältst. Das war die Bedingung. Falls ich einmal der Meinung sein sollte – um es mal vorsichtig auszudrücken –, dass ich deine Hilfe benötige, dann komme ich auf dich zu, nicht umgekehrt. Du erinnerst dich doch noch an unser Gespräch im Frühjahr?«

Der Vater trank einen weiteren kleinen Schluck aus seinem Glas. Dann ließ er sich in seinen Sessel zurückfallen und schloss einen kurzen Moment die Augen.

»Du brauchst nicht komisch zu werden«, sagte er dann, »ich weiß noch sehr gut, was wir besprochen haben. Apropos, ehe ich es vergesse, deine Ex-Frau hat angerufen, ich habe ihr gesagt, du rufst sie zurück.«

Löffler erhob sich aus seinem Sessel und ging zur Tür des Wohnzimmers.

»Noch sind wir verheiratet, Vater«, sagte er im Gehen, »vergiss das nicht. Ich rufe mal in Hamburg an und gehe dann gleich ins Bett.«

Damit wollte er die Wohnzimmertüre hinter sich schließen. Aber ein Ruf seines Vaters ließ ihn innehalten.

»Warte mal, Christian, es ist doch noch früh, willst du nachher nicht noch ein Glas Wein mit mir trinken? Danach kannst du bestimmt auch besser einschlafen, nach diesem aufregenden ersten Tag im neuen Job.«

Löffler dachte einen Augenblick nach.

»Na schön«, sagte er dann, »warum nicht. Aber bitte – wir führen keines dieser Vater-Sohn-Gespräche wie früher.«

»Wo denkst du hin«, lächelte sein Vater, »wir sitzen einfach hier, trinken den Rotwein und erzählen uns ein paar Geschichten. Du kennst doch ein paar Geschichten – bei deinem Beruf?«

»Ich spreche kurz mit Silke in Hamburg. Bin gleich zurück.«

»Sie war nicht sehr freundlich zu mir am Telefon. Nimm dich in Acht, Christian, lass dich zu nichts überreden, was du nicht wirklich willst.«

»Keine Angst, Vater, über diesen Punkt bin ich schon lange hinweg. Vielleicht bringt sie das Kind ins Spiel, damit trifft sie meine wunde Stelle, das weiß sie genau.«

»So weit wird es schon nicht kommen, sei nicht so misstrauisch.«

»Woher ich das wohl habe?«

7

Die Wöhrdtstraße lag zwischen dem ›Müller Markt‹ und einem großen Parkhaus, dem Neckarparkhaus, einem abstoßenden, grauen Klotz, den man direkt an das Neckarufer gebaut hatte. Heutzutage war es kaum mehr vorstellbar, dass gerade an einer solchen Stelle ein so unansehnlicher Betonquader gebaut würde. Gleich daneben, mit wunderbarer Grünanlage direkt am Ufer, hatte man ein Luxushotel, das »Domizil«, hingestellt. Von den Zimmern dieses Hotels aus hatte man einen wunderbaren Ausblick auf den Neckar, das Neckarufer und die Verbindungshäuser auf dem Österberg. Auf der anderen Straßenseite lag Maikas ›Sport-Shop‹. Auf zwei Stockwerken befanden sich die Verkaufsräume, die Front zur Straße hin war vollkommen verglast. Die großzügigen Schaufenster zeigten einen eindrucksvollen Querschnitt durch das Sortiment des Ladens.

Als Monika Berger und Löffler am frühen Montagmorgen, direkt vom Präsidium kommend, vor Maikas Geschäft den Wagen parkten, hatte es gerade erst geöffnet. Sie gingen durch die sich automatisch öffnende Türe ins Innere des Verkaufsraums, der dominiert wurde von einer riesigen Kassenanlage, die kreisförmig angelegt war.

Hinter der Kasse stand eine junge Frau in einem Oberteil, das Radfahrer bei ihren Ausfahrten trugen. Mitten auf ihrem Kopf thronte eine Fahrradbrille, die sie möglicherweise dorthin geschoben hatte, nachdem ihr morgendliches Training vorbei war. Wahrscheinlicher war aber, dass sie die Brille nur als modisches Accessoire verwendete. Sie schien sich einfach nur als Sportlerin verkleidet zu haben. Löffler ging zu der Frau hin.

»Wir würden gerne den Herrn Maika sprechen«, sagte er, »wo können wir ihn denn finden?«

Mit dem Finger deutete sie wortlos auf eine Tür, auf der ›Privat‹ stand.

»Ist er denn auch da«, fragte Monika Berger.

»Der junge Maika, der Gerold, der ist schon da«, antwortete die Frau. »Das mit dem Vater – na ja, das wissen Sie bestimmt schon.«

Zusammen gingen die Kriminalpolizisten zu der Tür und klopften an. Ohne auf eine Einladung zu warten, stießen sie die Türe auf. Sie sahen einen Mann hinter einem Schreibtisch sitzen, der konzentriert auf einen PC-Monitor starrte. Als sie eintraten, schaute er auf und sah sie neugierig an.

»Guten Tag, Herr Maika«, sagte Löffler, »dürfen wir Sie einen Moment stören?«

»Aber gerne«, antwortete Gerold Maika, »mit wem habe ich denn die Ehre?«

»Ich bin Hauptkommissar Löffler, das ist meine Kollegin, Kommissarin Berger. Zunächst einmal: Unser herzliches Beileid zum Tod Ihres Vaters. Können wir uns setzen?«

»Oh, sicher, setzen Sie sich doch auf die Stühle da vor dem

Schreibtisch. Danke für Ihr Beileid. Was kann ich für Sie tun?«

Die beiden Kommissare setzten sich Maika genau gegenüber, der sich in seinem Ledersessel zurücklehnte und sie betrachtete.

»Wir haben«, fuhr Löfflers Kollegin fort, »heute Morgen bei Ihnen zu Hause angerufen. Ihre Mutter sagte uns, dass wir Sie hier finden können.«

»Was wir auch vollkommen verstehen«, ergänzte Löffler, »denn das Geschäft geht ja weiter.«

»Tja, da haben Sie recht«, sagte Maika. »Kann ich Ihnen übrigens etwas zu trinken anbieten?«

Löffler sah sich in dem Raum um. In der Ecke hinter dem Schreibtisch entdeckte er einen Kühlschrank.

»Einen Energiedrink vielleicht«, sagte der Hauptkommissar, »wenn Sie so etwas da hätten? Und Sie, Frau Berger?«

Monika Berger schüttelte den Kopf.

»Aber gerne«, antwortete Maika im Aufstehen. Er ging zum Kühlschrank, öffnete ihn und holte zwei Energiedrinks heraus. Er war ein großgewachsener, braun gebrannter junger Mann von vielleicht dreißig Jahren. Unter dem T-Shirt konnte man seine kräftigen Oberarme deutlich erkennen. Er hatte eine Radlerhose an und seine nackten Füße steckten in Laufschuhen. An den Waden bildeten eine Mischung aus kräftig definierten Muskelsträngen und dicken Adern ein Relief auf der Haut. Er drückte Löffler einen Drink in die Hand, den dieser öffnete und dann einen langen Schluck daraus nahm.

»Ah«, stöhnte Löffler hingebungsvoll, und schloss genießerisch die Augen, »wunderbar, so ein kühler Drink vor der Hitze des Tages.«

»Haben Sie denn keine Vertretung für heute gefunden«, fragte Monika Berger.

»Wie meinen Sie das?«

»Immerhin haben Sie einen Trauerfall in der Familie. Sie erinnern sich – Ihr Vater ist tot. Erschossen.«

Maika setzte sich wieder auf seinen Sessel.

»Ach, wissen Sie«, antwortete er, »wenn ich zu Hause sitze, macht das meinen Vater auch nicht wieder lebendig. Und wie Ihr Kollege bereits sagte, das Geschäft muss weitergehen, es nimmt keine Rücksicht auf persönliche Verluste.«

»Na, das nenne ich doch eine gesunde unternehmerische Einstellung.«

Maika ignorierte die Ironie der Kommissarin.

»Also«, sagte er, während er gleichfalls seine Dose mit dem Energiedrink aufriss, »was wollen Sie von mir wissen?«

»Ich würde sagen«, übernahm Löffler wieder, »die Fragen ergeben sich von alleine. Zum Beispiel, ob Sie eine Ahnung haben, wer Ihren Vater erschossen haben könnte. Sie wissen schon, hatte er Feinde und wenn ja, wen? Solche Fragen.«

Maika trank den Rest der Dose in einem Zug leer. Dann zerknüllte er sie in seiner Hand und warf sie in Richtung des Papierkorbs neben dem Kühlschrank, der ungefähr vier Meter entfernt war. Er traf direkt hinein. Stolz sah er die Polizisten an, dann stützte er sich mit seinen Unterarmen auf dem Schreibtisch auf und beugte sich nach vorne.

»Hören Sie«, begann er, »mein Vater, müssen Sie wissen, war ein ganz einfacher Mann. Er hat dieses Sportgeschäft von einem Onkel übernommen und es dann im Lauf der Zeit ausgebaut. Mehr Umsatz, mehr Angestellte. Daneben war er im Vorstand eines Leichtathletikvereins und verbrachte seine ganze Freizeit auf dem Sportplatz am Vereinsgelände. Dort trainierte er eine Gruppe talentierter Nachwuchsläufer und nebenher bereitete er eine Seniorengruppe auf einen Marathon vor. Das alles im Ehrenamt. So, und jetzt frage ich Sie: Wer sollte einem solchen Mann etwas Böses wünschen?«

»Ich würde sagen«, meinte Monika Berger, »jemand hat es nachweislich getan. So ganz ohne Feinde scheint Ihr Vater dann doch nicht gewesen zu sein. Sozusagen hatte er sogar einen Todfeind.«

»Sind Sie denn überhaupt sicher, dass der Schuss meinem Vater gegolten hat? Ich meine, wenn man bedenkt, wie viele Menschen bei dem Stadtlauf unterwegs waren, dann könnte man doch auch zu der Einschätzung kommen, dass mein Vater ein Zufallstoter gewesen sein könnte. Oder?«

»Wenn man Ihnen so zuhört, dann war Ihr Vater ja ein wahrer Heiliger«, fuhr die Kommissarin fort, »aber es gibt leider bestimmte Indizien dafür, dass man ganz gezielt auf ihren Vater geschossen hat.«

Maika stand von seinem Sessel auf und ging durch den Raum. Er bewegte sich zur Tür, von da zum Kühlschrank, dann zum Fenster und von da wieder zum Kühlschrank, an den der sich schließlich anlehnte. Offensichtlich hatte er seinen Gedankengang beendet.

»Also, geschäftlich gab es keinen Grund, meinem Vater etwas anzutun«, sagte Maika dann, »wir kommen mit unseren Mitbewerbern gut aus. Man kennt sich in so einer kleinen Stadt, und deshalb weiß man auch, dass man sich nicht aus dem Weg gehen kann. Also vermeiden wir Streitigkeiten aller Art. Wenn mein Vater sich Feinde gemacht hat, dann kann das nur mit dem Verein zusammenhängen. Da gab es doch ständig Streitereien, so nach dem Motto: Jeder gegen jeden.«

»Im Verein? Sie meinen im Leichtathletikverein? Wie kommen Sie denn darauf?«

»Wie ich schon sagte, er hatte sich mit ein paar Leuten vom Vorstand angelegt. Es gibt nämlich demnächst Neuwahlen und mein Vater ist im Verein nicht unumstritten.«

»Also gab es doch Feinde«, stellt Löffler fest.

»Nicht Feinde, sondern Gegner. Jedenfalls hat mein Vater so etwas angedeutet, als wir uns das letzte Mal darüber gesprochen haben. Mein Vater wollte mehr Richtung Leistungssport gehen, während die anderen mit dieser Ausrichtung nicht einverstanden waren. Sie wissen schon, Leistungssport gegen Breitensport, ein altes Thema in solchen Vereinen. Ich weiß jedenfalls, dass sie ziemlich gestritten haben. Wenn jemand gegen meinen Vater etwas im Schilde führte, dann kommt das aus der Ecke.«

»Das, was Sie hier erzählen, mag ja alles zutreffen«, sagte Löffler, »aber wegen eines Vorstandspostens und wegen ein bisschen Vereinspolitik bringt man doch keinen um. Das sind übrigens die Worte Ihrer Mutter.«

»Ach ja, meine Mutter.«

Maika nahm seinen Spaziergang durch das Büro wieder auf. Die beiden Kommissare beobachteten ihn dabei schweigend. Offensichtlich musste Gerold Maika sich bewegen, musste seinen Körper in eine Art Schwingung bringen, um seine Gedanken klar formulieren zu können. Schließlich blieb er wieder stehen und wandte sich den beiden Polizisten zu.

»Wissen Sie, mein Vater hatte größere Pläne, als nur ein paar kleine Nachwuchssportler und ein paar Senioren zu trainieren. Ganz genau weiß ich nicht, was er eigentlich vorhatte, das hat er nicht einmal mir erzählt. So war er eben, ehe nicht alles in trockenen Tüchern war, hat er nicht darüber gesprochen. Wahrscheinlich war er einfach abergläubisch und dachte, wenn er darüber spricht, dann geht es in die Hose. Keine Ahnung. Am besten fragen Sie die Leute vom Vorstand, die müssen schließlich wissen, worüber sie mit ihm gestritten haben. Aber ich gebe Ihnen recht, ich halte die alle für ziemlich harmlos. Alle zusammen ziemliche Schlappschwänze, hätte mein Vater Ihnen gesagt.«

»Wenn Sie das sagen«, meinte Monika Berger, ehe sie sich erhob. Auch Löffler stand auf.

»Eins noch«, sagte Löffler auf dem Weg zur Türe, »wie war denn Ihr Verhältnis zu Ihrem Vater?«

»Na, endlich kommt die Frage«, lächelte Gerold Maika den Hauptkommissar an, »Sie haben sich aber lange Zeit gelassen, um mich das zu fragen. Das war ja ein bisschen wie Inspektor Columbo.«

»Dann können Sie es ja mit der Beantwortung kurz machen.«

»Wie Sie wollen, Herr Hauptkommissar. Also, ich habe mich gut mit ihm verstanden. Als das Ganze passiert ist, habe ich in der Veranstaltungshalle bei der Läufermesse unseren Stand betreut. Da können Sie jeden unserer Angestellten und auch die Leute von den anderen Ständen befragen. Als man mir die Nachricht vom Tod meines Vaters überbracht hat, musste ich eine Weile alleine für mich sein. So bin ich halt.«

»Interessant, dass Ihre Mutter uns erzählt hat, dass Sie alleine mit dem Fahrrad im Schwarzwald unterwegs waren.«

»So falsch war das nicht. Denn nach der Todesnachricht habe ich mich tatsächlich aufs Rad geschwungen und bin mitten durch den Schwarzwald bis rüber zur französischen Grenze und wieder zurück gefahren. Alleine.«

»Eine lange Tour.«

»Meinem toten Vater hätte es so gefallen.«

Löffler gab Maika die Hand.

»Dann auf Wiedersehen, Herr Maika, falls wir noch Fragen haben, melde ich mich bei Ihnen. Bis dahin.«

Auch Berger schüttelte wortlos Maikas Hand und folgte Löffler zur Tür.

»Binder heißt er«, rief Maika ihnen plötzlich nach, »Karl Binder.«

»Wie bitte«, fragte die Kommissarin und drehte sich zu Maika um.

»Der andere Mann im Vorstand«, sagte Maika, »der, mit dem mein Vater Streit hatte. Ich dachte, Sie wollten mit ihm sprechen. Sein Name ist Karl Binder.«

»Ah ja, den meinen Sie«, antwortete Löffler.

»Da können Sie mal sehen, wie ich Ihre Untersuchung unterstütze«, bemerkte Maika noch, ehe die beiden endgültig das Büro verließen. Löffler drehte sich noch einmal um und nickte Maika tonlos zu. Dann ging er zusammen mit seiner Kollegin durch den Verkaufsraum nach draußen zum Wagen.

8

Sie waren schon eine ganze Weile schweigend durch die Innenstadt Tübingens gefahren. Die Ausfahrtstraßen Tübingens waren, wie so oft, dicht. Es war schwer, eine verwinkelte, verbaute Stadt wie Tübingen mit einem modernen Verkehrsplan in Einklang zu bringen, ohne dabei gleichzeitig darauf zu verzichten, alte, unter Denkmalschutz stehende Gebäude einzureißen. Da im Tübinger Stadtkern praktisch jedes Haus alt genug war, um unter Denkmalschutz zu fallen, versuchte man nun schon seit Jahrzehnten, mit Glück und Geschick, den zunehmenden Autoverkehr durch die Enge der Altstadt zu lenken. Der Preis für die Erhaltung alter Bausubstanz, waren die nie endenden Staus in den engen Straßen.

Christian Löffler und Monika Berger tasteten sich in ihrem Wagen langsam an die Ausfahrtstraße nach Hirschau heran, Richtung Freibad, wo sich auch das Leichtathletikstadion befand. Monika Berger hatte die ganze Zeit aus dem Fenster geschaut, ohne auch nur ein Wort zu sagen. Nicht gerade typisch für ihr sonstiges Verhalten.

»Schon peinlich, die Sache eben«, sagte sie dann plötzlich, nachdem wieder eine Ampelphase am Zinser-Dreieck vorbei war, und sie es wieder nicht geschafft hatten, bei Grün durchzukommen.

»Peinlich? Was denn? Ich weiß nicht, was Sie meinen?«, antwortete Löffler ruhig.

»Na ja, dass der Befragte uns darauf aufmerksam machen muss, dass wir eine Frage zu wenig gestellt haben.«

»Eine Frage zu wenig?« Löffler schien angestrengt nachzudenken. »Ich habe immer noch keine Ahnung, was Sie meinen. Welche Frage denn?«

Die Kollegin schlug mit ihrer offenen Hand auf das Armaturenbrett vor ihr.

»Welche Frage? Na, welche wohl? Die nach diesem verdammten Karl Binder natürlich. Und dieser Maika musste uns erst darauf aufmerksam machen. Der hält uns jetzt für vollkommen unprofessionell, für den sind wir doch blutige Anfänger. Auf seiner nächsten Fahrradtour erzählt er wahrscheinlich seinen Mitradlern, wie er uns, den Ahnungslosen, auf die Sprünge helfen musste. Furchtbar!«

Löffler drückte aufs Gas, und der Wagen fuhr mit durchdrehenden Reifen los. Noch während die Ampel von Gelb auf Rot sprang, fuhr er durch und bog in die Europastraße ein, dem direkten Weg zum Stadion.

»Soll der Maika doch glauben, was er will. Im Übrigen fahren wir jetzt zum Vereinsgelände der LC Tübingen, falls Sie das noch nicht mitbekommen haben. Ich habe in aller Frühe eine Vorstandssitzung einberufen – mit Herrn Karl Binder. Dann können wir die Herrschaften alle auf einen Schlag vernehmen. Das spart uns viel Zeit.«

»Wie? Sie kennen Binder?«

Löffler lächelte still vor sich hin, während er einen Wagen vor sich überholte.

»Ich weiß, wer er ist«, sagte er dann, »ich habe nämlich gestern Abend zusammen mit meinem Vater ein Glas Wein getrunken und heute Morgen mit ihm gefrühstückt. Das führte dazu, dass er mir einen Kurzüberblick über den Verein, seine Geschichte und seine Köpfe verschafft hat. Seitdem mein Vater sich aus dem aktiven Geschäftsleben zurückgezogen und nun entsprechend viel Freizeit hat, kümmert er sich intensiv und mit Begeisterung um die eher unwichtigen Dinge. Wie zum Beispiel um Sportvereine. Also habe ich heute Morgen von zu Hause alle Vorstände angerufen und sie ins Vereinsheim einbestellt. Falls sie nicht kämen, habe ich mit einer Vorladung ins Präsidium gedroht. So, alles klar jetzt? Da kann uns doch egal sein, was ein Herr Gerold Maika über uns denkt. Zufrieden?«

Monika Berger schwieg wieder eine Weile.

»Ich wünschte nur«, sagte sie dann leise, »Sie würden mich in Ihre Ermittlungen einbeziehen. Immerhin sind wir ein Team, oder? Und außerdem käme ich mir dann nicht so blöde und ausgestoßen vor.«

»Sie haben recht«, sagte Löffler, ohne zu zögern, »aber ich muss mich erst daran gewöhnen, dass ich eine neue Partnerin habe.«

Sie sah ihn von der Seite an, aber er reagierte nicht auf ihren Blick, sondern schaute starr voraus auf den Verkehr.

»Sie sagen das so komisch«, sagte die Kommissarin.

»Ich weiß nicht, was Sie meinen.«

»Sie sagen das so, als wäre es Ihnen lieber, Sie hätten einen Mann als Partner.«

»Was Sie immer zu hören glauben. Also, ein Mann wäre da anders, ganz anders.«

»Schauen Sie nach vorne, ehe ein Unfall passiert.«

Löffler lächelte sie von der Seite an. Und man sah, sie hatte alle Mühe, nicht in sein Lächeln einzustimmen.

Zu dieser frühen Stunde war es kein Problem, direkt vor dem Vereinsgelände einen Parkplatz zu bekommen. Sie stellten den Wagen gleich vor dem Vereinsheim ab. Die Kommissare gingen durch das Eingangstor zum Gelände. Vor ihnen lag eine Leichtathletikanlage, die bestens ausgerüstet war, um die verschiedenen Disziplinen optimal ausüben zu können.

Rund um eine Grünfläche von der Größe eines Fußballfeldes zog sich eine blaue Tartanbahn mit sechs Bahnen. An der Kopfseite des Feldes befand sich eine Hochsprunganlage, daneben der Anlauf und der Abwurfbereich für das Speerwerfen. Am gegenüberliegenden Ende, am frühen Morgen noch im Schatten liegend, konnte man die Stabhochsprunganlage erkennen, daneben den Käfig für die Diskuswerfer. Überall verteilt standen Hürden in unterschiedlicher Höhe für Männer und Frauen, und in der Weitsprunganlage ebnete ein Mann mit einem Rechen den Sand. Beim Anlauf zum Weitsprung standen ungefähr zwanzig Kinder, die alle darauf warteten, endlich springen zu können. Vermutlich eine Schulklasse, die Sportunterricht hatte. An Vormittagen war die Anlage für den Schulsport reserviert.

Auf dem Weg zum Vereinsheim, in dem sie mit den Leuten vom Vorstand verabredet waren, blieben Löffler und Berger eine Weile stehen und beobachteten die Kinder beim Weitsprung. Schließlich sah Löffler auf die Uhr, gab der Kollegin ein Zeichen, und sie gingen die letzten Meter zum Vereinsheim.

Dieses Vereinsheim war eigentlich eine Kneipe mit Hinterzimmer, das als Versammlungsort für den Vorstand eingerichtet war. Die Eingangstür stand offen. Sie gingen hinein und versuchten, sich in dem dunklen Raum zu orientieren. Dafür, dass die Kneipe auf einer Sportstätte stand und dafür, dass ihre Gäste größtenteils wahrscheinlich Sportler waren, stank es ekelhaft nach Zigarettenrauch. Die Fenster waren geschlossen und die Gardinen zugezogen. Deshalb war es auch so dunkel in dem Raum, der von einem großen, ausladenden Tresen gegenüber des Eingangs dominiert wurde.

Die Kommissare schauten sich um. Es war niemand zu sehen. Rechts vom Tresen, direkt neben den Toiletten, entdeckten sie eine Tür, auf der ein Blatt Papier mit dem Wort ›Vorstand‹ aufgeklebt war. Sie gingen zu der Tür und klopften. Man konnte Stimmen von drinnen hören. Sie öffneten die Türe und blickten in einen Raum, der einzig aus einem langen Tisch und den zugehörigen Stühlen zu bestehen schien. Am Kopfende, gegenüber der Eingangstür, saß ein Mann, neben ihm, an der Längsseite des Tisches, eine Frau und ein weiterer Mann. Die drei blickten die beiden Polizisten neugierig an. Löffler trat an den Tisch und lächelte in die Runde.

»Zunächst einmal guten Tag, und vielen Dank, dass Sie es einrichten konnten, so kurzfristig und zu dieser Stunde herzukommen. Ich bin Hauptkommissar Löffler, das hier meine Kollegin, Kommissarin Berger. Wir beide sind von der Mordkommission und somit mit der Aufklärung des Todes Herrn Maikas betraut worden. Sie wissen ja inzwischen bestimmt alle Bescheid. Oder?«

Die drei schauten sich an, dann sahen sie zu den beiden Polizisten.

»Wir wissen nur das, was in den Nachrichten und im Fernsehen kam«, sagte der Mann am Kopfende des Tisches.

Er trug einen Anzug ohne Krawatte, mit einem T-Shirt unter dem Sakko, und war etwa in den Fünfzigern, vielleicht knapp unter Sechzig. »Aber wir wissen natürlich nicht, was daran wahr ist und was nicht. Die Medien übertreiben ja manchmal ganz schön. Hat man Maika nun erschossen oder nicht?«

»Und vor allem – was haben wir mit seinem Tod zu tun? Ob nun erschossen oder einfach umgekippt«, sagte die Frau, die neben dem Mann im Anzug saß, und die wesentlich älter zu sein schien als er. Sie trug einen beigen Hosenanzug und eine Lockenfrisur, die das Prädikat Lehrerin der alten Garde verdiente.

»Sie sind wahrscheinlich Frau Schick«, überging Löffler die Frage, »und haben derzeit welche Aufgabe im Verein?«

Sie setzte sich aufrecht auf ihren Stuhl.

»Ich bin die zweite Vorsitzende«, sagte sie, »also sozusagen die Nachfolgerin von Herrn Maika. Und ich ...«

»Aber nur noch für diese Woche«, fiel ihr der Mann vom Kopfende ins Wort, »wir haben nämlich nächstes Wochenende Neuwahlen, und da gibt es dann einen neuen Vorsitzenden für den Verein.«

»Darf ich wissen, wer Sie sind«, fragte Löffler den Mann.

»Mein Name ist Binder, Karl Binder«, antwortete dieser.

»Ach«, sagte Löffler, »dann sind Sie also der Gegenkandidat von Herrn Maika.«

»Herr Maika ist tot, soviel ich weiß«, sagte Binder trocken.

»Oh ja, Sie haben natürlich recht«, antwortete Löffler, und schlug sich mit der flachen Hand ganz leicht gegen die Stirn, »das habe ich für einen Augenblick wirklich vergessen. Dabei bin ich doch gerade deshalb hier. – Und Sie, wer sind Sie«, fragte er dann den Mann, der gegenüber von Frau Schick saß.

»Ich bin Herbert Spranger, der Schriftführer«, sagte der Mann kurz. Er sah Löffler dabei nur flüchtig an, dann starrte er auf einen Punkt vor sich. Löffler zog sich zwei Stühle an den Tisch, bot einen Monika Berger an und setzte sich auf den anderen.

»So, jetzt kennen wir uns alle, dann können wir uns ja mal über das eigentliche Thema unterhalten. Um gleich auf Ihre Frage zurückzukommen, Frau Schick, was Sie hier in dem Raum mit dem Tod Herrn Maikas zu tun haben, kann ich noch nicht sagen. Wahrscheinlich gar nichts. Und im Übrigen ist das hier auch kein Verhör. Nennen wir es einfach ein Sondierungsgespräch im Umfeld des Opfers. Eine Unterhaltung. Irgendwo müssen wir ja beginnen mit den Ermittlungen, nicht wahr, und warum sollen wir das nicht bei Ihnen machen? Und, ja, Herr Maika wurde erschossen, er ist nicht einfach umgefallen. Wir gehen zunächst einmal von Mord aus.«

Karl Binder stand von seinem Stuhl auf, blieb einen Augenblick stehen und schaute in die Runde. Dann setzte er sich Richtung Ausgang in Bewegung.

»Wenn das nur ein Sondierungsgespräch ist«, sagte er, während er sich noch hinter dem Stuhl Sprangers vorbeiquetschte, »dann kann ich ja genauso gut gehen. Ich habe noch anderes zu tun, als mich hier mit Ihnen zu unterhalten.«

Löffler wies mit der offenen Hand auf die Tür.

»Sie dürfen uns natürlich gerne verlassen, Herr Binder«, sagte er ganz ruhig, »dann treffen wir uns eben morgen früh pünktlich um acht Uhr zur Vernehmung im Polizeipräsidium. Seien Sie pünktlich und bringen Sie viel Zeit mit.«

Binder hob resignierend die Arme hoch, dann drehte er sich um und ging zurück zu seinem Platz am Tisch. Er setzte sich und faltete die Hände, als erwarte er nun eine längere Predigt.

»Nun wissen wir wenigstens«, sagte er zu seinen Nachbarn, »was die Polizei unter einer zwanglosen Unterhaltung versteht.«

»Von zwanglos war nicht die Rede, wenn ich mich richtig erinnere«, warf Monika Berger ein.

»Sondierungsgespräch wäre der korrekte Begriff«, übernahm Löffler wieder, »aber kommen wir zur Sache. Wir haben gehört, dass Maika nicht unumstritten war in Ihrem Verein. Worum ging es denn bei dem Streit genau?«

»Streit«, fragte Frau Schick, »das war kein Streit.«

»Genau, das kann man so nicht sagen«, schloss Binder sich ihr an, »wir hatten Meinungsdifferenzen in der Sache.«

»Also Streit«, sagte die Kommissarin.

»Nennen Sie es doch wie Sie wollen«, resignierte Binder.

»Was waren das denn für Meinungsdifferenzen«, fragte Löffler, »Sie machen mich langsam neugierig.«

Binder nahm sich eine kleine Pause, suchte Augenkontakt zu Schick und Spranger, und setzte sich aufrecht hin in seinem Holzstuhl, so, als wolle er unmittelbar damit beginnen, eine längere Ansprache zu halten.

»Wir waren uns uneinig darüber«, begann Binder, »wie wir den Verein in Zukunft neu aufstellen wollen. Es gibt dabei zwei Möglichkeiten. Die eine wäre, den Verein zu professionalisieren, ihn noch viel mehr zu professionalisieren, als er es jetzt bereits ist. Und die andere Möglichkeit wäre, man bleibt beim Konzept des Breitensports. Bietet also jedem, auch dem Hobbysportler, eine Heimat und verzichtet auf Spitzensport. Das ist übrigens mein Ansatz und der meiner Kollegen hier. Und davon wollte Maika überhaupt nichts wissen, er hat uns sogar ausgelacht und uns als Träumer und realitätsferne Hippies bezeichnet.«

»Hippies, ausgerechnet wir«, warf Frau Schick ein. Löffler überlegte kurz.

»Um einen Verein mit Spitzensport aufzustellen, braucht man Geld, viel Geld«, sagte Löffler nachdenklich, »haben Sie dieses Geld denn? Ich meine, der Verein, natürlich? Oder hatte Maika das Geld? Und ich kann bisher nicht erkennen, dass sich ein großer Sponsor bei Ihnen im Verein eingekauft hätte, wie bei den Tübinger Basketballern, zum Beispiel.«

»Aber das ist es ja, warum ich so strikt dagegen bin, auf

die Karte Spitzensport zu setzen«, ereiferte sich Binder, »man braucht Geld, sehr viel Geld, um im Spitzensport auch nur annähernd mithalten zu können. Und dann versuchen Sie mal, heutzutage Sponsoren zu finden für die Leichtathletik. Klar, Basketball hier bei uns, das läuft unter Trendsportart und außerdem spielen die Tübinger in der ersten Liga. Die kaufen sich einfach ein paar Amerikaner, und fertig ist die Mannschaft. So läuft das aber nicht in der Leichtathletik.«

»Andererseits«, mischte Frau Schick sich nun ein, »hat der Maika versprochen, dass er das Geld besorgen wird. Viel Geld. Das hat er genau so gesagt.«

»Aber er hat nicht gesagt, wie er das Geld auftreiben will«, entgegnete Binder, »er hat ein riesengroßes Geheimnis daraus gemacht. Oder hat er dir vielleicht gesagt, woher er das Geld nehmen will?«

»Nein«, antwortete Frau Schick, »aber Maika hat immer Wort gehalten, wenn er etwas zugesagt hat. So ehrlich sollten wir schon sein.«

»Er lebte halt immer noch in seinen seligen DDR-Zeiten«, sagte Spranger plötzlich leise, so leise, als sei es nur für ihn selbst bestimmt gewesen. »Das war irgendwie sein Problem.«

»Ach, stimmt ja«, sagte Monika Berger, »Maika kam ja aus der ehemaligen DDR. Aber das muss ja kein Nachteil sein. Im Sport sowieso nicht.«

»Eben«, meinte Spranger dann, »er war ja immerhin ein sehr erfolgreicher Trainer dort, wussten Sie das nicht?«

Die Kommissarin schüttelte den Kopf.

»Und das wollte er hier wiederholen«, fuhr Spranger fort, »er wollte hier genauso erfolgreich sein wie damals, als er noch drüben war. Aber da fragen Sie am besten Mal den Binder hier, der kennt den Maika ja noch von damals. Stimmt das nicht, Binder?«

»Ach«, sagte Monika Berger überrascht, »Sie kommen auch aus der DDR?«

»Aus der ehemaligen DDR, bitte«, antwortete Binder, »aber das ist doch schon so lange her, da kann ich mich ja an kaum noch etwas erinnern. Außerdem ist das doch wohl nicht wichtig für die Ermittlungen, oder? Was hat meine Herkunft mit einem Schuss bei einem Volkslauf zu tun? Nichts, absolut gar nichts.«

»Danke, Herr Binder, dass Sie unsere Arbeit mit erledigen wollen«, mischt Löffler sich nun wieder ein, »und wenn wir gerade dabei sind, Sie als Spezialist: Was ist denn Ihrer Meinung nach wichtig für unsere Ermittlungen? Hätten Sie nicht ein paar Tipps für uns?«

Binder schien überrascht zu sein über die Reaktion Löfflers. Dann aber beschloss er offensichtlich, die Ironie des Hauptkommissars zu ignorieren.

»Was weiß denn ich, wie Sie vorgehen müssen? Aber vielleicht recherchieren Sie mal in seiner Familie, sozusagen im familiären Umfeld. Maika hatte doch dauernd Frauengeschichten, wer weiß, ob seine Frau nicht irgendwann einmal die Schnauze voll hatte, und ihn einfach um die Ecke brachte.«

»Frau Maika«, fragte Monika Berger kopfschüttelnd, »mit dem Gewehr auf der Neckarbrücke? Können Sie sich das wirklich vorstellen?«

»Dann gibt es da immer noch den Sohn, diesen Gerold«, fuhr Binder fort, sich nun ganz eindeutig in seinem Element befindend, »den hat er doch ständig gedemütigt. Er sei ein Schlappschwanz, er tauge nicht viel, ohne ihn, den alten Maika, sei er eine Null. Nicht dass ich das gesagt hätte, alles Originalton vom alten Maika. Und das hat er in aller Öffentlichkeit gesagt, da kannte der Maika gar nichts.«

»Ich hoffe, Frau Kommissarin Berger«, sagte Löffler süffisant, »Sie haben diese wichtigen Informationen des Herrn Binder alle mitgeschrieben. Nicht, dass wir noch was außer Acht lassen. Und wie, Herr Binder, nur um mal das Thema zu wechseln, wie wäre denn die Wahl am kommenden

Wochenende ausgegangen, was meinen Sie? Hätte man Sie zum Vorsitzenden gewählt?«

»Das hat sich ja nun erledigt. Ich habe jetzt keinen Gegenkandidaten mehr.«

»Ja«, sagte Löffler, »und zwar endgültig. Apropos erledigt, wo waren Sie eigentlich, als man Maika erschossen hat? Nur mal so gefragt, einfach, um Sie von jedem möglichen Verdacht zu befreien.«

»Am Sonntag kurz nach zwölf muss das gewesen sein«, überlegte Binder, und legte dabei seine Stirn in Falten, als wolle er gerade das Rad erfinden, »da war ich zu Hause und habe gefrühstückt. Ja, genau, ich habe ausgiebig gefrühstückt. Wie jeden Sonntagmorgen, übrigens.«

»Und das haben Sie mit Ihrer Frau zusammen gemacht? Gefrühstückt, meine ich?«

»Mit meiner Frau? Nein, ich war alleine, ohne Frau, wenn Sie es genau wissen wollen. Das bin ich meistens. Ich habe nämlich gar keine Ehefrau. Aber ich bitte Sie – Sie glauben doch nicht wirklich, dass ich mit Maikas Tod etwas zu schaffen habe, oder?«

»Nun ja«, tat Löffler so, als würde er sich die Sache durch den Kopf gehen lassen, »zunächst mal haben Sie kein Alibi. Das ist schon mal schlecht. Und dass sie beide nicht gerade Freunde waren, trägt auch nicht gerade zur Unschuldsvermutung bei.«

»Und wie sieht es mit schießen aus«, fuhr Monika Berger fort, »Sie waren doch bestimmt bei der NVA. Es gab doch die Wehrpflicht in der DDR, oder nicht?«

»Ich war in der Sportkompanie«, sagte Binder, und man merkte ihm seine Erregung an, »und außer mit Bällen aller Art wird da nicht scharf geschossen. Da hatten wir Fußbälle, Basketbälle, Medizinbälle, Volleybälle...«

»Herr Binder.«

Löffler musste nicht einmal seine Stimme erheben, so einschneidend war sie, um sofort die Aufmerksamkeit aller zu erhalten, und gleichzeitig Binder zum Verstummen zu bringen.

»Ist ja schon gut«, murrte Binder dann.

»Also waren Sie damals schon ein Kollege von Maika«, setzte Kommissarin Berger ihre Fragen fort.

»So ungefähr. Zuerst waren wir Konkurrenten, sportliche Konkurrenten. Als wir beide noch aktiv Sport betrieben. Danach wurden wir zu Kollegen, er als Lauftrainer, ich war Wurftrainer und zuständig für den Mehrkampf. Als wir dann in den Westen kamen, war ich nur noch Funktionär, er aber ist, neben seinem Sportgeschäft her, Trainer geblieben. Er war wohl einfach gerne an der frischen Luft, könnte ich mir vorstellen.«

»Maika war sehr ehrgeizig«, meldete sich Spranger wieder zu Wort, »er wollte seine DDR-Erfolge als Trainer unbedingt hier bei uns wiederholen. Er hat eine gute Läufertruppe zusammengestellt, das muss man sagen. Bis ihm dann das Geld ausging. Ich meine, solche Dinge wie Trainingslager, Vergütungen für die Sportler, Reisen, Kleidung und solche Sachen sind teuer.«

»Was hatten Sie eigentlich mit Maika zu tun«, fragte Löffler, »ich meine, was hatten Sie direkt mit ihm zu tun?«

»Ich war der, der ihm immer sagen musste, dass wir kein Geld mehr in der Kasse haben. Also war ich sein natürlicher Feind, sozusagen. Folglich hätte er eher mich erschießen müssen als ich ihn. Gestern Morgen, und das sage ich Ihnen jetzt unaufgefordert, stand ich am Start, weil nämlich meine Frau auch mitgerannt ist. Im Übrigen stand meine Tochter genau neben mir, und wir haben zusammen ihre Mutter angefeuert. Im Ziel haben wir ihr dann Getränke gereicht.«

»Danke, Herr Spranger, das war sehr ausführlich«, sagte Löffler, dann erhob er sich aus seinem Stuhl und gab seiner Kollegin ein Zeichen, ebenfalls aufzustehen.

»Überprüfen werden wir das natürlich trotzdem. – Hätten

Sie etwas dagegen, wenn wir uns ein wenig auf Ihrem Trainingsgelände umschauen? Ein bisschen frische Luft würde unseren Beamtenköpfen ganz gut tun, könnte ich mir vorstellen.«

»Und was ist mit mir?«, fragte plötzlich Frau Schick mit erstauntem Gesichtsausdruck in Richtung der Kommissare. »Trauen Sie mir keinen Mord zu? Sehe ich so harmlos aus? Oder haben Sie einfach etwas gegen Frauen als Mörderinnen?«

Sie lächelte den Hauptkommissar verschwörerisch an.

»Ich habe auch etwas gegen Männer als Mörder, keine Angst. Aber wenn wir schon dabei sind – haben Sie denn ein Alibi?«

»Ich habe ebenfalls gefrühstückt, und zwar ebenfalls alleine. Falls Sie es genau wissen wollen, ich habe keinen Mann. Ist das ein Problem?«

»Das müssen Sie besser wissen als ich«, lachte Löffler, »aber wir werden Ihrem Alibi natürlich überprüfen, denn Sie wissen ja: Jeder ist zunächst mal verdachtig. Wir kommen wieder auf Sie zu. Aber jetzt schauen wir uns erst mal Ihr wunderbares Sportgelände an. Auf Wiedersehen.«

Sie standen beide auf und gingen zur Tür. Hinter ihnen rückten ebenfalls die Stühle, als die drei Vorstände sich erhoben und sich langsam daran machten, zum Tresen im Vereinsheim zu gehen. Dort stand inzwischen ein Mann, offensichtlich der Betreiber des Lokals und schraubte Bierhähne an.

Die Kriminalpolizisten gingen durch die immer noch menschenleere Kneipe und traten hinaus in das gleißende Licht der Morgensonne. Löffler setzte seine Sonnenbrille auf. Von ihrem Standort aus, direkt vor dem Vereinsheim, lag die gesamte Anlage vor ihnen. Noch immer trainierten ein paar Sportler. Laute, wenngleich auf die Entfernung unverständliche, Kommandos eines Trainers schallten herüber. Mit einem Mal tauchte Frau Schick neben ihnen auf.

»Ach, Frau Schick«, sagte Löffler überrascht, »haben wir

etwas vergessen? Oder haben Sie vergessen, uns etwas zu sagen?«

»Das eine nicht und das andere ebenso wenig. Ich würde gerne etwas ergänzen. Oder, besser gesagt, berichtigen. Es geht dabei um Maikas Frauengeschichten.«

»Sagen Sie bloß«, sagte Löffler, »wollen Sie uns jetzt ein Geständnis machen? Eines von erotischer Natur?«

Er lächelte sie dabei schelmisch an.

»Ach, Herr Kommissar«, lächelte sie verlegen, »das würde ich ja gerne. Aber leider… Na, jedenfalls habe ich keine Ahnung, woher Binder das hat. Oder warum er Ihnen das erzählt hat. Jedenfalls, das mit den Frauengeschichten, das stimmt nicht. Uns ist da nie etwas aufgefallen. Schließlich haben wir mit Maika ja einige Zeit verbracht, auch gute Zeiten, in denen kräftig gefeiert und gelacht wurde. Aber mit anderen Frauen war da nie etwas. Ich sage Ihnen das nur, damit Sie nicht in die falsche Richtung ermitteln.«

»Ich danke Ihnen sehr, Frau Schick. Mit Herrn Binder sprechen wir ohnehin noch.«

»Na dann – einen schönen Tag wünsche ich.«

Damit drehte Frau Schick sich um und ging zurück ins Vereinsheim. Am Eingang standen Binder und Spranger und warteten auf sie. Sie redeten auf Frau Schick ein, aber sie ging wortlos an ihnen vorbei ins Innere der Kneipe.

9

Langsam marschierten die beiden Beamten zum Sportplatz. Rund um das Gelände verlief ein Geländer, an dem ein paar der Sportler gerade Dehnübungen machten. Löffler stützte sich auf das Geländer und beobachtete schweigend den Trainingsbetrieb. Monika Berger stand neben ihm und schien nicht so recht zu wissen, was sie tun sollte. Das Schweigen dauerte nun bereits ein paar Minuten. Man konnte nur die kurzen Kommandos des Trainers auf dem Platz hören.

Auf dem unteren Teil des Geländes, dort, wo die Weitsprunggrube war, machte sich gerade eine Gruppe mit Jungs – offensichtlich eine weitere Schulklasse –, unter der Anleitung eines Mannes in einer Trainingsjacke und einer Radlerhose, bereit, mit langem Anlauf in die Sandgrube zu springen.

»Sagen Sie«, hielt die Kommissarin es nun nicht länger aus, »fanden Sie nicht, dass Sie sich da drin ein wenig, nur ein klein wenig arrogant verhalten haben?«

»Ach ja«, sagte Löffler, und schaute weiterhin interessiert auf die Sportler, »wie kommen Sie denn darauf?«

»Na, wie Sie mit dem Binder umgegangen sind.«

»Ach ja, hatten Sie diesen Eindruck? Nun, ich weiß von keiner Dienstvorschrift, die besagt, dass ein Polizist unterwürfig und demütig gegenüber Verdächtigen sein muss, wenn er eine Befragung durchführt.«

»Ich dachte, das sei keine Befragung, sondern nur ein informelles Gespräch gewesen. So ähnlich habe ich Sie zumindest verstanden.«

»Aber dann liegen Sie mit Ihrer Einschätzung bezüglich der Arroganz ja vollkommen falsch. Denn sehen Sie, wenn es nicht einmal ein Verhör, sondern nur ein, sogar offiziell so vorgestelltes, Gespräch war – dann gilt doch ohnehin nur das Gesetz des guten Anstands. Und nun sagen Sie bitte nicht, wir wären nicht anständig gewesen.«

»Wissen Sie, Herr Hauptkommissar, was mir an Ihnen überhaupt nicht gefällt?«

Löffler unterbrach seine Beobachtung der eifrig trainierenden Jungsportler, drehte sich zu seiner Kollegin hin und schaute sie neugierig an. Aber Monika Berger schwieg. Sie schien es sich auf einmal anders überlegt zu haben. Löffler wandte den Blick nicht von ihr, starrte sie unverwandt an, so dass sie schließlich weitersprach.

»Es ist Ihre Art, immer recht zu behalten, auch wenn Sie möglicherweise gar nicht recht haben. Also irgendwie behalten Sie immer recht.«

»Aber doch nur, wenn die anderen im Unrecht sind«, lächelte Löffler sie an.

Dann drehte er den Kopf wieder weg und beobachtete weiterhin konzentriert die Sportler auf der Tartanbahn.

»Sehen Sie nur«, sagte er nach einer Weile, »wie der Trainer die Jungs über die Bahn scheucht. Wer weiß, vielleicht wird ja tatsächlich einmal etwas aus dem einen oder anderen der Kerle. Ganz talentlos sind sie jedenfalls nicht.«

Einige Zeit später kam der Trainer langsam, in leichtem Trab, direkt auf sie zugelaufen. Die Kommissarin schaute verwirrt hinter sich, ob da möglicherweise jemand stand, dem die eigentliche Aufmerksamkeit des Trainers galt. Aber da war keiner.

Der Mann war ungefähr Mitte fünfzig, aber er besaß den drahtigen Körper eines Dreißigjährigen, das konnte man unter dem Shirt und an den nackten Beinen, die unter der kurzen Laufhose hervorkamen, gut erkennen. Sein Gesicht war hager, nur die grauen, kurz geschnittenen Haare gaben einen Fingerzeig auf sein wahres Alter. Der Mann stellte sich vor Löffler auf und begrüßte diesen und Berger mit einem kurzen Nicken.

»Sie sind von der Polizei, nicht wahr?«, sagte er.

»Sieht man uns das an?«, fragte Löffler mit einem kleinen Lächeln.

»So etwas spricht sich schnell herum«, sagte der Mann, »und außerdem haben Sie ja auch allen Grund herzukommen. Ich meine hierher, zum Vereinsgelände des LC. Immerhin hat man Maika erschossen, und das auch noch während des Stadtlaufs. Alle Zeitungen und die Nachrichten sind voll davon.«

»Aber warum sollten wir zu einem Sportverein gehen, um da Ermittlungen bei einem Mord anzustellen? Hier treiben sich doch bloß harmlose Sportler herum. Oder glauben Sie etwa, der Verein hat etwas mit dem Tod Maikas zu tun?«

Der Mann lächelte erst Löffler, dann die Kommissarin an.

»Sie glauben es, warum wären Sie sonst hier?«

»Und was glauben Sie, Herr… wer sind Sie überhaupt«, fragte Monika Berger den Mann.

»Oh Verzeihung«, antwortete der Mann, und machte eine kleine, angedeutete Verbeugung, »mein Name ist Glauber, Bernd Glauber. Ich bin hier einer der Trainer. Lauftrainer. Mittel- und Langstrecke. Falls Ihnen das etwas sagt.«

»Und wen hat dann Maika trainiert«, fragte Monika Berger, »hatte er nicht eine eigene Laufgruppe?«

»Hatte er, und nicht nur eine.«

»Aber waren Sie dann nicht Konkurrenten im Verein«, fuhr die Kommissarin fort, »oder wie muss man sich das als Laie vorstellen?«

»Ach nein, Konkurrenten würde ich nicht sagen«, sagte Glauber sehr bestimmt, »Maika hatte die Eliteläufer, während ich die zweite Garnitur trainierte. Ich meine, er war Vorsitzender des Vereins, er war bereits seit Jahren erfolgreicher Trainer, früher schon in der DDR, und er war der Macher im Verein. So einem gegenüber empfindet man keinen Neid. Und als Konkurrenten sieht man ihn schon überhaupt nicht.«

»Sondern?«

»Eher als Kollegen, mit dem man sich austauschte.«

»Wie war Maika denn so? Ich meine über das Sportliche hinaus. Also privat.«

Glauber dachte eine ganze Weile nach. Es schien so, als ringe er mit sich selbst, ob er auf diese Frage überhaupt eine Antwort geben sollte. Dann schien er zu einem Entschluss gekommen zu sein.

»Maika ist, beziehungsweise, war ein Mensch«, sagte er vorsichtig und sehr betont, »der immer große Pläne hatte. Um die zu erreichen, konnte er durchaus über Leichen gehen – bildlich gesprochen. Da können Sie gerne seinen guten Freund Binder fragen. Wie Maika den bei dem Grundstücksgeschäft ausgetrickst hat, war ganz schön hinterhältig.«

»Ach ja«, sagte Löffler interessiert, »um was für ein Geschäft ging es dabei denn?«

»Hat man Ihnen das denn nicht erzählt«, fragte Glauber erstaunt.

»Würde ich sonst fragen?«

»Na ja«, fuhr Bernd Glauber fort, »eigentlich wundert mich das nicht. Maika hat nämlich hinter dem Rücken von Binder das ganze Sportgelände hier aufgekauft. Eigentlich gehörte das alles der Frau Schaffrath, einer alleinstehenden Frau, die schon jenseits der Achtziger war. Irgendwie ist es Maika gelungen, die Frau zum Verkauf zu überreden. Ursprünglich wollten nämlich Binder und Maika das Geschäft gemeinsam machen, aber plötzlich stand Maika mit dem unterschriebenen Kaufvertrag vor Binder und hat ihn ausgelacht.«

Die Polizisten sahen sich wie auf Kommando um. Sie schauten auf das Trainingsgelände, dann hinter sich, überflogen auch das karge Hinterland, das von einem Berg abgeschlossen wurde. Weit und breit gab es keine Häuser oder Industrieanlagen. Nur auf dem Berg schlängelte sich eine Straße nach oben, die links und rechts von Häusern gesäumt war. Oben endete sie dann unterhalb des Bismarckturms. Die enge, auf dem zweiten Teil für Autos gesperrte Straße, war die Eingangstür zum Spitzberg, einem Waldgebiet im Westen Tübingens.

»Ist das kein Stadtgelände? So was ist doch sonst immer im Besitz der Stadt oder des Landes.«

»Tja, das dachten viele. Aber in Wirklichkeit war das so eine Erbpachtgeschichte zwischen der Schaffrath-Familie und der Gemeinde. Das wusste bloß keiner mehr.«

Löffler schüttelte erstaunt den Kopf.

»Aber was hatte denn Maika davon, dieses Gelände zu kaufen«, fragte er dann etwas ratlos, »was wollte er denn mit dem Gelände anfangen? Wollte er hier Kühe züchten? Genug Gras gibt es ja.«

Glauber schaute die beiden Polizisten mit einem wissenden Lächeln an.

»Nix da, Kühe«, sagte er dann, »Binder hatte nämlich spitz

gekriegt, dass hier alles Baugebiet wird. Liegt ja auch perfekt, um Häuser und Ladengeschäfte zu bauen. Eine Zufahrtstraße gibt es bereits, und die Bodenproben besagten wohl, dass man hier unbedenklich bauen kann. Was glauben Sie, was das alles hier Wert ist, wenn man erst mal einen Investor findet? Maika wollte das alles hier weiterverkaufen und das Sportgelände woanders wieder aufbauen. Hätte er sich alles vom Investor bezahlen lassen. Es wären noch Millionen übrig geblieben. Das nenne ich schon ein Geschäft.«

Glauber schaute die beiden so triumphierend an, als hätte er selbst das Geschäft abgeschlossen. Löffler betrachtete stumm den noch immer lächelnden Glauber.

»Also hat er auch Frau Schaffrath hinters Licht geführt«, stellte die Kommissarin fest.

»Wo kein Kläger ist...«, sagte Glauber lapidar, »und außerdem hat er die Frau ja nicht direkt betrogen.«

»Was hat denn Binder dazu gesagt? Ich meine, wie hat er reagiert?«

»Binder ist komplett ausgerastet. Ich glaube, er ist sogar auf ihn losgegangen, mit den Fäusten und so. Immerhin waren die beiden ja alte Freunde. DDR-Seilschaften. Die alte Frau Schaffrath ist ein paar Tage nach der Vertragsunterzeichnung gestorben. Ohne Nachkommen. Also gab es auch keinen, der den Vertrag hätte anfechten könnten. Wider die guten Sitten, hat Binder das genannt.«

»Na, das ist natürlich scheinheilig«, sagte Löffler, »denn immerhin hätte er ja dasselbe getan, wenn er nur schnell und schlau genug gewesen wäre.«

»Und warum hat Binder uns das nicht alles erzählt«, wandte Monika Berger sich an Löffler.

»Na, warum wohl, das ist doch klar«, gab Glauber die Antwort.

»Aber er hätte doch wissen müssen«, sagte sie stirnrunzelnd, »dass wir das sowieso irgendwann herausfinden. Durch das Schweigen macht er sich immerhin erst recht verdächtig. Also ehrlich, ich verstehe den Mann nicht. Schaut er sich keine Krimis im Fernsehen an?«

»Eben«, mischte Bernd Glauber sich wieder ein, »jetzt ist er erst recht verdächtig, das hat er nun davon, der schlaue Herr Binder.«

»Herr Glauber«, wandte sich Löffler an den eifrigen Trainer, »meine Kollegin denkt nur laut, Sie sollten dem keine allzu große Bedeutung zukommen lassen. Haben wir uns richtig verstanden? Und seien Sie sicher, dass wir schon die richtigen Schlüsse aus all dem ziehen werden.«

»Ich wollte ja nur helfen«, murrte Glauber.

»Das haben Sie auch, Herr Glauber, das haben Sie. Aber sagen Sie mal, was wird denn nun eigentlich aus der Trainingsgruppe Maikas? Übernehmen Sie die jetzt? Oder löst die sich auf?«

Bernd Glauber schien überrascht über diese plötzliche Wendung des Gesprächs. Er drehte sich um und beobachtete eine Weile die noch immer eifrig ihre Runden auf der Bahn drehenden Sportler. Dann deutete er vage auf die jungen Leute und wandte sich wieder an die Polizisten ihm gegenüber.

»Schauen Sie sich nur mal diese Läufer an. Es wäre doch schade, wenn man solche Talente nicht weiter betreuen würde.«

»Also«, sagte Monika Berger ungeduldig, »was ist nun, übernehmen Sie die Gruppe oder nicht?«

»Zunächst übernehme ich sie, und dann schauen wir mal, wie es im Verein weitergeht. Ohne Maika, meine ich. Wir müssen erst mal die Neuwahlen abwarten, dann kann man die Zukunft planen. Viel hängt natürlich davon ab, was die Erben Maikas, also sein Sohn und seine Frau, mit dem Gelände vorhaben. Ich mache jetzt erst mal weiter, als sei nichts passiert.«

Sie schwiegen eine Weile. Glauber, das konnte man sehen, wäre jetzt gerne zu seiner Gruppe zurückgegangen. Plötzlich aber tat Löffler so, als sei ihm noch etwas eingefallen.

»Sagen Sie mal, Herr Glauber, wie standen Sie eigentlich zu Maika?«

»Ich?«

»Ich hatte eigentlich an Sie gedacht bei dieser Frage.«

»Ja, gut, klar, das müssen Sie ja jetzt fragen.«

»Genau. Und Sie müssen das jetzt beantworten.«

»Wir waren Trainerkollegen, da hält man zusammen. – Ich mache dann mal weiter, meine Jungs warten schon auf mich. Einen schönen Tag noch.«

Glauber drehte sich um und trabte zurück zu seiner Gruppe.

»Sagen Sie mal Herr Glauber«, rief die Kommissarin ihm schnell nach, »kannten Sie Maika und Binder eigentlich schon damals, in der DDR?«

Glauber blieb abrupt stehen. Er drehte sich um schaute zurück. Es war zu merken, dass ihm diese Frage nicht angenehm war.

»Wie kommen Sie denn darauf?«, rief er dann.

»Kannten Sie sie denn?«

»Sie waren damals meine Vorgesetzten. Und sie waren meine Trainerausbilder. Aber jetzt muss ich mal wieder, meine Jungs werden so langsam ungeduldig.«

Dann trabte er zur Laufbahn hinüber, auf der sich inzwischen ein halbes Dutzend Läufer versammelt hatte und auf weitere Anweisungen warteten. Monika Berger und Christian Löffler blieben noch eine Weile am Geländer stehen und beobachteten die Sportler, wie sie kurze Sprints über sechzig, achtzig Meter übten. Bei jedem Start blies Glauber in eine Pfeife und gab das Kommando.

Schließlich hatten sie genug gesehen und gingen zurück zum Wagen. Die Sonne hatte nicht nachgelassen, durch den wolkenlosen Himmel brannte sie unbarmherzig herunter. Löffler hatte sich längst das Sakko ausgezogen und es sich über die Schulter geworfen.

»Das war nicht schlecht, Ihr Überraschungsangriff eben«,

sagte Löffler auf einmal, »Glauber schien ziemlich verdattert zu sein. Damit hat er nicht gerechnet. Wie kamen Sie denn auf die Idee?«

Monika Berger lächelte ihn an.

»Spontaner Einfall. Nennen Sie es weibliche Intuition, das stimmt immer. Außerdem hat er keinen Dialekt von hier, er sprach eher so wie Binder. Ist Ihnen das nicht aufgefallen?«

Löffler ignorierte die Frage.

»Dann fahren wir mal zurück ins Büro«, sagte er statt einer Antwort, »wir wollen sehen, was Stammler und Heim über unsere Protagonisten herausgefunden hat.«

»Protagonisten?«

»Ja, Protagonisten sind Leute, die …«

»Ich weiß, was Protagonisten sind«, wehrte die Kommissarin ab, »aber ich habe den Begriff noch nie im Zusammenhang mit Verdächtigen gehört. Ist das die neue Polizeisprache? Der Hamburger Jargon?«

»Hauptsache, Sie verstehen mich.«

»Was sollte Stammler denn herausfinden?«

»Wenn Sie mich so fragen – alles. Ich habe ihnen, also Stammler und Heim, den Auftrag gegeben, jedes Detail, das sie über Maika, Binder und diesen ganzen Verein hier finden können, für mich zusammenzutragen.«

»Uns.«

»Wie bitte?«

»Für uns bereitzuhalten. Sie erinnern sich – wir arbeiten zusammen.«

»Wenn ich sage ›für mich‹, dann meine ich tatsächlich ›für uns‹. Seien Sie doch nicht so empfindlich.«

»Wenn Sie uns meinen, dann sagen Sie auch uns!«

»Ich werde mich zu gegebener Zeit daran erinnern, Frau Kollegin.«

»Jedenfalls legen Sie ein ganz schönes Tempo vor.«

»Das liegt daran, dass ich es nicht erwarten kann, meinen Einstand zu bezahlen. Je eher, desto besser.«

»Vorsicht«, schrie die Kommissarin.

Löffler trat instinktiv auf die Bremse. Sie fielen beide gegen die Sicherheitsgurte, die ihnen auf die Brust drückten, aber das Manöver brachte den Wagen so weit, dass sie fast nur noch Schritttempo fuhren. Dann gab Löffler wieder Gas und bog in die Derendinger Straße ab, von der die Konrad-Adenauer-Straße wegführte, in der das Präsidium lag.

»Zu spät«, sagte Löffler bedauernd.

»Geblitzt im Dienstwagen. Sie sind bestimmt achtzig gefahren. Wenn Sie Pech haben, kostet Sie das ein paar Wochen Fahrverbot.«

»Ist nicht so schlimm, dann spielen Sie eben die Chauffeurin. Ich finde die Fahrerei sowieso langweilig. In Tübingen ist alles so verwinkelt, es gibt hier fast nur Einbahnstraßen, die Fahrradfahrer drängeln sich rücksichtslos zwischen Autos und Fußgängern durch, und Parkplätze findet man auch keine. Das Autofahren hier ist nur etwas für Masochisten.«

Sie kamen vor dem Präsidium an. Löffler parkte den Wagen gleich vor dem Eingang. Er stellte den Motor ab, blieb aber noch einen Augenblick ruhig sitzen.

»Was meinen Sie«, wandte er sich an seine Kollegin, »was war das Resultat unseres kleinen Ausflugs in die Welt des Sports?«

Monika Berger überlegte eine Weile.

»Wir wissen jetzt«, antwortete sie dann, »dass Maikas Familie nun auch ein Motiv hat. Denn immerhin ist das Gelände ein Vermögen Wert. Es wurden schon Leute wegen weniger umgebracht. Wir haben außerdem das Rachemotiv bei Binder, den Maika böse hereingelegt hat. Was wiegt mehr – Geld oder Rache? Ich glaube, die Maikas waren scharf auf das Vermögen des Alten.«

»Das werden wir noch herausfinden. Und dann laden wir sie alle vor. Apropos – wie stehen Sie zu Überstunden?«

»Meine gesamte Arbeit besteht daraus.«

»Was ist mit Familie?«

»Und Sie?«

»Darüber reden wir ein anderes Mal. Aussteigen bitte, wir werden erwartet.«

10

Die Tür zu ihrem Büro war weit geöffnet. Auch alle Fenster, die Tür zu Löfflers Raum und auch die Fenster in diesem standen offen. Die Kollegen vom Innendienst hatten offensichtlich alles unternommen, um sich an diesem heißen Spätsommertag etwas Abkühlung zu verschaffen. Wenn diese auch nur darin bestand, das laue Lüftchen, das draußen kaum merkbar wehte, in ihre Büroräume zu locken.

Als sie hereinkamen, stand Annemarie Heim gerade am Drucker, und sortierte einen Stapel Papiere. Der Kollege Stammler saß vor dem Computer und spielte Solitaire.

Als Christian Löffler und Monika Berger hinter ihn traten, drückte er das Spiel geschwind weg. Auf dem Bildschirm konnte man nun ein Foto von Maika im Trainingsanzug sehen. Allerdings handelte es sich dabei um einen stark verjüngten Maika, der außerdem ein DDR-Abzeichen auf dem blauen Trainingsanzug trug.

»Ihr habt euch ja einen Sonnenbrand geholt«, begrüßte Stammler sie gut gelaunt.

»Da siehst du mal, wie gefährlich unsere Arbeit ist«, lachte Monika Berger und klopfte Stammler dabei auf die Schulter. »Während wir uns an der Front der Verbrechenbekämpfung unsere Wunden einhandeln, sitzt ihr hier und genießt das virtuelle Leben.«

»Dafür haben wir auch einige Neuigkeiten für euch«, sagte Heim, die gerade hinzutrat, und einen Packen Druckerpapier auf den Schreibtisch von Stammler legte.

»Da sind wir aber gespannt«, meinte Löffler, legte sein Sakko über das Druckerpapier und verschränkte die Arme vor der Brust, »dann legen Sie mal los, wir sind ja schon mächtig gespannt.«

»Also«, sagte Stammler, und drehte in einer eingeübten Bewegung seinen Stuhl zu seinen Kollegen hin, »dann fangen wir mal mit Maika an. Maika, Josef, genannt Jupp, war in der alten DDR ein hoher Sportbonze. Also ein ziemlich hoher Funktionär. Bis zur Wende jedenfalls. Kaum war die Mauer weg, kam er auch schon in den Westen, hatte Verwandtschaft hier. Gerade angekommen, hat er sich schon wieder als Trainer beim Leichtathletikverband beworben. War aber nichts, wegen seiner Stasivergangenheit.«

»Ach«, warf Monika Berger ein, »das war für den Leichtathletikverband tatsächlich ein Problem? Da war Maika ja eine richtige Ausnahme.«

»Er war halt ein *sehr* hoher Funktionär«, fuhr Stammler fort, »und ohne Stasi konntest du im Osten natürlich keine Karriere machen, und im Sport schon gar nicht. Also war Maika ein IM, ein Informeller Mitarbeiter. Er war an den üblichen Bespitzelungen beteiligt, nichts, worüber heute noch groß geredet wird.«

»Klar«, unterbrach die Kollegin ihn aufs Neue, »das gehört schon so sehr zum Standard der tolerierten Verfehlungen, dass man das alles mit Bußgeldern zu einem Ende bringen könnte. Einmal verpetzt, der Denunzierte war bloß zehn Monate im Knast, das macht dann fünfzehn Euro.«

»Darf Stammler jetzt mal zu Ende reden«, fragte Löffler ruhig, aber seiner Stimme konnte man durchaus eine gewisse Gereiztheit anhören.

»Also«, fing Stammler wieder an, »er hat ein paar Sportler bespitzelt und verraten, ein paar Trainerkollegen und noch zwei oder drei Funktionäre. So genau lässt das die Aktenlage auf die Schnelle nicht erkennen, die Details sind ausgespart. Allerdings, und das zieht sich durch seine ganzen Unterlagen, gab es heftige Dopingvorwürfe gegen ihn, die aber alle im Sande verliefen.«

»Alle«, fragte Löffler erstaunt.

»Alle«, antwortete Stammler schulterzuckend, »hier im Westen hat sich doch kein Mensch darum gekümmert, da ist jeder der Vorwürfe im Sande verlaufen. Es kam nicht mal zu einer Anklage. Aber angestellt hat ihn, andererseits, auch keiner der Landesverbände. Maika war wegen seiner eindeutigen Vergangenheit als Trainer untragbar. Also hat Maika erst mal ein Sportgeschäft geerbt und sich dann sozusagen seinen eigenen Verein aufgebaut. Er hat sich auch gleich zum Vorsitzenden wählen lassen, was so schwer damals nicht war, weil er die gesamten Sportler mit Klamotten aus seinem Geschäft ausgestattet hat. Außerdem hat er den Talentierten unter den Athleten auch etwas Geld zukommen lassen. Seine Läufergruppe, also die Gruppe, die er trainiert, gilt als talentiert und ist erfolgreich. Es ist ihm sogar gelungen, für die jungen Leute einen Sponsor zu finden. Maika gilt als guter Trainer, der alles aus seinen Sportlern herausholt, er zahlt seine Steuern und große Geheimnisse scheint der Mann nicht zu haben.«

Alle schwiegen für kurze Zeit.

»Ehe ich es vergesse«, sagte Löffler plötzlich zu Stammler, »schauen Sie doch mal im Grundbuchamt nach, auf wen das Vereinsgelände eingetragen ist.«

Stammler machte sich eine Notiz.

»Was ist denn mit Binder, hast du den auch mal überprüft«, fragte Monika Berger den Kollegen.

»Tja, kennst du Maika, kennst du Binder«, erwiderte Stammler, »die beiden arbeiten schon dreißig oder mehr Jahre zusammen. Erst als aktive Athleten, später waren sie dann gemeinsam Trainer. Maika war dabei der Lauftrainer, Binder Mehrkampf- und Wurftrainer. Beide standen sie unter Dopingverdacht. Zumindest in ihrer Trainerzeit. Binder ist inzwischen übrigens ziemlich erfolgreich als Arzt. Er ist Sportmediziner und Internist, als Trainer ist er schon lange nicht mehr tätig.«

»Wo ist denn seine Praxis?«

»Draußen, am Hauptbahnhof, im dortigen Ärztehaus. Hier«, Stammler gab Löffler einen Zettel, »ist die genaue Adresse mit Telefonnummer. Vielleicht sollten wir dem Herrn mal einen Besuch abstatten.«

Löffler klopfte dem vor ihm auf dem Stuhl sitzenden Stammler anerkennend auf die Schulter.

»Das haben Sie gut gemacht, Stammler«, sagte er. Dann machte er sich auf den Weg in sein Büro.

»Wenn Sie mit dem Grundbuchamt durch sind«, sagte er im Gehen zu Stammler, »dann geben Sie in Ihren Computer doch mal Glauber ein. Bernd Glauber. Ich bin gespannt, was wir über den Mann in den Datenbanken finden. Danach lesen Sie und Frau Heim bitte alle Vernehmungsprotokolle der Zeugen durch. Die Polizei hat vor Ort alle befragt, die möglicherweise etwas gesehen oder beobachtet haben könnten. Gehen Sie das mal durch, man kann ja nie wissen. Die Unterlagen liegen auf meinem Schreibtisch.«

Als er weg war, schwiegen alle im Raum. Bis Monika Berger es nicht mehr aushielt.

»Ist was?«, fragte sie ins Schweigen hinein.

»Was ist bloß los mit dir«, fragte Stammler sie, »kannst du nicht einmal einen Satz unkommentiert stehen lassen?«

»Wie meinst du das – stehen lassen?«

»Unkommentiert«, sagte Heim, »und du weißt genau, was Stammler meint.«

»Soll ich dem Neuen zuliebe vielleicht auf meine alten Gewohnheiten verzichten?«

Wie auf Absprache stöhnten Stammler und Heim genervt.

»Ich geh mal einen Kaffee holen«, sagte Annemarie Heim und verließ das Büro.

Gerd Stammler und Monika Berger setzten sich an ihre Schreibtische. Stammler rief beim Grundbuchamt der Stadt, in der Brunnenstraße an. Stammler als geborener Tübinger kannte die Kollegen dort auch privat, und es war kein Problem, die Information zu dem Grundstück und seinem Eigentümer anzufordern und auch umgehend zu erhalten. Stammler machte sich ein paar Notizen in seinen Notizblock, dann legte er ihn zur Seite und lehnte sich in seinem Schreibtischstuhl bequem zurück.

»Abgesehen von vorhin«, sprach er Monika Berger an, die vor ihrem PC saß und arbeitete, »wie läuft es denn mit dem Neuen? Ist er wirklich so ein Ass, wie man ihm nachsagt? So ein Schnellkapierer, der einen Menschen bloß anguckt und schon weiß, ob er was auf dem Kerbholz hat?«

Monika Berger überlegte.

»Also ich habe von dieser überirdischen Gabe bei ihm noch nichts bemerkt«, antwortete sie dann, »er macht einen ganz normalen Job. Aber er weiß zumindest genau, was er will. Aber ein richtiger Teamplayer ist er noch nicht.«

»Vielleicht liegt es ja nicht alleine an ihm«, grinste Stammler.

»Was soll das denn schon wieder bedeuten«, antwortete Monika Berger.

»Ich meine, dass man bei Löffler jedenfalls genau weiß, wo man dran ist. Mich zum Beispiel hat er schon heute Morgen um sieben Uhr angerufen. Auf dem Handy. Weiß der Teufel, woher er meine Nummer hat.«

»Er ist Polizist.«

»Das heißt dann wohl, wir können ihm nicht mehr entkommen.«

»Privatleben ade«, sagte Monika Berger, und spielte die Geknickte und Überwältigte.

»Aber du hast doch sowieso keins«, sagte Stammler.

»Ich wollte gerade damit beginnen.«

Die beiden lachten. Man konnte leicht erkennen, dass sie sich schon lange kannten. Stammler erhob sich schließlich schwerfällig aus seinem Stuhl und schaltete seinen Computer ab.

»Ich gehe mal zum Liegenschaftsamt, zu Walter Dörflinger, er hat mir die Unterlagen über die Eigentumsverhältnisse von dem Vereinsgelände rausgelegt. Ich hol die mal ab. Bis nachher dann.«

Er verließ gerade das Büro, als Löffler mit einer Dose Cola in der Hand wieder zurückkam. Sie nickten sich kurz zu, dann war Stammler weg. Löffler betrat das Büro und stellte sich neben den Schreibtisch der Kommissarin.

»Mir ist gerade etwas Komisches begegnet«, sagte er nachdenklich.

»Stammler?«

»Ja, der auch, aber das meine ich nicht.«

Löffler schüttelte den Kopf. Dann dachte er nach. Dann schüttelte er wieder den Kopf. Dann räusperte er sich.

»Nun sagen Sie schon, was Ihnen begegnet ist«, drängte die Kommissarin, nun neugierig geworden.

»In dem Büro nebenan«, fuhr Löffler endlich fort, »in das bin ich gerade eben mal reingegangen.«

»Aber das ist doch unbenutzt.«

Löffler schüttelte den Kopf.

»So kann man das nicht sagen. Ich bin nämlich reingegangen, weil ich wissen wollte, warum da kein Namensschild an der Türe ist. Und was, denken Sie, habe ich in dem Raum gefunden? Na, raten Sie mal.«

Monika Berger überlegte nicht lange.

»Ein leeres Büro wahrscheinlich.«

»Das könnte man in der Tat vermuten«, sagte Löffler, »tatsächlich aber war das Büro nicht leer. Tatsächlich scheint das Büro bewohnt zu sein. Kennen Sie das Wort – bewohnt. Nicht, dass darin jemand arbeitet, seine Akten ablegt, Telefonate führt und eben seinen Job macht. Nein, es ist bewohnt.«

»Wie kommen Sie denn auf die Idee?«, fragte Monika Berger.

»Kommen Sie am besten mal selbst mit«, sagte er.

Zusammen gingen sie auf den Gang zum Büro nebenan.

Dort blieben sie vor der Türe stehen. Tatsächlich war kein Schild zu sehen. Löffler stieß die Türe auf. Der Raum lag im Halbdunkel vor ihnen. Da der Rollladen vor dem Fenster fast ganz geschlossen war, wirkte der Raum kühler als die anderen Büros. Im spärlich hereinfallenden Sonnenlicht konnten die beiden erkennen, dass in dem Raum, an der linken Seite, direkt an der Wand ein Feldbett aufgestellt war. Am Kopfende der Liege, gleich links von der Eingangstür, stand ein Hocker mit einem Campingkocher darauf. Auf dem Boden standen Kaffeetassen, Plastikbecher, Plastikteller, schmutziges Besteck und ein Wecker.

In der rechten hinteren Zimmerecke lag ein Berg schmutziger Wäsche, während in einem Regal, in dem sonst Aktenordner oder Gesetzbücher standen, ordentlich zusammengelegte, frische Wäsche gestapelt war. Am Waschbecken, hinter der Tür, lag ein Rasierapparat, daneben ein Zahnputzbecher mit Zahnbürste und Zahncreme, an einem Haken hing ein Waschlappen neben einem Handtuch.

»Na, was meinen Sie«, sagte Löffler, »das ist doch merkwürdig.«

»Ich weiß nicht, vielleicht fand hier eine lange Vernehmung statt. Oder der Raum wird gerade renoviert.«

Löffler klatschte leise in die Hände.

»Bravo, gute Antwort. Aber warum nur werde ich das Gefühl nicht los, dass Sie mir mehr über das hier erzählen könnten. Oder sollte mein Gefühl mich so sehr täuschen, Kommissarin Berger?«

Monika Berger ging langsam durch den Raum. Sie schien sich die Zeit zu nehmen, darüber nachzudenken, was von ihr erwartet wurde. Sie nahm einen der Becher in die Hand, die auf dem Stuhl neben dem Feldbett standen. Sie roch hinein, kräuselte die Nase und stellte den Becher zurück. Sie zog den Rollladen hoch und öffnete das Fenster.

Die warme Luft von draußen strömte herein und ließ den muffigen Geruch langsam verschwinden.

»Na schön«, sagte sie dann, und drehte sich zu Löffler herum, »Sie werden es ja doch herausbekommen. Stammler, also Kommissar Stammler, ist für ein paar Tage hier eingezogen.«

»Eingezogen? Er wohnt hier?«

Löffler stand vor ihr, hatte die Hände in die Seiten gestemmt und sein Gesicht trug die Miene größter Überraschung.

»Seine Frau hat ihn rausgeschmissen, und er weiß nicht, wo er hin soll. Hotel ist zu teuer, zu Freunden zu gehen ist ihm peinlich. Außerdem hat er versprochen, sich schnell eine eigene Wohnung zu suchen. Das Büro steht ohnehin leer, da stört er doch keinen.«

Schweigend hatte Löffler sich Monika Bergers Geschichte angehört. Dann schüttelte er den Kopf.

»Aber darum geht es doch gar nicht. Es ist nicht der Punkt, ob ein Büro leer steht oder nicht. Man kann ein Büro der Mordkommission doch nicht als Absteige für einen verlassenen Ehemann in Beschlag nehmen. Damit das klar ist: Stammler muss hier raus, und zwar heute noch. Ich rede mit ihm, wenn er zurückkommt.«

»Der arme Kerl, er weiß doch nicht, wo er hin soll.«

»Dann nehmen Sie ihn doch auf, wenn Ihnen sein Schicksal so sehr am Herzen liegt.«

»In ein Ein-Zimmer-Appartement? In dem ich mich selbst kaum umdrehen kann? Nein danke, so weit geht die Freundschaft dann doch nicht.«

»Dann soll er sich wieder mit seiner Frau vertragen. Das ist die einfachste Lösung dieses Problems.«

»Kennen Sie seine Frau?«

»Ich mag keine rhetorischen Fragen.«

»Wie Sie wollen. Die rhetorische Antwort wäre gewesen: Sie ist ein Biest. Jedenfalls ist das keine Option für Stammler.«

»Ein leeres Büro in der Mordkommission aber auch nicht.« Sie drehte sich um und verließ den Raum.

»Dann tun Sie, was Sie nicht lassen können«, sagte sie beim Hinausgehen.

11

Zur Praxis Binders, im Ärztehaus beim Hauptbahnhof am Rande der Kernstadt, brauchte man vom Präsidium aus gerade mal fünf Minuten mit dem Wagen. Weitere fünfzehn Minuten dauerte es dann, bis man einen Parkplatz gefunden hatte. Selbst die Plätze im Halteverbot waren allesamt besetzt, sodass Löffler den Wagen schließlich im Parkhaus am Neckar abstellte. Gegenüber vom Parkhaus befand sich Maikas Sportladen. Als die beiden Polizisten aus dem Parkhaus herauskamen, sahen sie, dass Maikas Laden überquoll vor Kunden. Löffler sah kopfschüttelnd hinüber.

»Vermutlich hatte das Unglück eine anziehende Wirkung auf die Menschen«, sagt er, »sie gönnen sich ein paar neue Schuhe oder ein paar Walking-Stöcke um die Sensation auszukosten, im Laden eines Ermordeten einzukaufen.«

Sie kamen auf ihrem Fußmarsch zu der Praxis am Zinser-Dreieck vorbei, dem Platz, an dem am Vortag noch Start und Ziel des Stadtlaufs aufgebaut gewesen waren.

Nichts war mehr vom Spektakel des Vortags zu sehen, selbst die riesige Stahlrohrtribüne war noch am Nachmittag nach der Siegerehrung abgebaut worden.

Das Gebäude, in dem sich die Arztpraxen befanden, war neu gebaut, strahlte mit seinem hellem Verputz und viel Glas Modernität aus. Binders Praxis lag im ersten Stock. Monika Berger wollte den Aufzug nehmen, aber Löffler nahm sie kopfschüttelnd am Arm, und sie kletterten beide die Treppen aus unechtem Marmor hoch. Oben angekommen, drückten sie die Tür zu Binders Praxis auf und kamen in einen Vorraum, der nicht unähnlich dem Cockpit einer Raumfähre war, wie man es aus Filmen kannte. Hinter diesem Cockpit saß eine junge Frau in einem weißen Arztkittel. Sie grüßte die beiden Kommissare mit einem Kopfnicken, setzte ihr Telefongespräch aber fort. Erst als die Kriminalpolizisten direkt vor ihr standen, legte sie die Hand über den Hörer und sah die beiden fragend an.

»Wir haben vorhin angerufen«, sagte Löffler, »Hauptkommissar Löffler und Kollegin Berger, Herr Binder erwartet uns.«

Die Frau beugte sich nach vorne und schaute in den offen vor ihr liegenden Terminplaner. Dann hob sie wieder den Kopf und lächelte Löffler an.

»Ach, Sie sind das«, sagte sie dann, »am Telefon hätte ich sie viel jünger eingeschätzt. Ich meine, Ihre Stimme klang jünger, als Sie in Wirklichkeit sind. Ich will damit natürlich nicht sagen, dass Sie alt sind, aber so eine Stimme ...«

»Ein Kollege hat angerufen«, unterbrach die Kommissarin die Frau, »und jetzt melden Sie uns bitte bei Dr. Binder an.«

Das Lächeln verschwand aus dem Gesicht der Frau. Sie nahm die Hand von der Sprechmuschel des Telefons, damit die Person am anderen Ende der Leitung auch deutlich hören konnte, was nun folgte.

»Wenn die Kripo im Haus ist, dann muss halt alles zackzack gehen«, sagte die Frau betont deutlich, »aber die Patienten haben deshalb trotzdem Vorrang. Dr. Binder behandelt im Augenblick, wenn Sie sich also noch einen Augenblick hinsetzen wollen. Ich rufe Sie dann.«

Christian Löffler und Monika Berger gingen ins leere Wartezimmer und setzten sich auf die Rohrstühle.

»Sagen Sie«, fragte Monika Berger, kaum dass sie saßen, »was hat Stammler denn genau gesagt?«

»Das, was wir ohnehin schon wussten, hat sich bestätigt. Das Grundstück wurde tatsächlich an Maika überschrieben. An ihn alleine. Und das schon vor vier Wochen. Ist bereits ins Grundbuch eingetragen.«

»Nein«, sagte sie ungeduldig, »das meine ich nicht. Ich meine, was haben Sie mit ihm wegen des Büros besprochen?«

»Wegen des Büros?«

»Ach, kommen Sie, Sie wissen doch, was ich meine. Haben Sie Stammler jetzt aus dem Büro geschmissen, haben Sie ihm ein Hotel bezahlt, haben Sie ihn festgenommen wegen Hausfriedensbruch, oder was?«

»Ach, das meinen Sie. Nun, das ist geklärt. – Also, jedenfalls hat der Notar, mit dem Stammler sich unterhalten hat, ihm erzählt, dass Maika gerade mal 350 000 Euro für das ganze Gelände bezahlt hat. Keine Ahnung, wie er die alte Frau dazu brachte, mit so wenig zufrieden zu sein.«

»Konnte der Notar da nichts machen? Ich meine, gibt es bei Notaren nicht so etwas wie eine Fürsorgepflicht für die Klienten oder Mandanten?«

Sie sahen durch die Tür des Warteraumes Doktor Binder aus dem Behandlungszimmer kommen. Neben ihm ging ein junger Mann an Krücken, der sich mühsam durch den Raum bewegte. Löffler stand auf, und machte Anstalten, Binder entgegen zu gehen.

»Der Notar meinte«, flüsterte Löffler seiner Kollegin noch zu, »er habe versucht, die alte Dame von einem Verkauf abzubringen. Das sei ihm nicht gelungen. Die wirklich spannende Frage aber ist, woher hatte Maika so viel Geld? Wir müssen dem Geld folgen, vielleicht führt es uns auf eine Spur.«

Binder kam auf sie zu.

»Ich habe nicht viel Zeit«, sagte er.

»Immer, wenn wir uns treffen, würden Sie uns gerne gleich wieder loswerden«, sagte Löffler lächelnd, während er Binder folgte, der ihnen in sein Behandlungszimmer vorausging.

»Dabei wollen wir doch nur ein kleines Gespräch mit Ihnen führen. Ist das jedes Mal so belastend für Sie? Wir sind doch Ihr Freund und Helfer.«

Berger schaute Löffler erstaunt an, aber der grinste nur schelmisch.

Binder gab keine Antwort. Er zog zwei Stühle aus einer Ecke des Zimmers, bot sie den beiden zum Sitzen an und nahm selbst Platz hinter seinem Schreibtisch.

»Entschuldigen Sie, Herr Kommissar ...«

»Hauptkommissar. Die Kommissarin ist Frau Berger, ich bin Hauptkommissar. Ich sage Ihnen das nur zur besseren Unterscheidung.«

Binder konnte seinen Ärger, aber auch eine gewisse Unsicherheit kaum verbergen.

»Also gut, Herr Hauptkommissar«, begann Binder von vorne, »was führt Sie denn schon wieder zu mir? Ich habe Ihnen bereits gesagt, dass ich Ihnen nicht weiterhelfen kann. Das gebe ich Ihnen auch gerne schriftlich.«

»Ich habe Ihnen gesagt«, antwortete Löffler mit ernster Stimme dem sichtlich verärgerten Binder, »dass wir uns wieder sehen und dass die Sache für Sie nicht ausgestanden sei. Sie erinnern sich?«

»Sie haben vergessen«, fuhr Monika Berger fort, »uns zu erzählen, dass Sie und Maika beinahe Partner bei einem Grundstückskauf geworden wären.«

Binder lachte tonlos vor sich hin. Er versuchte, ganz den überlegenen Befragten zu spielen, was aber die Anstrengung, die ihn das kostete, und die jeder leicht erkennen konnte, bereits wieder unglaubwürdig machte.

»Wie Sie es sagen«, meinte er dann, »beinahe wären wir Partner geworden. Wir sind es aber nicht, also gibt es für mich auch keinen Grund, mich mit Ihnen darüber zu unterhalten. Geschweige denn, Maika etwas anzutun.«

»Tja, Herr Binder«, meinte die Kommissarin zu dem noch immer lächelnden Arzt, »so kann man das nun auch wieder nicht sagen. Denn Tatsache ist ja wohl, dass Maika Sie ganz schön hereingelegt hat. Als es nämlich Ernst wurde mit dem Geschäft, hat er Sie grandios ausgebootet. Dabei ging es immerhin um ein Millionengeschäft. Wir, in unserem Beruf als ermittelnde Polizisten, sprechen auch ganz gerne mal von Rache. Das ist immer wieder ein beliebtes Mordmotiv. Was meinen Sie dazu, Herr Doktor?«

Dieser erhob sich aus seinem Stuhl, streckte die Beine und

ging um den Schreibtisch herum. Dann drehte er sich um, schaute ein paar Sekunden aus dem Fenster hinter sich, das den Blick freigab auf einen Büroklotz auf der gegenüberliegenden Straßenseite.

»Na gut«, sagte Binder schließlich, und drehte sich zu den Polizisten um, »Maika hat mich hereingelegt. Diese Ratte hat das Geschäft mit der alten Frau alleine gemacht. Hat es hinter meinem Rücken durchgezogen. Dafür hätte ich ihm die Nase brechen können, wenn er nicht stärker gewesen wäre als ich. Meinetwegen habe ich halt ein Motiv, aber gewesen bin ich es trotzdem nicht.«

Trotzig stieß Binder die letzten Worte heraus. Von seinem überlegenen und selbstsicheren Getue war nicht mehr viel vorhanden.

»Dazu kommt«, sagte Monika Berger, »dass Ihr Alibi auch nicht gerade das Beste ist. Um es einmal vorsichtig auszudrücken.«

»Oder, um es noch präziser zu formulieren«, übernahm Löffler nun, »Sie haben eigentlich gar kein Alibi. Also, aus meiner professionellen Sicht sieht das gar nicht gut aus für Sie.«

»Sie haben sich auch noch öffentlich gestritten wegen der Sache«, ergänzte Monika Berger, »und das vor Zeugen. Haben Sie nicht sogar wilde Drohungen gegenüber Maika ausgestoßen?«

»Nicht nur das, Frau Berger«, sagte Löffler zu der Kommissarin, »er soll, laut Zeugenbericht, auf Maika sogar losgegangen, also handgreiflich geworden sein.«

»Sie haben recht, Herr Hauptkommissar«, spann die Kommissarin den Faden Löfflers weiter, »unsere Zeugen haben ihre Aussagen dahin gehend gemacht. Oh, oh, jetzt sieht es aber nicht mehr gut aus für den Herrn Doktor.«

Binder beobachtete das Spiel der beiden Kommissare mit offenem Mund. Tatsächlich schien es ihm die Sprache verschlagen zu haben. Von seiner vorhin noch zur Schau gestellten Selbstsicherheit war nun in der Tat nicht mehr viel übrig geblieben.

»Ich habe keine wilden Drohungen ausgestoßen«, verteidigte Binder sich, »und dass ich auf ihn losgegangen bin – okay, das gebe ich zu, aber nur, weil er mich provoziert hat. Als ich ihm sagte, dass ich mein Geld zurückhaben ..., aber gut, die Sache ist vorbei, Schwamm darüber, er ist ja jetzt tot, da will ich nicht nachkarten.«

»Ihr Geld wollten Sie zurück«, fragte Löffler den verunsicherten Binder, »welches Geld denn? Ah, ich verstehe. Sagen Sie, Herr Doktor, haben Sie Maika etwa das Geld vorgestreckt, mit dem er die Grundstücke gekauft hat?«

Binder war kleinlaut geworden.

»Wie kommen Sie denn darauf«, fragte er als Antwort auf Löfflers Vermutung.

»Ach, Herr Binder«, sagte Löffler, und warf dem Arzt eine müde Handbewegung entgegen, »wir werden jetzt alle Konten Maikas prüfen lassen, wir werden uns seine Bilanzen ansehen und alle seine Kosten und Erträge durchleuchten. Wenn wir dann herausfinden, dass Maika eigentlich gar nicht genug Geld hatte, um das Grundstücksgeschäft zu finanzieren, dann machen wir dasselbe mit Ihren Konten. Und unsere Leute machen das sehr gewissenhaft, weil es ihr Job ist, und weil sie ihn beherrschen. So, und dann finden sie ja vielleicht heraus, dass Sie, Herr Binder, mehr verdient haben, als Sie bei der Steuer angegeben haben. Sie wissen schon, Finanzamt und so. Und ganz aktuell, Steuerhinterziehung ins Ausland. Aber bei Ihnen kann es natürlich auch sein, dass wir herausfinden, dass Sie dieses Geld dadurch gewaschen haben, dass Sie Maikas Grundstückverkauf finanziert haben. Das würde natürlich ganz und gar kein gutes Licht auf Sie werfen, Herr Doktor.«

Während Löfflers Vortrag hatte Binder seine unruhige Wanderung durch den Raum wieder aufgenommen. Schließlich blieb er mit dem Rücken zu den beiden Polizisten eine Weile stehen, wahrscheinlich um in aller Ruhe über das nachzudenken, was ihm vorkommen musste wie ein tiefer, schwarzer Schlund, der sich plötzlich vor ihm auftat.

»Na gut«, drehte Binder sich zu Löffler und Berger hin, »ich habe Maika das Schwarzgeld gegeben, damit er das Grundstück kaufen kann. Auf unser beider Namen natürlich, und dann wollten wir das Geschäft mit dem Investor gemeinsam durchziehen. So, jetzt wissen Sie Bescheid.«

Löffler dachte einen Moment nach.

»Sie konnten mit Maika aber keinen rechtsverbindlichen Vertrag abschließen, weil Sie das Schwarzgeld niemals einklagen können. Ihr Geschäft beruhte auf Vertrauen, richtig?«

Binder nickte stumm.

»Aber Maika«, fuhr Löffler fort, »hat Sie einfach bloß beschissen, wenn ich das mal so lapidar ausdrücken darf. Ihre alte Freundschaft war ihm angesichts der Millionen auch egal. Das war wahrscheinlich eine bittere Erkenntnis für Sie. Liege ich da ungefähr richtig?«

»Ungefähr«, brummte Binder vor sich hin.

»Muss ja ein saublödes Gefühl gewesen sein«, nahm Monika Berger das Gespräch wieder auf, »als Maika mit dem Kaufvertrag in aller Öffentlichkeit vor ihrem Gesicht herumwedelte, und Sie damit auch noch aufgezogen hat. Also mich würde das fuchsteufelswild machen. Vor allem deshalb, weil Sie nichts dagegen unternehmen konnten. Ich hätte ihm, und das meine ich ganz Ernst, eins auf die Nase gegeben. Was haben Sie gemacht?«

»Ich habe mich geärgert«, antwortete Binder, »und mir überlegt, wie ich es ihm heimzahlen könnte. Aber an Mord, das dürfen Sie mir glauben, habe ich nicht gedacht. Mir wäre schon noch etwas anderes eingefallen. Aber, wie wir jetzt alle wissen, ist mir jemand zuvorgekommen.«

»Sagen Sie mal«, fragte Löffler, »wie viel von dem Geld, also von dem Kaufpreis, hat denn Ihnen gehört?«

Binder verschränkte die Arme vor der Brust, wie ein kleines Kind, das sich trotzig einer Anweisung verweigert.

»Das sage ich nicht.«

Monika Berger konnte sich gerade noch ein Lächeln verkneifen.

»Also der größte Teil der Summe«, sagte sie zu Binder, der darauf nicht einging. »Aber gut, lassen wir das, wir sind ja nicht von der Steuerfahndung. Was uns noch interessiert, was hatten Sie eigentlich für Pläne mit dem Gelände? Wir haben erfahren, dass Maika und Sie darüber unterschiedlicher Meinung waren. Wir würden das gerne mal aus Ihrem Mund hören, Sie waren ja direkt betroffen davon.«

Binder lachte bitter. Er schien sich langsam wieder zu beruhigen. Immerhin bewegte er sich zurück zu seinem Stuhl, ließ sich darauf nieder und legte seine Hände übereinander.

»Anderer Meinung ist gut gesagt«, antwortete er dann, »in Wirklichkeit waren wir grundsätzlich verschiedener Meinung in dieser Sache. Maika wollte nämlich den Sportverein auf einem anderen Gelände vollkommen neu aufbauen. Und zwar finanziert aus dem Verkauf des jetzigen Geländes. Maika war vollkommen auf den Sport fixiert. Dieser Spinner hätte das ganze viele Geld in den Verein und in seine Sportler investiert. Können Sie sich diesen Schwachsinn vorstellen?«

Binder schüttelte den Kopf. Er brauchte offensichtlich eine kleine Pause beim bloßen Gedanken daran, was Maika vorgehabt hatte.

»Wenn es nach mir gegangen wäre«, fuhr er dann fort, »dann hätten wir uns das Geld geschnappt, jeder die Hälfte, und ich hätte mich zur Ruhe gesetzt. Ich hätte meine Praxis zugemauert, mein Haus verkauft und wäre gen Süden verreist. Bei den ganzen unausgegorenen Gesundheitsreformen der letzten Jahre bleibt für uns Ärzte am Ende nichts mehr übrig nach Abzug aller Kosten. Ich arbeite mehr als je zuvor, verdiene aber weniger als eine Frau an der Kasse im Supermarkt. Dank diesem Spinner Maika kann ich jetzt weitermalochen bin ins hohe Alter.«

»Mein Mitleid«, entgegnete Monika Berger, »und wenn

Sie Pech haben, möchte ich ergänzen, das Ganze hinter hohen Gefängnismauern. In der Tat, Sie sind nicht zu bedauern. Aber manchmal gräbt man sich halt sein eigenes Grab.«

Binder erhob sich wieder aus seinem Sessel. Er stellte sich hinter die Lehne, stützte sich müde darauf ab und schaute die beiden Polizisten traurig an.

»Ich brauche weder Ihr Mitleid, noch Ihren Spott«, sagte Binder leise, »und überhaupt sollten Sie sich um Ihre Arbeit kümmern. Der Mörder läuft noch frei herum. Ich bin es nicht gewesen. Können wir unser Gespräch jetzt beenden?«

Die beiden Kommissare erhoben sich wie auf Kommando aus ihren Stühlen. Sie gingen langsam zur Tür, während Binder noch immer verkrampft die Sessellehne umklammert hielt.

»Wir sind noch nicht fertig mit Ihnen, Herr Binder«, sagte Monika Berger im Gehen, »auch wenn wir jetzt erst mal etwas essen gehen. Auf Wiedersehen.«

An der Tür blieb Löffler abrupt stehen. Er drehte sich zu Binder um, der ihnen stumm nachstarrte.

»Sagen Sie mal, Herr Binder«, fing Löffler an, »was war das eigentlich für eine Dopinggeschichte, in die Sie und Maika verwickelt waren?«

Binder schien überrascht von der Frage zu sein, gleichsam überrumpelt. Es dauerte eine Weile, ehe er überhaupt zu begreifen schien, was Löffler ihn gefragt hatte.

»Ach, das, Inspektor Columbo«, antwortete er dann, »das ist doch schon ewige Zeiten her. Alles nur Gerüchte und Intrigen. Alles nur Neid der Wessis auf die Ossis, weil wir im Sport erfolgreicher waren als die reichen Geldsäcke aus dem Kapitalismus. Sie werden doch nicht glauben, dass wir, als wir nach der Wende ankamen, mit den Klängen von Beethovens Fünfter empfangen wurden.«

»Aber was genau hat man Ihnen vorgeworfen?«, ließ Löffler nicht locker.

Offensichtlich kostete es Binder große Überwindung, diese Frage zu beantworten. Man sah ihm förmlich an, dass er nach einem Ausweg suchte, um nicht über das sprechen zu müssen, was hier so plötzlich zum Thema geworden war. Schließlich musste er erkennen, dass ihm wohl nichts anderes übrig blieb, als Löfflers Frage zu beantworten.

»Da war so eine Sache mit einem Mädchen«, begann er zögernd, »eine Sportlerin, ein junges Talent.«

Binder machte eine kleine Pause. Er suchte nach den richtigen Worten.

»Dieses Mädchen«, fuhr er dann fort, »hatte sich im Training ganz offensichtlich übernommen. Vielleicht war sie einfach zu ehrgeizig, was weiß ich. Jedenfalls brach sie auf dem Sportplatz zusammen, irgendetwas mit dem Gehirn, eine Blutung oder so, ich bin kein Neurologe, außerdem habe ich mich nicht um die Behandlung gekümmert. Danach lag sie ein paar Jahre im Koma, soviel ich weiß, und sie liegt es vielleicht noch, keine Ahnung. Uns, also Maika und mir als verantwortlichen Trainern, hat man später dann vorgeworfen, wir hätten Dopingversuche mit ihr gemacht, sie sozusagen als Testperson für unsere Experimente verwendet. Was vollkommener Quatsch war. Die Kleine war einfach überehrgeizig, hat sich übernommen, ist zusammengeklappt und uns hat man dann zu Schuldigen machen wollen. Aber eine nachfolgende Untersuchung ergab, dass wir nichts damit zu tun hatten. Man konnte Maika und mir nichts nachweisen. Damit war die Sache erledigt.«

»Und wie geht es dem Mädchen heute?«, fragte Löffler.

»Ich sagte Ihnen schon, dass ich das nicht weiß. Das ist doch ewig her. Um das, was früher war, kümmere ich mich heute nicht mehr, ich bin eher zukunftsorientiert.«

»Dann ist ja alles in Ordnung«, sagte Löffler, drehte sich um und verließ den Raum.

»Mein Chef meint«, sagte die Kommissarin zu dem mit hochrotem Kopf mitten im Raum stehenden Binder, »dass es um Ihre Zukunft unter Umständen nicht zum Besten bestellt sein könnte. Und damit meinen wir nicht nur Ihre Steuerhinterziehung…«

»Die Sie mir gar nicht beweisen können.«

»... nicht nur Ihre Steuerhinterziehung, die unsere Kollegen Ihnen bestimmt nachweisen werden, sondern auch den Mord an Maika. Schwere Zeiten, Herr Doktor Binder, schwere Zeiten kommen auf Sie zu, glauben Sie mir. Auf Wiedersehen.«

12

Schweigend gingen die beiden Beamten zum Parkhaus Richtung Neckarbrücke. An der Ampel vor der Tübinger Zeitung, dem ›Schwäbischen Tagblatt‹, wo sie eigentlich die Straße überqueren mussten, hielt Löffler plötzlich an.

»Kommen Sie«, sagte er zu ihr, »wir machen einen kleinen Spaziergang durch die Stadt. Lassen Sie uns doch einen Kaffee trinken, ich lade Sie ein, ich kenne da ein Café von früher, mal sehen, wie es sich gehalten hat.«

»Ich bin dabei, immer noch besser als der Kaffee im Büro. Und so unschwäbisch, diese Einladung. Haben Sie den schwäbischen Geiz im Norden zurückgelassen?«

»Aber Frau Berger«, lächelte Löffler, »gerade Sie als Urschwäbin müssten eigentlich wissen: Der Schwabe ist nicht geizig, er schaut nur aufs Geld. Das ist doch ein sehr großer Unterschied, oder nicht?«

Kommissarin Berger zuckte nur lachend mit den Schultern. Sie gingen über die Neckarbrücke, genossen kurz den Ausblick auf die Neckarmauer mit dem Hölderlinturm, und sahen unter sich auf dem träge dahinfließenden Fluss die Stocherkähne mit ihrem studentischen Personal schwimmen. Sie gingen die Neckargasse hoch, den anspruchsvollsten Teil des Tübinger Stadtlaufs, und bogen dann auf den Holzmarkt ein, den großen Platz vor dem Haupteingang zur gewichtig über der Stadt thronenden Stiftskirche. Sie kamen an einem Mann vorbei, der mitten auf dem Platz saß und vor sich einen Teller stehen hatte. Neben dem Teller war ein Zettel, auf dem stand, dass er arbeitslos, ohne Wohnung und ohne Essen sei. Löffler blieb vor dem Mann stehen, zog seine Geldbörse aus der Tasche, griff hinein und zog einen Zehneuroschein heraus, den er dem Mann auf den Teller legte. Der Mann, der gerade noch vollkommen in sich versunken dasaß, sah den Schein, blickte auf und bedankte sich mehrmals lautstark bei Löffler. Dann gingen sie weiter, Richtung Marktplatz. Nach einigen Schritten blieb Monika Berger plötzlich stehen.

»War das nicht vielleicht ein wenig übertrieben«, fragte sie Löffler, »Sie müssen mir nichts beweisen.«

»Übertrieben«, antwortete Löffler, »finden Sie?«

Inzwischen waren sie vor der Marktschenke angekommen. Draußen, vor dem Café, waren Tische, Stühle und Sonnenschirme aufgestellt. Jeder Platz war belegt. Der Marktplatz hatte sich von der Dauerbestrahlung der Sonne aufgeheizt, und es war kaum möglich, länger als zehn Minuten ungeschützt stehen zu bleiben. Auch unter den Sonnenschirmen staute sich die Hitze. Aber irgendwie schien den Menschen das egal zu sein. Gierig nach Sonne, nutzten sie die Zeit, um die letzten Sommertage zu genießen.

Der Tübinger Marktplatz, an dessen unterer Seite die Marktschenke lag, war vollständig mit Pflastersteinen belegt. Zum Rathaus hin stand der Neptunbrunnen, auf dem eine Neptunfigur aus Metall thronte, dessen Konzept die Tübinger den Renaissance-Bolognesern aus Italien geklaut hatten. Um diesen Brunnen herum, zu seinen Füßen und auf seiner Umrandung, spielte das sommerliche Studenten-Nachtleben sich ab. Kam man im Sommer am Frühabend auf den Marktplatz, saßen die jungen Leute, nicht unähnlich einer italienischen Piazza oder einem mexikanischen Zocalo, auf dem Boden, hatten Getränke und Snacks mitgebracht und bevölkerten so das Tübinger Zentrum bis lange nach Mitternacht. Für die einen wunderbare Folklore, für die anderen, nämlich die Anwohner, der nächtliche Horror. Denn um bei dem Lärm schlafen zu können, bedurfte es eines Hörschadens oder komatöser Müdigkeit. Ansonsten musste man seine innere Uhr während der Sommermonate nach den Vorgaben der Feiernden auf dem Marktplatz stellen.

Sie gingen ins Café hinein. Drinnen war es dunkel. Die Polizisten setzten sich auf Hocker, die um einen Stehtisch gegenüber der Bar gruppiert waren. Als die Bedienung, eine junge Frau mit blondem Pferdeschwanz, zu ihnen kam, bestellten sie Cappuccino.

»Und«, fragte Monika Berger, »sind Sie von dem Café sehr enttäuscht?«

»Das kann man so nicht sagen«, antwortete Löffler, »der Name des Cafés ist ja gleich geblieben. Aber gut, alles andere hat sich verändert. Es ist so modern. So zeitgemäß. Meine Tochter würde sagen, es sei alles sehr stylish.«

»Ach«, entgegnete Berger neugierig, »Sie haben eine Tochter?«

»Ja.«

»Und, haben Sie noch weitere Kinder?«

»Nein.«

»Und Ihre Frau?«

»Was ist mit ihr?«

»Na, zum Beispiel: Arbeitet sie?«

»Nein, nicht zurzeit.«

»Wohnen Sie nicht zusammen?«

»Nein.«

Monika Berger seufzte lautstark.

»Es macht wirklich Spaß, sich mit Ihnen zu unterhalten«, sagte sie zu Löffler, der das mit einem Grinsen quittierte. »Wirklich, Sie sind ein echter Charmeur. So eloquent und mitteilsam. Sie sprudeln förmlich, wie eine frische Quelle auf der Schwäbischen Alb.«

»Ich verstehe nicht, was diese privaten Dinge mit dem Fall zu tun haben«, entgegnete Löffler, »wir sind hier zwar zum Kaffeetrinken, aber doch nur, um unsere Arbeit in angenehmer Atmosphäre noch effektiver ausüben zu können.«

»Vielleicht haben diese privaten Dinge nicht unmittelbar etwas mit dem Fall Maika zu tun. Aber immerhin sind wir doch Kollegen, und da ist es doch immer angenehmer, wenn man über den anderen etwas weiß. Ich meine, etwas, das über das rein Berufliche hinausgeht.«

In diesem Augenblick kam die Bedienung und stellte ihnen die beiden Tassen auf den Tisch. Beide schwiegen eine Weile und rührten mit den Löffeln in ihren Tassen.

»Da ist nicht viel zu wissen«, sagte Löffler auf einmal in die Stille, »meine Frau ist in Norddeutschland geblieben, zusammen mit dem Kind, ich bin hierher zurückgekommen, lebe einstweilen bei meinem Vater und warte auf die Scheidung. Oder auch nicht, das ist noch nicht entschieden. Das war es eigentlich schon. Und warum wir uns getrennt haben, welche Probleme wir haben oder hatten – das sage ich Ihnen natürlich nicht. Punkt.«

»Na, das ist doch immerhin was.«

»Und bitte, nun fangen Sie nicht an, sich zu revanchieren, und mir aus Ihrem Leben zu erzählen. Denn, ganz ehrlich, das interessiert mich im Augenblick überhaupt nicht.«

»Oh, ich hatte nicht vor, über mich zu reden.«

»Schön«, sagte Löffler, »dann können wir endlich über den Fall reden. Und dazu gleich mal eine Bestandsaufnahme. Was, glauben Sie, hat Binder damit zu tun?«

Die Kommissarin machte es sich ebenfalls bequem und trank erst einen Schluck Cappuccino, ehe sie auf Löfflers Frage einging.

»Also ich«, sagte sie dann bedächtig, »sehe im Augenblick keinen anderen Verdächtigen. Der Knackpunkt ist das Motiv, wie meistens. Und Binder hat eins. Und er hat kein Alibi.«

»Tja, das Motiv«, meinte Löffler nachdenklich, »es geht doch ohnehin fast immer nur um Geld oder Liebe, Liebe natürlich immer verbunden mit seinem Gegenteil. Aber Liebe sehe ich hier nicht unbedingt. Bleibt also das Geld. Und da kommen wir auch wieder zu Binder. Oder, was ja auch nicht von der Hand zu weisen ist, zu Maikas Familie. Wir sollten uns auf jeden Fall noch mal den Sohn vornehmen, was meinen Sie?«

»Warum nicht«, antwortet Monika Berger zögernd, »aber es ist schon eine besondere Sache, den eigenen Vater umzubringen. Und das dann auch noch von Angesicht zu Angesicht. Ich meine, wenn der Schütze so genau getroffen hat, dann hat er auch ein Zielfernrohr benutzt. Wenn du dann ins Gesicht des eigenen Vaters schaust … also Geld alleine reicht hier nicht mehr als Motiv, ohne Hass geht da gar nichts.«

Ruhig hatte Löffler ihr zugehört.

»Das Problem ist Binders Motiv«, erklärte er dann, »wenn er sein Geld zurückhaben will, dann bringt er Maika nicht um. So dumm ist Binder nicht. Dass er sich von seinen Gefühlen gegen Maika leiten lässt, dass er ein Ventil für seinen Hass sucht – das ist bereits passiert, als er auf ihn losgegangen ist. Das passiert ihm kein zweites Mal, würde ich sagen. Dazu ist er zu intelligent und zu beherrscht.«

»Aber vielleicht war er beim Anblick Maikas für einen Augenblick so außer sich, dass das Geld ihm vollkommen egal war, es ging ihm in diesem speziellen Augenblick nur noch um Vergeltung, um die Befriedigung dieser tiefen Hassgefühle.«

Löffler schüttelte zweifelnd den Kopf.

»Nein, das kann ich mir nicht vorstellen. So war das nicht. Der Schuss, die Kaltblütigkeit, die Ruhe, die Konzentration, die notwendig war – dazu bedurfte es präziser Planung, Antizipation und vor allem – und da schließt sich der Kreis –, eines im wahrsten Sinne tödlichen Motivs.«

Löffler schwieg.

»Ich meine«, fuhr er dann fort, »er geht ja nicht zum Stadtlauf, und hat zufällig ein Präzisionsgewehr in der Hosentasche.«

Die Kommissarin rührte nachdenklich in ihrem Cappuccino. Sie nahm einen Schluck und stellte die Tasse schnell wieder ab. Löffler beobachtete sie dabei neugierig.

»Kalt«, sagte sie, »der Kaffee ist eiskalt. – Aber um nochmal auf Ihr Motiv zurückzukommen: Solche Taten sind erfahrungsgemäß häufig im Familienkreis angesiedelt. Da landen wir dann wieder bei dem Sohn.«

Löffler legte einen Geldschein auf den Tisch. Dann stand er auf und gab Berger ein Zeichen, es ihm nachzutun.

»Kommen Sie«, sagte er zu seiner Kollegin, »gehen wir zurück ins Präsidium und schauen nach, was wir über den Sohn haben. Und wenn wir alles über ihn wissen, dann besuchen Sie ihn.«

»Ich«, fragte sie überrascht, »warum ich? Alleine? Und was machen Sie in der Zeit?«

Löffler zog ein Handy aus der Tasche und deutete darauf. »Ich werde ein paar alte Freunde treffen.«

13

Als Monika Berger am späteren Nachmittag zum zweiten Mal in vierundzwanzig Stunden das Sportgeschäft Maika betrat, waren zwei Verkäufer im hinteren Teil des Ladens damit beschäftigt, einigen Interessenten Laufkleidung zu erklären. Die Kasse war nicht besetzt. Aber die Kommissarin kannte den Weg und steuerte Maikas Büro an. Als sie direkt davor stand, bemerkte sie zweierlei: Erstens war die Tür nur angelehnt, und zweitens konnte sie deutlich verstehen, dass sich in Maikas Büro zwei Männer unterhielten. Die Stimmen waren laut, sodass man davon ausgehen konnte, dass es sich dabei nicht um eine normale Unterhaltung handelte.

Monika Berger öffnete die Tür noch ein wenig mehr, sodass sie das Gesprochene besser hören konnte. Sie konnte jetzt, da die Tür mehr als nur eine Handbreit geöffnet war, auch die beiden Männer erkennen, deren Stimmen sie gehört hatte. Allerdings wäre es nicht einmal notwendig gewesen, die Gesichter der beiden zu sehen. Der Klang der Stimmen hatte ihr bereits gesagt, dass sich Binder und Gerold Maika im Büro des Sportgeschäfts lautstark stritten.

»Wie kann man nur so bescheuert sein!«, schrie Maika gerade Binder an, als Monika Berger auftauchte, »und ihm das gesamte Geld geben. Das auch noch in bar. Ich fasse es nicht.«

Binders Stimme klang leiser, kleinlaut, eher zurückhaltend, wie bei einem Kind, das man dabei erwischt hatte, als es den Süßigkeitenschrank ausräumte.

»Keiner konnte wissen«, sagte er, »dass dein Vater so ein Schwein ist. Ich meine, ich kannte ihn doch so lange, dass er zu so etwas fähig ist, konnte wirklich niemand ahnen.«

»Doch«, entgegnete Maika laut, »ich, ich wusste es. Und du, mein Lieber, hättest es eigentlich auch wissen müssen. Bei all den Sachen, die ihr beide in der Vergangenheit getrieben habt.«

Die Kommissarin verrenkte ein wenig den Kopf, dann konnte sie deutlich erkennen, dass Maika hinter dem Schreibtisch saß, während Binder davor, mit dem Rücken zur Türe stand, und sich auf der Lehne eines Bürostuhls abstützte.

»Ist doch alles halb so schlimm«, sagte Binder gerade, »durch seinen Tod fällt doch sowieso alles an uns zurück. Der Deal steht und dein Vater hatte die ganze Arbeit.«

»Wie meinst du das?«

»Na, Ihr als Familie erbt doch das ganze Zeug, das Grundstück, die Verträge, was weiß ich? Und das teilen wir dann wie geplant und die Sache hat für uns alle noch ein gutes Ende.«

Für eine Weile war es ruhig in dem Raum. Monika Berger sah, wie Maika mit einem Stift auf einem Papier herumkritzelte, während Binder ihm dabei stumm zusah.

»Was du nicht bedacht hast«, sagte der junge Maika dann, »ist, dass der alte Fuchs bestimmt ein Testament aufgesetzt hat, vor Jahren schon. Wie ich ihn kenne, bleibt für uns dann gerade noch der Pflichtteil. Selbst wenn nicht, selbst wenn ich alles bekomme, zusammen mit meiner Mutter – warum sollte ich gerade dir etwas abgeben?«

Monika Berger konnte zwar Binders Gesicht nicht sehen, aber sie erkannte an den Zuckungen seines ihr zugewandten Rückens, wie sehr die Worte Maikas ihn trafen.

»Der Apfel fällt nicht weit vom Stamm«, sagte er so leise, dass die Kommissarin es kaum verstehen konnte, »wie konnte ich auch übersehen, dass du zwar mit deinem Vater zerstritten bist, aber trotzdem keinen Deut besser bist als er.«

»Bring du erst mal Ordnung in die andere Sache, damit bist du genügend beschäftigt. Du solltest dabei keine Zeit verlieren, mein Lieber.«

»Wie bitte? Wovon sprichst du?«

»Habt ihr euch nicht neulich Abend noch getroffen, mein Vater und du? Wegen dieser alten Geschichte mit der Frau.«

»Ach, das meinst du. Der kann uns nichts mehr, soll er doch versuchen, zur Polizei zu gehen. Oder meinetwegen an die Öffentlichkeit. Das interessiert doch jetzt keinen mehr, da gibt es Interessanteres zu berichten. Ich hätte schon vor Jahren aufgehört zu bezahlen, aber dein Vater wollte das nicht. Entweder aus Angst, oder wegen seines schlechten Gewissens.«

Berger hörte, wie Binder seinen Stuhl zurückschob. Er stand auf, und kam hinter dem Schreibtisch hervor.

»Tja«, sagte er, und die Ironie drang durch bis zu Berger hinter der Tür, »vielleicht war mein Vater ja doch ein guter Mensch, wer weiß? Aber wie auch immer – für mich ist die Sache jetzt erledigt. Und damit du Bescheid weißt – von mir siehst du keinen müden Cent.«

Monika Berger schob den Kopf nach vorne, um einen besseren Blick zu haben. Binder drückte sich von dem Stuhl ab, auf dessen Lehne er sich aufgestützt hatte. Seine Arme baumelten an der Seite herunter, aber er hatte seine Hände zu Fäusten geballt. Die Kommissarin sah, dass gleich etwas passieren konnte, aber sie war sich nicht sicher, wie sie reagieren sollte. Also beschloss sie, noch abzuwarten, sich aber gleichzeitig zum Eingreifen bereitzuhalten.

Binder ging inzwischen bedrohlich auf den jungen Maika

zu. Dieser machte einen Schritt zurück, spürte dann offenbar die Kante des Schreibtischs in seinem Rücken, und sah sich von dem immer näherkommenden Binder bedrängt.

Maika drehte sich zur Seite, machte eine schnelle Bewegung nach links, rannte dann rechts an Binder vorbei hin zur Eingangstür. Binder versuchte, Maika zu folgen, machte ebenfalls eine rasche Wende zur Türe hin und sah dabei das Gesicht Monika Bergers. Mitten in der Bewegung hielt er inne. Seine Fäuste entspannten sich, seine Arme baumelten wieder an der Seite und über sein Gesicht wanderte ein Lächeln, als sei nichts passiert während der vergangenen Minuten.

Maika war Binders Blick gefolgt, sah nun ebenfalls die spionierende Kommissarin und trat ein paar Schritte zurück, weg von der Türe.

»Oh, ein Spion«, sagte Binder süffisant, »ein Spion hinter der Türe. Immer herein, Frau Kommissarin, im schlimmsten Fall ist es Hausfriedensbruch. Oder haben Sie eine ausdrückliche Einladung von Herrn Maika erhalten, dass Sie sich in seinen Geschäftsräumen umsehen dürfen?«

Monika Berger stieß die Türe auf und trat in den Raum. Binder stand ihr gegenüber, während Maika an der Seite stand und sie beobachtete.

»Einladung würde ich nicht gerade sagen«, antwortete die Kommissarin, »aber die Türe stand offen. Ich möchte mal behaupten, dass man mich gewissermaßen genötigt hat, Zeuge Ihrer unerfreulichen Unterhaltung zu werden.«

»Ich könnte wetten«, sagte Maika leise, »dass ich sie zugemacht habe.«

Die Kommissarin lächelte.

»Wissen Sie, das spielt keine Rolle«, sagte sie, »Ihre Stimmen waren ohnehin so laut, dass ich sogar auf der Straße draußen jedes Wort gehört hätte. Interessant war dabei allerdings nicht die Lautstärke, sondern die Tatsache, dass sich hier der Sohn des Toten mit dem besten Freund des Toten verschwören will und dabei in Streit geraten ist.«

Maika und Binder schauten sich überrascht an.

»Verschwört würde ich nicht sagen«, meinte Binder dann, der offensichtlich das Gespräch für beide führen wollte, »wir haben nur unsere Interessen zusammengelegt und sie dann gemeinsam verfolgt.«

»Und wenn Sie richtig zugehört haben«, mischte Maika sich nun doch ein, »dann haben Sie auch mitbekommen, dass ich mit Binder keine gemeinsame Sache mache – sogar ganz im Gegenteil.«

Berger nickte verstehend mit dem Kopf.

»Andererseits«, wandte die Kommissarin sich an Maika, »haben Sie bei unserer Vernehmung – Verzeihung: bei unserem Gespräch, sehr deutlich auf Herrn Binder als möglichen Täter verwiesen. Was ich damit sagen will – so toll kann das Verhältnis zwischen Ihnen beiden nun auch nicht gerade sein. Aber da Ihr gemeinsames Interesse dem Geld aus Maikas Nachlass gilt, ist es natürlich schon möglich, dass man manche Kröte schluckt, die der andere anbietet. Aber dass man von seinem Partner gleich zum potenziellen Mörder abgestempelt wird, das hat schon eine besondere Qualität.«

Ganz offen schmunzelnd schaute Monika Berger die beiden Männer an. Binder sah irritiert von der Kommissarin zu Maika, von Maika schaute er wieder zu Monika Berger. Erst langsam schien er zu begreifen. Er hatte inzwischen einen hochroten Kopf, die Wut auf Maika ließ bei Binder alle Sicherheitsvorkehrungen brechen. Seine Kaltschnäuzigkeit, seine Arroganz, sein ganzes überhebliches Getue, das die Kommissarin noch von ihrem ersten Gespräch mit Binder in Erinnerung hatte, fiel plötzlich von ihm ab. Mit erhobenen Fäusten stürmte er auf Maika zu, bereit, diese Fäuste in jedes Ziel zu setzen, das sich ihm anbot.

Monika Berger folgte Binder, und als dieser tatsächlich ausholte, um auf Maika einzuschlagen, hielt sie ihm von hinten den Arm fest, drückte ihn nach unten, dann hinter Binders Rücken, verdrehte ihn nach oben so weit, bis Binder den

Schmerz spürte und laut aufschrie. Seine Schultern sackten nach unten, und es war förmlich zu sehen, wie das aufgestaute Adrenalin den Körper verließ. Vorsichtig ließ Monika Berger den Arm los. Dann trat sie einen Schritt zurück. Binder schüttelte Arme und Hände aus, dann bewegte er sich mühevoll rückwärts und setzte sich auf den Stuhl vor dem Schreibtisch. Er schaute Maika an.

»Was hast du gesagt?«, fragte er heiser, erschöpft von der ganzen Aktion und des Adrenalins entledigt, »ich soll deinen Vater umgebracht haben? Kannst du mir dann vielleicht auch sagen, warum ich das getan haben soll? Ich wäre ja schön doof, wenn ich das wirklich getan hätte.«

»Das habe ich doch gar nicht gesagt«, wehrte Maika sich, »ich habe nur erzählt, dass ihr euch wegen des Grundstücks in die Haare gekriegt habt. Das wusste ja nun wirklich jeder.«

»Nicht zu vergessen«, mischte die Kommissarin sich ein, »dass sie unserem Herrn Binder hier jederzeit einen Mord zutrauen würden. An diese Worte erinnere ich mich besonders gut.«

»Sie lügt, Binder«, ereiferte sich jetzt Maika, »das ist alles überhaupt nicht so gewesen. Sie reißt das alles aus dem Zusammenhang. Ich …«

»Aus dem Zusammenhang reißt sie es? Aha, aber gesagt hast du das, nur in einem anderen Zusammenhang, oder was? Du traust mit also einen Mord zu, bloß in einem anderen Zusammenhang?«

»So ein Blödsinn. Und außerdem traue ich sowieso jedem einen Mord zu, sogar mir, das ist also nichts Besonderes.«

»Ach ja, das ist ja ganz toll. Vielleicht bist du es auch tatsächlich gewesen. Also, wenn ich an euer Verhältnis denke, dann wäre das für manche Menschen keine Überraschung. Für mich jedenfalls nicht.«

Maika war bleich geworden. Er schaute Binder an, dann schüttelte er ungläubig den Kopf und deutete mit dem ausgestreckten Zeigefinger auf die Kommissarin.

»Siehst du denn nicht«, schrie er Binder an, »dass die da uns nur gegeneinander ausspielen will? Und du Trottel fällst natürlich darauf rein. Aber was kann man von einem Freund meines Vaters auch anderes erwarten. Die Polizei lügt dich an, und du glaubst ihnen jedes Wort!«

»Die Polizei lügt nicht«, sagte Monika Berger kalt.

»Mit dir bin ich jedenfalls fertig«, sagte Binder, und spuckte dabei vor Maika auf den Fußboden, »mit jemand, der mir einen Mord zutraut, mit dem will ich nichts mehr zu tun haben. Ich und ein Mord. Ich bin Arzt, ich erhalte Leben.«

Maika lachte höhnisch. Er steigerte sich so sehr in dieses Lachen hinein, dass er überhaupt nicht mehr aufhören konnte. Erst ein Hustenanfall stoppte ihn.

»Nun komm mir bloß nicht so«, sagte er hustend, »du hast doch wahrlich genügend Dreck am Stecken, den Saubermann nimmt dir doch keiner ab, der dich kennt. Du und mein Vater …«

Maika brach ab. Man sah seinem Gesicht förmlich an, dass ihm blitzartig eingefallen war, dass er gerade dabei war, einen Fehler zu begehen, der man später keinesfalls wieder gutmachen konnte. Es gelang ihm gerade noch rechtzeitig, zu schweigen. Binder, der sich inzwischen wieder beruhigt hatte, war während der ganzen Zeit in der Mitte des Raumes gestanden. Als Maika abbrach, klatschte er leise Beifall.

»Mach nur weiter so«, sagte er, »die Polizei wird das alles sehr gerne hören wollen. Vielleicht ist ja auch das interessant, was ich über dich sagen kann. Willst du das? Sollen wir ein kleines Spielchen machen. Ich weiß was über dich, du was über mich. So heißt das Spiel. Zuschauerin ist die Dame von der Kripo.«

Maika sah Binder stumm an. Beide nickten sich zu, dann setzte Maika sich wieder hinter seinen Schreibtisch, während Binder auf dem Stuhl davor Platz nahm. Schweigend saßen beide da, hatten die Arme vor der Brust gekreuzt und schauten stumm auf den Boden.

»Also ehrlich, meine Herren«, sagte die Kommissarin schließlich in die Stille hinein, »von mir aus hätten Sie ruhig weitermachen können, ich habe genug Zeit mitgebracht. So viel, wie gerade, hätte ich wahrscheinlich mit allen meinen Fragen niemals von Ihnen beiden erfahren können. Was Sie, Herr Maika Junior, betrifft, wir haben Ihr Alibi überprüft, das hat mir vorhin erst mein Kollege gemeldet. Aber das schließt ja nicht aus, dass Sie und Herr Binder gemeinsame Sache gemacht haben, und dass dabei vielleicht Herr Binder die Drecksarbeit erledigt hat. Und jetzt haben Sie sich auch noch darüber zerstritten. Oder, was natürlich auch noch möglich ist: Sie spielen mir hier ein Theaterstück vor, das sich gewaschen hat. Aber ich persönlich tendiere zur Theorie des gemeinsam geplanten Mordes. Was meinen Sie dazu, Herr Binder?«

Binder hatte sich gemütlich im Stuhl zurückgelehnt, und hatte dabei Monika Bergers Ausführungen aufmerksam zugehört.

»6178334«, antwortete er der Kommissarin.

»Wie bitte«, fragte Monika Berger irritiert.

»Das ist die Nummer meines Anwalts, ohne den sage ich Ihnen nichts mehr, und zwar gar nichts mehr, nicht ein einziges Wort. Wenn Sie was von mir wollen, dann rufen Sie meinen Anwalt an, die Nummer haben Sie jetzt.«

»Aber sagen Sie mal, Binder, das nur am Rande – haben Sie eigentlich ein Gewehr?«

»6178334.«

»Also mit Ihrem Alibi steht es ja nicht zum Besten, Herr Doktor. Oder ist Ihnen inzwischen jemand eingefallen, der es uns bestätigen könnte? Ich meine, Maika hat da deutlich bessere Karten als Sie.«

»6178334.«

»Punkt neun Uhr dreißig«, sagte die Kommissarin.

Binder war irritiert.

»Wie bitte?«

»Um diese Zeit, Herr Binder«, sagte Monika Berger zu ihm, »erwarte ich Sie morgen früh in meinem Büro. Mit oder ohne Anwalt, ganz wie es beliebt. Seien Sie pünktlich, Herr Doktor. Wenn Sie sich verspäten, lasse ich Sie vorführen. Versprochen. Und nun auf Wiedersehen die Herren. Und nicht mehr streiten, Sie haben genug andere Sorgen, glauben Sie mir das.«

Damit drehte die Kommissarin sich um und ging zur Tür.

»Vergessen Sie nicht, die Türe hinter mir zu schließen«, rief Berger, als sie bereits im Verkaufsraum stand, »Sie hatten für heute genug ungebetene Hörer.«

14

Das Sportgelände lag so, dass die sich langsam senkende Sonne einige Bereiche der Laufbahn nicht mehr erreichten, weil sie im Schatten der alten Tribüne lagen. Nur die Gegengerade war noch immer der prallen Hitze ausgesetzt. Löffler und sein alter Freund Tobias Kreitlein joggten träge über die Bahn. Sie hielten sich dabei an die alte Läuferkonvention, dass man die Innenbahn für die schnellen Läufer freihalten sollte, und trabten deshalb auf der zweiten Bahn. Tobias Kreitlein war ein großgewachsener, athletischer Mann, der stark ausgeprägte Muskeln an Oberschenkeln und Waden hatte, was ihn, laufsportlich betrachtet, als Mittelstreckler kennzeichnete. Auf dem Kopf hatte er nur noch einen runden Haarkranz, obwohl er sicher nicht älter war als Löffler. In der Sonne glänzte die Kopfhaut wie ein vom Wasser glattgespülter Stein. Löffler und Kreitlein hatten beide kurze Laufhosen und ein Trägershirt an. Auffällig bei Löffler waren seine Schuhe. Knallgrüne Treter, die einen schier blendeten.

»Früher etwas irgendwie leichtfüßiger, was meinst du?«, sagte Löffler zu dem neben ihm trabenden Kreitlein.

Kreitlein lachte. Dann klopfte er Löffler tröstend auf den Rücken.

»Da warst du auch zehn Kilo leichter und fünfzehn Jahre jünger.«

Sie trabten eine Weile.

»Wie wäre es«, fragte Löffler dann, »wenn du mir mit deinem Lokalwissen bei meinem Fall hilfst?«

»Ach, nur um mir ein paar Fragen zu stellen, bist du hier?« Kreitlein lachte.

»Ich weiß ja schon, dass es um den toten Maika geht. Mord beim Stadtlauf – das war schon harter Tobak, ehrlich.«

»Kanntest du Maika?«

Kreitlein wischte sich mit der flachen Hand über den kahlen Schädel. Danach schaute er seine Handflächen an und rieb sie an seinem Laufshirt trocken.

»Ich kannte ihn flüchtig, also nicht sehr gut«, sagte er dann, »ich hab mal ein paar Laufschuhe in seinem Laden gekauft. Aber was ich weiß, ist, dass er ein vom Sport Besessener war. Für den sportlichen Erfolg ging der über Leichen. Sagt man. Na, und jetzt ist er selber eine.«

»Findest du das witzig?«

»Nee, das nicht, aber der Spruch hat sich doch angeboten oder?«

»Klar, wenn man so denkt wie du.«

Ein leichter Wind war aufgekommen, was es wesentlich angenehmer machte, sich über die Laufbahn zu quälen.

»Weißt du«, fuhr Löffler fort, »nicht jeder vom Sport Besessene wird gleich erschossen. Da muss also mehr sein, etwas, das über das hinausgeht, etwas, was bisher noch im Dunkeln liegt. Und das muss ich finden, wenn ich den Fall lösen will.«

Kreitlein schnalzte mit der Zunge und Löffler zog das Tempo an.

»He, nicht so schnell«, rief Kreitlein, und beschleunigte selbst um Löffler zu folgen. Löffler fiel in den Trab von vorhin zurück und Kreitlein schloss auf.

»Also, hör zu«, fing Kreitlein an, nachdem beide wieder zu

Atem gekommen waren, »es gibt zwei Dinge, die ich dir über Binder erzählen kann. Das eine ist: Es ist bekannt, dass Maika der alten Frau Schaffrath das Grundstück hier abgeluchst hat. Ich habe keine Ahnung, was er ihr erzählt hat, aber die Frau hat unterschrieben. Aus der Ecke kann aber nichts kommen, weil es keine Erben gibt. Also kein böses Blut. Das heißt kein Gewehr, kein Schuss, kein Mord.«

»Du sollst mir Verdächtige liefern, nicht sie mir wegnehmen.«

»Damit kommen wir zu Binder. Zu unserem Herrn Doktor, dem ehemaligen Geschäftspartner des Herrn Maika. Den Binder kenne ich ganz gut, mit dem habe ich mir vor Jahren sogar schon mal ein Duell beim Nikolauslauf geliefert.«

Löffler schaute überrascht zu seinem Mitläufer.

»Du läufst Halbmarathon?«

»War das Ergebnis einer Wette. Kam auch nie mehr vor.«

»Na, dann.«

»Soll ich jetzt weitererzählen oder nicht?«

»Wie lange hast du denn gebraucht?«

»Wobei?«

»Nun tu nicht so, beim Nikolauslauf natürlich.«

»Weniger als eine Stunde zwanzig. War am Schluss der zehnte Platz.«

Löffler klopfte seinem Laufpartner auf die Schulter.

»Also, dieser Binder wollte das Geschäft mit dem Maika zusammen abschließen«, fuhr Kreitlein fort, »der hat ihn übers Ohr gehauen und dann noch vor versammelter Mannschaft ausgelacht. Punkt.«

»Wie hat Binder reagiert?«

»Der ist auf Maika losgegangen und die anderen Anwesenden mussten die beiden trennen.«

Löffler seufzte vernehmbar. Inzwischen lief ihm außerdem der Schweiß von der Stirn. Selbst auf seinen Oberschenkeln und Knien konnte man kleine Tröpfchen sehen, die sich dort gebildet hatten.

»Also gut«, meinte Kreitlein, der zunehmend bessere Laune hatte, »die Geschichte mit Binder und Maika stimmt sehr wahrscheinlich. Binder war in der DDR übrigens nicht nur Lauf- und Wurftrainer, sondern auch Ausbilder der Schützen. Kam wohl aus seiner Vergangenheit bei der Armee. Da war er auch schon Ausbilder. Also schießen kann er, das weißt du jetzt jedenfalls.«

»Du hast vorhin von zwei Dingen gesprochen, die du über Binder weißt«, fing dann Löffler wieder an, »was ist denn nun das Zweite?«

»Du bist ganz schön hartnäckig. Aber schön, das noch, dann ist Pause hier. Okay?«

Löffler nickte.

»Schön«, fuhr Kreitlein fort, »das Zweite ist, dass Binder zusammen mit Maika tief in den Dopingsumpf verstrickt gewesen sein soll. Sogar für die damaligen DDR-Verhältnisse sollen die zwei über die Stränge geschlagen sein. Experimente mit neuen, unerprobten Mitteln, von denen keiner so recht wusste, wie sie sich auswirken würden. Eine der Testpersonen, oder auch mehrere, das weiß man nicht so genau, sind sogar ins Koma gefallen. Sie sollen heute noch irgendwo vor sich hin vegetieren. Sagt man. Man munkelt auch, dass die beiden nie damit aufgehört hätten, mit diesen Tests. Klingt in meinen Ohren ein wenig wie Frankensteins Rache. Nachgewiesen wurde ihnen aber zu keinem Zeitpunkt etwas. Zumindest nicht, seitdem sie im Westen sind. Vom Osten weiß man nichts Genaues.«

Löffler pfiff durch die Zähne.

»Mensch, Kreitlein«, sagte er, »wir haben es hier ja tatsächlich mit zwei richtig schlimmen Jungs zu tun ...«

»Mit einem, Herr Hauptkommissar, mit einem. Sie wissen schon – Stadtlauf, Schuss, tot.«

»Na ja, so kann man das nicht sagen, denn der Tote beschäftigt uns im Augenblick sogar mehr als der lebende Gauner.«

»Dann wird dir in deiner alten Heimatstadt schon nicht langweilig.«

Löffler nickte lachend. Sie gingen zu ihren Sporttaschen, die sie neben der blauen Tartanbahn stehen hatten. Gerade als sie sie zusammengepackt hatten und zum Vereinsheim gehen wollten, tauchte Glauber neben ihnen auf. Er stellte sich ihnen in den Weg, sodass ihnen nichts anderes übrig blieb, als ihre Taschen auf den Boden zu stellen und ihn zu begrüßen.

»Sie sind ja schon wieder hier«, begann Glauber das Gespräch, »und dies Mal sogar aktiv in Rennkleidung. Alle Achtung.«

Er streckte Kreitlein die Hand hin.

»Guten Tag, ich bin Bernd Glauber, ich trainiere hier ein paar der Jungs.«

Kreitlein nahm Glaubers Hand und schüttelte sie.

»Ich kenne Ihren Namen«, sagte Kreitlein, »aber das Gesicht hat mir bisher dazu gefehlt. Ich lese den Sportteil im Tagblatt regelmäßig, und ich glaube, dort ist Ihr Name ein paar Mal aufgetaucht.«

Glauber wandte sich an Löffler.

»Ich habe Sie gerade beobachtet«, sagte er, »Sie laufen ja noch ganz schön schnell. Waren Sie früher aktiv?«

»Wenn Sie noch ein paar Senioren für Ihr Lauf-Team brauchen«, antwortete Löffler, »dann fragen Sie mal den hier.« Er deutete auf Kreitlein. »Er hat genügend Freizeit, um in Ihrem Training mitzumachen.«

»Ja, das stimmt«, sagte Kreitlein, und legte ein wenig Stolz in seine Stimme, »ich war früher ein recht guter Mittelstreckler. 1 500 Meter klar unter vier Minuten, und über achthundert war ich auch nicht schlecht.«

»Ja, wirklich, das hört sich gut an. Also, wenn Sie mal wollen, können Sie mit meinen Jungs ein paar Einheiten mitmachen.«

Glauber deutete mit der Hand auf ein paar Läufer, die gerade barfuß auf dem Rasen vor sich hin trabten.

»Sind die, die dort gerade auslaufen, Ihre Läufer«, fragte Kreitlein dann, »oder sind das Maikas Läufer? Ich meine, Maika hatte doch die Eliteläufer unter sich, übernehmen Sie die jetzt?«

Die Frage schien Glauber nicht zu gefallen. Also ignorierte er sie einfach und wandte sich Löffler zu, der sich gerade ein frisches T-Shirt aus seiner Sporttasche genommen und es übergestreift hatte.

»Und, Herr Hauptkommissar, sind Sie im Fall Maika schon weitergekommen? Haben Sie schon eine erste heiße Spur? So sagt man doch, oder?«

Löffler nickte.

»So sagt man, Herr Glauber. Aber warum fragen Sie, ist Ihnen noch etwas eingefallen, das Sie mir sagen könnten? Ich bin für jede Information dankbar, die zur Aufklärung des Falles beiträgt.«

Glauber schien nachzudenken. Dann trat er etwas näher zu Löffler heran, wie um ihm ein Geheimnis mitzuteilen, das sonst keiner hören sollte.

»Ich weiß ja nicht, was Sie schon wissen«, sagte er dann verschwörerisch, »aber wissen Sie zum Beispiel schon, dass Binder früher Ausbilder der Schützen gewesen ist? Ich meine damals, in der DDR? Und bevor er hier in den Verein eingetreten ist, war er Vorsitzender im Schützenverein. Hier, in Tübingen, draußen am Burgholz, glaube ich.«

Löffler erinnerte sich an die Anlage, nicht weit vom Tübinger Tierheim entfernt. Daneben lag der alte französische Truppenübungsplatz, den, nachdem die Franzosen als ehemalige Besatzungsmacht aus Tübingen abgezogen waren, die Tübinger Baseballer als Spielfeld benutzten.

»Ich sage das nur«, fuhr Glauber fort, »weil Maika ja wohl erschossen wurde.«

»Na ja«, sagte Löffler, »aber nicht jedes Mitglied eines Schützenvereins erschießt gleich einen Volksläufer.«

Glauber trat einen Meter zurück und hielt, wie um sich zu

schützen, beide Unterarme in Verteidigungsstellung vor die Brust.

»So war das nicht gemeint«, wehrte er ab, »ich wollte nur helfen, aber wenn Sie auf meine Hilfe keinen Wert legen, dann …«

»Hat Maika Sie damals auch ausgebildet?«

»Wen, mich?«

»Es sieht fast so aus, als hätte ich tatsächlich Ihnen diese Frage gestellt.«

»Sie brauchen gar nicht so komisch zu werden, ich werde ja noch mal nachfragen dürfen.«

»Jetzt beantworten Sie einfach die Frage«, mischte Kreitlein sich genervt ein, »dann können wir das hier beenden.«

»Ach, sind Sie etwa auch bei der Polizei? Oder darf hier jetzt jeder einfach Fragen stellen, der den Kommissar näher kennt?«

»Glauber.«

Löffler verdrehte auf eine Weise die Augen, dass sein Gegenüber es für angebracht hielt, nun besser die Frage zu beantworten.

Also holte Glauber noch einmal tief Luft, ehe er zu sprechen begann.

»Das ist doch schon so lange her. Das war noch in der Zeit, als ich meinen Grundwehrdienst absolvierte. Aber ich habe mich damals immer ziemlich dumm angestellt. Das Schießen, überhaupt das Militär, war nicht so meine Welt. Ich musste halt hin, bei uns gab es ja so etwas wie Kriegsdienstverweigerung nicht.«

»Und«, fragte Löffler weiter, »ging das – sich so einfach aus allem heraushalten?«

»Wenn man es wirklich wollte, ging das schon irgendwie. Immer Dienst nach Vorschrift eben. Das haben damals doch die meisten so gemacht, obwohl der Westen immer meinte, auf unserer Seite der Mauer stünden blutrünstige Bestien.«

»Bla, bla«, warf Kreitlein ein.

Glauber sah ihn wütend an, schwieg aber.

»Na, immerhin ist aus Ihnen ja ein erfolgreicher Trainer geworden«, meinte Löffler. »Leben Sie eigentlich von dem Trainerjob, oder ist das bloß ein Ehrenamt?«

»Der Verein bezahlt mich. Ich bin hier ganz offiziell angestellt.«

Löffler überlegte einen Moment. Diesen Augenblick nutzte Glauber und drehte sich um, und ging ein paar Schritte in Richtung seiner Läufergruppe.

»Sagen Sie mal, Glauber«, rief Löffler ihm nach, »bezahlt der Verein Sie, oder bekommen Sie Ihr Geld von Maika persönlich?«

Glauber blieb stehen. Dann drehte er sich zu dem Hauptkommissar um.

»Das kann ich meinem Bankkonto nicht ansehen, da müssen Sie schon den Vorsitzenden fragen. Ach, Entschuldigung, natürlich den neuen Vorsitzenden, Maika gibt es jetzt ja nicht mehr. – Also, Herr Kreitlein, oder auch Sie, Herr Hauptkommissar, wenn Sie mal Lust haben, mit meinen Jungs zu laufen – jederzeit.«

Dann verschwand er endgültig und trabte über den Rasenplatz. Löffler und Kreitlein blieben noch eine Weile stehen und sahen zu, wie Glauber die Jungs um sich versammelte, eine kurze Ansprache hielt. Dann verschwanden sie in den Umkleidekabinen durch einen Nebeneingang des Vereinsheims, gleich unterhalb der alten Holztribüne, die unter Denkmalschutz stand.

Zusammen mit Kreitlein hatte Löffler noch eine Radler im Vereinsheim getrunken. Radler trinken und alte Geschichten erzählen – tolle Beschäftigung mitten in einem Mordfall, dachte Löffler, als er ins Freie trat. Kreitlein, der Bohemien, war noch sitzen geblieben, und hatte die nächste Radler in Auftrag gegeben.

Das grelle Sonnenlicht blendete Christian Löffler, zumal

er – die Sonne stand inzwischen tief und war kurz vor dem Versinken hinter den Hügelkuppen des Ammertals – beim Hinausgehen direkt in das pralle Licht blickte. Er trat, während er zum Schutz gegen die Helligkeit die Hände vor die Augen hielt, ein paar Schritte nach vorne und prallte auf ein Hindernis. Er öffnete die Augen, blickte durch seine Hände hindurch nach vorne, um zu sehen, was ihn aufhielt. Aber noch ehe er den Mann sah, auf den er aufgelaufen war, hörte er dessen Stimme. Und die kannte er.

»Kaum ist er aus Hamburg zurück«, sagte die Stimme, »schon randaliert er wieder. Kannsch du net aufpassen, wo du hintrittst?«

Erschrocken wich Löffler einen Schritt zurück, stolperte dabei über den Absatz der letzten Stufe und fiel mit dem Hinterteil auf den Boden. So auf dem Gras sitzend, sah er nach oben, aber die Gestalt über ihm stand genau in der Sonne und war nicht zu erkennen.

Aber die Stimme, die kannte Löffler.

»Dieter«, sagte Löffler, und er hob dabei die flache Hand vor das Gesicht, um sich gegen die Sonne zu schützen, »was machst du denn hier? Ich dachte, du läufst nicht mehr?«

Aus dem gleißenden Licht heraus schob sich Löffler eine Hand entgegen. Löffler griff danach, und er wurde von ihr nach oben gezogen. Jetzt, da er wieder auf den Füßen war, erkannte er, dass er richtig gelegen hatte. Dieter Baumann stand vor ihm, der Olympiasieger und langjährige Wahltübinger. Inzwischen allerdings Tübinger mit Leib und Seele.

»Also eigentlich«, sagte Baumann, »sehe ich mich nicht laufen. Ich weiß nicht, wie du auf die Idee kommst, ich würde hier rennen. Im Augenblick bin ich gerade dabei, einem gefallenen Polizisten auf die Beine zu helfen.«

Löffler schaute in das verschmitzt lächelnde Gesicht des besten deutschen Langläufers aller Zeiten.

»Was machst du eigentlich hier«, fuhr Baumann fort, »ich dachte du wolltest dich um diese Sache mit dem erschossenen

Läufer vom Stadtlauf kümmern. Zumindest konnte ich das in der Presse lesen.«

»Ich bin dabei, ich bin dabei, glaube mir, auch wenn es im Augenblick nicht danach aussieht. Oder willst du dich mir als Zeuge zur Verfügung stellen?«

»Das würde ich ja gerne, aber ich habe leider nichts gesehen. Ich bin im zweiten Lauf angetreten, da war die Sache schon passiert. Ich habe nur noch deine Kollegen auf der Neckarbrücke gesehen, ehe ich die Neckargasse hochgerannt bin.«

Löffler lachte.

»Dachte ich es mir doch. Du kannst es halt auch nicht lassen.«

Dieter Baumann trug kurze Hosen und ein Hemd seines Ausrüsters. Er war braun gebrannt, was signalisierte, dass er diesen Sommer sicher nicht hinter einem Schreibtisch, sondern ganz bestimmt im Freien verbracht hatte. Von seinem Haus in der Biesingerstraße aus, waren es nur ein paar Minuten auf den Spitzberg hinauf, und Löffler wusste, dass, wann immer sich die Gelegenheit ergab, Dieter die Schuhe schnürte und dort rannte. »Du weißt doch«, sagte Baumann, »dass ich Lebensläufer bin. Das heißt nichts anderes, als dass ich vom Laufen nie lassen werde. Meisterschaften und Wettkämpfe sind für mich passé. Aber so ein Genusslauf wie der Tübinger Stadtlauf hat schon seinen Reiz. Außerdem ist es doch selbstverständlich, dass ich in meiner Heimatstadt laufe.«

»Du brauchst halt den Beifall.«

»Wer braucht den nicht?«

Dieter Baumann hatte den Hauptkommissar, während sie sich unterhielten, zu seinem Auto begleitet.

»Wie sieht es aus mit der Mörderjagd? Habt ihr schon Spuren? Oder darf ich das nicht fragen, von wegen Geheimhaltung und so?«

Löffler lachte.

»Geheimhaltung? In Tübingen? Dieter, ich bitte dich, du wohnst doch nicht erst seit gestern hier.«

Dieter stimmte in Löfflers Lachen ein.

»Kanntest du denn diesen Maika, den man erschossen hat«, fragte Löffler.

»Ich weiß, wer er ist.«

»Er hat hier ja ein paar ganz gute Nachwuchsläufer trainiert, habe ich mir sagen lassen.«

Dieter Baumann überlegte einen Augenblick.

»Über kurz oder lang«, antwortete er dann, »hätten wir uns bestimmt mal kurzgeschlossen. Aber ich habe gerade mit meinen Jungs und mit den Qualifikationsnormen genug zu tun, da muss ich mich auf eine Sache konzentrieren.«

Löffler spielte gekonnt den Überraschten.

»Aber Dieter, da habe ich ganz andere Sachen gehört.«

Dieter blieb abrupt stehen und sah Löffler misstrauisch an.

»Was willst du denn damit sagen?«

Löffler tätschelte beruhigend Baumanns Oberarm. Dann beugte er sich langsam zu Baumanns Ohr herunter.

»Ich habe gehört«, flüsterte Löffler ihm ins Ohr, »dass du dich inzwischen auf der Kabarettbühne versuchst. Soll das eine neue Karriere werden?«

»Ach, des meinsch du«, sagte Baumann laut lachend. »Ich versuche nur, ein wenig von dem weiterzugeben, was ich in meiner Zeit als Läufer erlebt habe. Und du wirst es net glaube – es war auch grad gnug zum Lachen dabei. Aber au zom Weinen. Gut aber, wenn die Menschen heute darüber lachen können. Wenn du willst, kannst du ja mal zuhören. Nächsten Samstag habe ich einen Auftritt hier in der Gegend. Ich lasse eine Karte für dich reservieren. Genaue Daten schicke ich dir noch per E-Mail. Willst du?«

»Reserviere zwei Karten und ich komme.«

»Abgemacht«, sagte Baumann, und hielt Löffler die Hand hin, der sie schüttelte.

»Aber jetzt muss ich weiter, ich wollte mir nur in der Kneipe dort eine Flasche Wasser besorgen. Bis bald.«

Damit machte sich Dieter Baumann auf den Weg zur

Kneipe und verschwand in der Eingangstür. Christian Löffler ging hinüber zu seinem Wagen. Gerade als er einsteigen wollte, hörte er lautes Geschrei. Eine Frauenstimme. Dann eine laute Männerstimme. Die Stimmen kamen von einer Stelle hinter der hohen Hecke, die den Sportplatz von der Straße abschirmte. Zu sehen war niemand, aber die berufliche und die private Neugier ließ Löffler näher zur Hecke gehen.

»Das kann doch nicht ewig so weitergehen«, hörte er die Frauenstimme sagen. Die Antwort der Männerstimme konnte er nicht verstehen. Trotzdem hatte er das Gefühl, sie zu kennen. Er bewegte sich leise zum Ende der Hecke, dort war ein Eingang ins Stadion, der zu den Umkleidekabinen führte. Das schmiedeeiserne Tor war nur angelehnt, und Löffler stieß es auf. Dann sah er vorsichtig um die Ecke. Glauber und eine Frau standen keine zehn Meter entfernt neben der Hecke und unterhielten sich. Beziehungsweise gifteten sich an, die Lautstärke bewies es.

»Ich kann aber so nicht mehr leben«, sagte die Frau, offenbar seine Ehefrau »das dauert alles schon viel zu lange.«

»Glaubst du, das wüsste ich nicht selbst? Glaubst du, ich würde nicht alles unternehmen, um das zu einem Ende zu bringen? Aber ich brauche noch etwas Zeit, nur noch ein klein wenig. Ich will doch unsere Familie retten.«

Eine Pause entstand. Löffler schaute wieder um die Hecke und sah, dass Glaubers Frau stumm weinte. Er überlegte für einen Augenblick, zu den beiden hinzugehen. Aber schließlich – es war Privatsache, da hatte er sich nicht einzumischen. So blieb er weiterhin hinter seinem Busch stehen. Gegen eine gesunde Neugierde sprach ja nichts.

»Was willst du denn da noch retten bei uns?«

»Ich will, dass wir endlich Frieden haben.«

Die Frau schluchzte.

»Warum sind wir nicht schon lange hier weggegangen? Warum sind wir hiergeblieben? Nur um jeden Tag an die Vergangenheit erinnert zu werden?«

»Nun hör schon mit dem Gejammer auf.«

Bernd Glauber schien wütend zu werden. Als Löffler um die Hecke spähte, sah er, wie er seine Frau an den Handgelenken schüttelte. Dann zog er sie zu sich her, sodass ihr Gesicht ganz dicht bei seinem war.

»Wir haben das damals gemeinsam beschlossen, wir wollten beide hierher. Du erinnerst dich doch noch, oder? Und so schlimm finde ich es hier gar nicht, und du hattest ja wohl ebenfalls etliche gute Jahre hier, wenn ich mich nicht irre. Und auch für sie wird gut gesorgt.«

»Ja, du hast recht«, sagte Glaubers Frau so leise, dass Löffler sie kaum hören konnte, »wir haben es gut getroffen für sie.«

Glauber zog seine Frau zu sich, presste sie gegen seine Brust und strich ihr übers Haar. Sie legte die Arme um die Hüfte und so blieben beide eine Weile stehen. Dann lösten sie sich voneinander.

»Ich gehe jetzt weiterarbeiten«, sagte Glauber, »geh du nach Hause. Es dauert nicht mehr lange, dann bin ich auch da.«

Glaubers Frau zog seine Hand an ihren Mund und küsste sie. Löffler zog sich schnell zurück, eilte zu seinem Wagen und stieg rasch ein. Als er hinter dem Lenkrad saß, sah er Glaubers Frau auf den Parkplatz treten. Gerade noch rechtzeitig, dachte er. Es wäre auch zu peinlich gewesen, als Horcher erwischt zu werden.

15

Ein weiterer Spätsommertag stand bevor. Monika Berger hatte die Fenster im Büro geöffnet und genoss die noch angenehme Kühle, die alsbald von der zunehmenden Hitze des fortschreitenden Tages abgelöst werden würde. Sie saß mit dem Rücken zum offenen Fenster und las in den Vernehmungsprotokollen der Kollegen vom Tatort. Als die Kommissarin fast durch war mit den Akten, öffnete sich die Bürotür und Gerd Stammler kam herein, gemeinsam mit Hauptkommissar Löffler.

»Guten Morgen«, sagte Stammler, und auch von Löffler kam ein »Guten Morgen«.

Monika Berger, überrascht und aus der Konzentration gebracht, nickte nur stumm. Löffler verschwand gleich in seinem Büro und schloss die Türe hinter sich. Durch die Glastür konnte man sehen, dass er sich hinter seinen Schreibtisch setzte und den Telefonhörer abnahm und ihn sich zwischen Ohr und Schulter klemmte. Nur ein dumpfes Kauderwelsch ließ sich draußen vernehmen, als er sprach. Stammler hatte sich inzwischen ebenfalls hinter den Schreibtisch platziert und seinen PC hochgefahren.

»Du siehst heute anders aus als sonst«, sagte Monika Berger in die Stille hinein.

»Ich habe mich rasiert, bin geduscht und habe frische Wäsche und Kleider angezogen. Außerdem habe ich endlich mal wieder durchgeschlafen.«

»Was ist denn so plötzlich los mit dir?«, flüsterte Monika Berger, »ich wollte dich heute früh wecken, aber du warst gar nicht in deinem Zimmer. Hast du das Büro geräumt? Hat Löffler dich rausgeschmissen? Bist du in ein Hotel gezogen?«

Stammler beugte den Kopf in Richtung der Kollegin.

»Warum flüsterst du?«, fragte er flüsternd.

»Ich flüstere«, fragte Monika Berger, »das ist mir gar nicht aufgefallen. Also, was ist nun? Schläfst du jetzt unter der Neckarbrücke oder was?«

Stammler machte es sich in seinem Stuhl bequem, verschränkte die Arme vor der Brust und lehnte sich zurück.

»Ich habe eine neue Unterkunft«, sagte er, nun wieder in normaler Lautstärke, »zumindest so lange, wie ich brauche, um etwas Dauerhaftes zu finden. Etwas, das mir gefällt und das ich mir leisten kann.«

»Das ist aber schnell gegangen. Wo hast du so plötzlich was bekommen? Wo wohnst du denn jetzt?«

Stammler nickte in Richtung Löfflers Büro.

»Bei ihm«, sagte er.

Monika Berger schaute verwirrt abwechselnd zu Stammler und dann wieder zu Löffler. Offensichtlich brauchte es einige Zeit, ehe sie begriffen hatte, was Stammler ihr erzählte.

»Bei ihm«, fragte sie dann, »wie soll ich das denn verstehen? Habt ihr eine Männer-WG aufgemacht?«

Stammler erhob sich aus seinem Stuhl und kam zu ihr an den Schreibtisch. Er setzte sich auf die Tischkante und nahm ein paar der Akten in die Hand. Dann schwenkte er sie und fächelte sich etwas von der noch immer kühlen Luft ins Gesicht.

»Das ist doch ganz einfach«, erzählte er dann der neugierigen Kollegin, »er, beziehungsweise sein Vater, hat ein Riesenhaus mit sehr vielen leer stehenden Zimmern. Der Vater hat während der letzten Jahre ganz alleine dort gewohnt, bis jetzt sein Sohn, also unser neuer Chef, von Hamburg zurückkam. Aber so ein großes Haus will bewohnt sein. Also haben Löffler und ich gestern Abend meine paar Sachen zusammengepackt und den ganzen Plunder zu ihm transportiert.«

»Ach, hat der große Meister selbst Hand angelegt«, unterbrach Monika Berger ihn.

»Wir haben alles zu ihm transportiert und es dort untergebracht. Jetzt habe ich dort ein Zimmer mit Balkon, mit Blick über die ganze Stadt. Klasse Aussicht übrigens.«

Monika Berger schlug mit der Faust auf die Schreibtischplatte.

»Ich fasse es nicht, was soll das denn? Hast du Familienanschluss gesucht, oder was? Dann gratuliere ich. Drei Männer unter einem Dach, das kann ja was werden!«

»Nun beruhige dich doch«, sagte Stammler besänftigend, »das ist alles nur vorübergehend. Sieh es halt mal so: Ein Kollege hilft dem anderen in einer Notsituation. So klingt das alles doch viel positiver, sogar in deinen Ohren.«

»Mensch Gerd«, machte Monika Berger weiter, »Löffler

ist dein Vorgesetzter, denk doch mal daran. Außerdem kennst du ihn doch kaum.«

»Kennst du denn deinen Vermieter persönlich?«

»Aber das ist doch ganz was anderes«, wehrte Monika Berger ab, »mit dem gehe ich ja auch nicht auf Mörderjagd, mal ganz abgesehen davon, dass mein Vermieter eine Wohnungsbaugesellschaft ist.«

»Also ich«, meinte Stammler lapidar, während er sich vom Schreibtisch herunterschob und zum offenen Fenster ging, »ich kann Privat und Geschäft gut trennen.«

Er schaute aus dem Fenster nach unten, auf den Vorplatz, über den man kam, wenn man dem Präsidium einen Besuch abstattete oder auch nur einfach hier arbeitete.

»Und wie sieht es mit der Kehrwoche aus«, stichelte Monika Berger weiter, »musst du dann die vielen Treppenstufen und die Eingangshalle ganz alleine putzen und sie nass wischen? Und was ist mit den goldenen Wasserhähnen?«

»Es gibt keine Eingangshalle. Und auch keine goldenen Wasserhähne. Aber falls ich doch Hilfe beim Putzen brauche, ich habe ja deine Nummer. Wenn du ganz lieb zu mir bist, dann lade ich dich mal auf ein paar Runden in den Pool ein. Das Schwimmbad ist im Keller, im Sommer kann man die Wand zurückfahren und schon hat man ein Freibad. Bist du neidisch?«

Löfflers Bürotür ging auf und der Hauptkommissar erschien. Beide sahen ihn gleichzeitig ertappt und erwartungsvoll an.

»Ich hoffe, ich habe Sie nicht bei einem interessanten Gespräch gestört, das täte mir leid«, sagte er, »aber ich denke, wir sollten mal ein paar Informationen austauschen. Den Fall Maika betreffend. Ich habe übrigens eben mit dem Oberstaatsanwalt gesprochen und er hat mir zugesagt, dass er uns den Rücken freihält. Das bedeutet, wir müssen keine Pressearbeit machen, keine dummen Fragen beantworten, wir dürfen arbeiten, bis wir todmüde ins Bett fallen und wir dürfen auch mal unorthodox vorgehen.«

Monika Berger nickte anerkennend.

»Aha, Oberstaatsanwalt. Nicht schlecht. Und was mussten Sie ihm versprechen?«

»Dass wir den Fall schnell lösen«, lächelte Löffler. Dann lehnte er sich gegen die Wand und schaute in die Runde.

»Na, dann berichten Sie mal«, sagte er zu Monika Berger.

»Ich war gestern bei Maika, dem Sohn, im Sportgeschäft. Nun raten Sie mal, wen ich dort angetroffen habe, im Büro mit dem Sohn?«

»Falls das ein Ratespiel werden soll – ich tippe mal auf Binder.«

Monika Berger bekam große Augen vor Überraschung.

»Spionieren Sie mir nach, oder können Sie hellsehen?«

»Nichts von alledem«, antwortete Löffler, »ich habe nur nachgedacht. Die Truppen formieren sich neu. Jetzt, da der Alte weg ist, müssen die Übriggebliebenen sehen, wie sie zu ihrem Recht kommen. Zumindest was sie so dafür halten. Der Kuchen wird neu verteilt.«

»Genau, so ist es. Die beiden haben auch gleich heftig gestritten, bis ich dazu kam. Aber was ich hörte, hat ausgereicht. Es ging natürlich um das Geld aus dem Grundstücksverkauf. Die beiden wollen es sich teilen. Das heißt: Binder will es teilen, aber Maika will alles für sich.«

»Klar«, ergänzte Stammler, »für Maika gibt es keinen Grund, auch nur einen Euro rauszurücken. Er, beziehungsweise seine Mutter, sind die Erben, Binder ist da vollkommen außen vor.«

»Was bedeutet diese Konstellation für den Fall«, fragte Löffler, »überlegen wir mal.«

Alle schwiegen für eine Weile. Nur die Lüftung von Stammlers Computer war zu hören. Löffler lehnte ruhig an seiner Wand, er hielt die Augen geschlossen. Von weit her war einmal die Sirene eines Krankenwagens zu hören. Das Krankenhaus lag auf dem Schnarrenberg, und der Ton der Sirene eines dort anfahrenden Wagens verstreute seinen Schall weit über die Stadt.

»Tut mir leid, ich hab den Bus verpasst«, war plötzlich Annemarie Heims Stimme zu hören. »Aber was macht denn ihr hier alle? Meditiert ihr? Oder habt ihr euch gestritten?«

»Pssst«, sagte Stammler.

Sie schlug sich eine Hand vor den Mund, dann ging sie, langsam, und ohne einen weiteren Ton, zu ihrem Schreibtisch in der Ecke. Ihr Schreibtisch war immer halb verdeckt von einer großen Pflanze, deren Blätter so schwer waren, dass sie sich zu Boden neigten. Sie setzte sich hin, wagte aber nicht, ihren Computer zu starten. Also saß sie nur ruhig auf ihrem Stuhl und wartete.

»Es könnte natürlich sein, dass Binder etwas gegen den jungen Maika in der Hand hat«, sagte Stammler plötzlich in die Stille. »Er wird wohl kaum Forderungen stellen, wenn es nicht Aussichten gäbe, dass sie auch erfüllt werden.«

»Ja, das wäre natürlich möglich«, stimmte Löffler zu, »aber vielleicht weiß die Kollegin Berger dazu etwas mehr zu sagen.«

»Stimmt, jetzt, wenn Sie es sagen«, antwortete Monika Berger ganz aufgeregt.

»Kurz bevor sie mich entdeckten, hat Binder so etwas Komisches gesagt. Er sprach von ›einer anderen Sache‹ und dass der alte Maika und er schon jahrelang bezahlen würden, dass aber jetzt endlich Schluss sei. Später, als ich die beiden gerade so schön aufeinander gehetzt hatte, fing Binder damit an, dass er so einiges erzählen könne über die Maikas. Aber dann hat sein Gehirn eingeschaltet und es kam nichts mehr. Also meiner Meinung nach haben die alle miteinander einige Leichen im Keller.«

»Aber etwas Konkretes wissen Sie nicht«, fragte Löffler.

»Nein, es waren immer nur Andeutungen. Ich hatte das Gefühl, die haben sich gegenseitig in der Hand.«

»Was bedeutet«, warf Stammler ein, »dass sich am Ende gar keiner in der Hand hat. Klassisches Remis. Bevor wir nicht wissen, was da alles im Dunkeln schlummert, kommen wir an dieser Baustelle keinen Schritt weiter.«

»Es bleibt noch immer die Möglichkeit«, sagte Berger, »dass sie die Sache mit dem Mord gemeinsam ausgeheckt haben. Motiv: Grenzenlose Gier. Jetzt, nach vollbrachter Tat, streiten sie sich um den Preis.«

Löffler überlegte. Dann schüttelte er langsam den Kopf.

»Nein«, meinte er dann, »das hatten wir schon. Wir waren uns doch einig, dass es eine höchst schwierige Sache ist, den eigenen Vater umzubringen. Selbst wenn man es nicht eigenhändig macht, dann reicht normale Geldgier in den seltensten Fällen aus für eine solche Tat. Da müsste noch Hass, sehr viel Hass im Spiel sein. Und dafür gibt es bisher weder bei Binder noch beim jungen Maika irgendwelche Anzeichen.«

»Ich bleibe da mal am Ball, vielleicht ergeben sich doch noch neue Gesichtspunkte. Ich hör mich auch mal im Bekanntenkreis und im Sportgeschäft um, ob da ein paar Sachen nach oben kochen.«

Löffler nickte ihr aufmunternd zu.

»Zu Binder gibt es übrigens auch allerhand Neuigkeiten«, sagte er dann, wahrend er sich von der Wand, an der er noch immer gelehnt hatte, abstieß, und sich auf Stammlers Schreibtischkante setzte, »er hat früher tief im Dopingsumpf gesteckt, möglicherweise noch immer. Eine seiner Testpersonen soll sogar ins Koma gefallen sein. Er hat also, vermutlich gemeinsam mit Maika, noch ungetestete Medikamente an Menschen ausprobiert, ohne überhaupt zu wissen, welche Wirkungen diese Medikamente haben. Oder welche Nebenwirkungen.«

»Das ist ja das reinste Frankenstein-Szenario«, warf Stammler ein.

»Aber irgendwie ist es den beiden gelungen, die Sache unter den Tisch zu kehren«, fuhr Löffler fort, »jedenfalls kamen sie ungeschoren davon.«

»Wir wissen ja«, sagte Stammler, »dass Binder keine weiße Weste hat. Alleine schon der Steuerbetrug kann ihn hinter Gitter bringen. Aber Doping? Was könnte Maikas Tod mit Doping zu tun haben? Also ich weiß nicht.«

»Immer dann«, sagte Hauptkommissar Löffler, »wenn Doping im Spiel ist, geht es in letzter Konsequenz um Geld. Um viel Geld. Den Dealern geht es ausschließlich darum. Ihre Produkte sind teuer und sie verkaufen sie an Kunden, die Geld haben oder denen es viel Wert ist, diese Mittel zu bekommen. Damit sind wir bei den Sportlern. Diese wollen nur vordergründig bloß schneller, kräftiger oder einfach nur leistungsstärker werden. Dahinter steht der vermarktungsfähige Erfolg, der Erfolg, mit dem sich dann Geld verdienen lässt. Also – wo wir hinschauen, geht es immer nur um das eine, um das schnelle Geld nämlich.«

»In der DDR ging es aber um andere Dinge«, bemerkte die Kommissarin.

»In der Tat«, sagte Löffler, »da wurde Doping politisch eingesetzt. Aber jetzt, nachdem dieses System zusammengebrochen ist, hat sich der Schwerpunkt der Dopinganwendungen zum Geld hin verschoben. Stellen Sie sich mal vor, Sie entwickeln ein Dopingmittel, das sich nicht nachweisen lässt, zumindest nicht mit den aktuellen Tests. Dann sind Sie auf eine wahre Goldgrube gestoßen. Meiner Meinung nach – und alle Informationen sprechen eigentlich dafür –, haben Maika und Binder in der DDR versucht, so ein Mittel zu entwickeln. Das war damals, also dopingmäßig in der Steinzeit, verglichen mit den heutigen medizinischen Möglichkeiten.«

»Kohl«, sagte Monika Berger.

»Kohl? Was ist mit Kohl«, fragte Löffler erstaunt.

»Der österreichische Radrennfahrer. Er hat damals, ist schon eine Weile her, seinen Rücktritt vom aktiven Sport erklärt. Bei der Pressekonferenz sagte er, er sei Hunderte Male getestet, aber nur einmal erwischt worden. Aber gedopt habe er permanent. Daran könne man erkennen, was heutige Dopingtests zu leisten imstande seien. Nichts nämlich.«

Es herrschte Stille im Büro. Jeder war mit seinen eigenen Gedanken beschäftigt. Offensichtlich bedachten die Kommissare die Möglichkeit, es mit einem Fall zu tun zu haben, in dem das Sportlerdoping eine Rolle spielen könnte. Monika Berger schlug sich mit der Hand an die Stirn.

»Das hätte ich ja fast vergessen«, rief sie, »ich habe Binder zum Verhör einbestellt. Gestern wollte er ohne Anwalt nichts mehr sagen. Heute wollte er bei uns mit einem solchen auftauchen. Es ist Zeit, wer will mitgehen?«

Stammler hob abwehrend die Hände.

»Ich habe genug andere Sachen zu tun«, sagte er.

»Na schön«, willigte Löffler ein, »dann nehmen wir beide uns den Herrn Binder vor. Aber, Herr Stammler, wenn wir Sie schon mit dem Verhör verschonen, dann schauen Sie noch mal genau nach, was Sie über die Verbindung Maika-Binder herausfinden können. Das kann doch nicht alles gewesen sein, was Sie uns bisher vorgelegt haben. Ich werde inzwischen einen Durchsuchungsbefehl für Binders Wohnung und Praxis beantragen. Mit der Steuergeschichte haben wir gute Chancen, dass das durchgeht.«

Löfflers Mobiltelefon läutete. Er nahm es aus seiner Tasche und meldete sich.

»Ja, ich habe gesehen, dass du es bist«, sagte er ins Telefon, »nein, das kann ich jetzt nicht ..., wann denn? Das wäre möglich, aber nicht jetzt gleich. Augenblick, ich gehe eben mal rüber in mein Büro.«

Löffler winkte mit der Hand, und gab der Kollegin zu verstehen, sie solle schon mal vorgehen, er käme dann nach. Dann schloss er die Tür zu seinem Büro.

In diesem Augenblick öffnete sich die Türe und ein Polizist kam herein.

»Guten Morgen, Kollegen«, sagte er, »da draußen isch a Mann, der hoißt Binder, der mit euch einen Termin hat. Man habe ihn formlos vorglade, behauptet er. Was soll ich mit ihm ofange?«

Monika Berger erhob sich und schaute Stammler an. Aber der sah hoch konzentriert auf seinen PC-Monitor und tat offensichtlich so, als habe er nichts gehört.

»Na gut«, sagte die Kommissarin zu dem Polizisten, »dann führ den Mann mal ins Verhörzimmer, wir kommen gleich nach. Aber bleib bitte bei ihm, ich will nicht, dass er unser Aufnahmegerät klaut.«

Der Polizist schaute verwirrt, ehe er begriff, dass die Kommissarin einen Witz gemacht hatte. Er deutete ein Lächeln an, dann ging er nach draußen.

»Dann muss ich unseren großen Meister wohl stören«, meinte Monika Berger, bewegte sich zu Löfflers Bürotür und öffnete sie leise. So leise, dass Löffler offenbar gar nicht bemerkte, dass jemand hinter ihm stand.

»Nein, ich mache es dir nicht schwer … Es war nicht meine Idee, die Anwälte … Nein, so war das nicht.«

Monika Berger stand ein paar Sekunden in der Türe, dann sah es so aus, als wolle sie wieder verschwinden und Löffler alleine lassen. Doch offensichtlich war ihre Neugierde größer als die Angst vor Entdeckung.

»… nein, das ist nicht nur meine Sicht der Dinge.«

Löfflers Stimme wurde lauter, sodass auch die anderen im Nebenzimmer ihn genau verstehen konnten, jetzt, da die Türe geöffnet war.

»Liebe, was hat das denn mit Liebe zu tun … Nein, das war nicht überhastet, ich wäre über kurz oder lang auf jeden Fall zurückgegangen … Immerhin hast ja du mich betrogen, und nicht umgekehrt … Vielleicht liebe ich dich noch, aber sicher nicht mehr lange …«

In diesem Augenblick drehte er sich um und sah die Kollegin in der Türe stehen. Diese reagierte gleich, und machte ihm Zeichen, dass er dringend gebraucht würde. Löffler nickte ihr zu und drehte sich wieder zur Wand.

»Ich habe jetzt keine Zeit mehr, ich muss arbeiten, ich rufe dich später zurück, wenn ich zu Hause bin.«

Dann legte er den Hörer auf. Er blieb noch einen Augenblick ruhig stehen, zeigte den anderen seinen Rücken, und drehte sich dann abrupt um.

»Das war meine Cousine«, sagte er.

»Das dachte ich mir gleich.«

»Was gibt's, was wollen Sie von mir?«

»Binder ist da«, antwortete sie, »er wartet im Verhörzimmer auf uns. Ich dachte, sie wären vielleicht gerne dabei.«

Löffler dachte einen Moment nach. Dann griff er abermals zum Telefonhörer.

»Ich rufe erst noch den Oberstaatsanwalt wegen des Durchsuchungsbefehls an. Dann komme ich mit.«

Monika Berger nickte. Löffler wählte, dann wartete er. Sie wusste nicht, was sie tun sollte, also blieb sie einfach stehen und sah ihrem Chef beim Telefonieren zu.

»Hallo Günther, ich brauche dich mal für eine kleine Sache.«

»Ich gehe dann mal vor«, sagte die Kommissarin schließlich und verließ den Raum.

16

Als Monika Berger ins Verhörzimmer trat, nickte sie dem Wache haltenden Polizisten kurz zu. Dieser verstand es als Zeichen, den Raum zu verlassen. Danach waren die Kommissarin und Binder alleine. Er hatte sich mit dem Rücken zu dem Fenster gesetzt, eine heruntergelassene Jalousie hielt die Sonnenstrahlen draußen. In dem Raum waren nur ein Tisch und ein paar Stühle, auf dem hellen, billig aussehenden Holztisch stand ein Aufnahmegerät. Ansonsten war der Raum, abgesehen von einem Regal, in dem ein paar Bücher und Aktenordner verstreut untergebracht waren, leer.

Binder hatte ein kurzärmliges, weißes Hemd und eine kurze Hose an, seine Füße steckten sockenlos in ein paar Turnschuhen. Die Sonnenbrille hatte er keck auf die Stirn geschoben. Er saß am Kopfende des Tisches und wippte mit auf einem Holzstuhl. Monika Berger setzte sich ihm gegenüber.

»Ich dachte, Sie wollten nur noch mit einem Anwalt eine Aussage machen«, unterbrach sie endlich die Stille.

Sie erhielt keine Antwort.

»Wo ist er denn nun, dieser Anwalt?«, fragte Monika Berger.

»Ich habe es mir anders überlegt«, antwortete Binder, mit noch immer geschlossenen Augen, »die paar Fragen von Ihnen, die überstehe ich auch ohne Anwalt. Mein reines Gewissen ist mein Anwalt, wissen Sie.«

Die Kommissarin klatschte ironisch Beifall.

»Das haben Sie aber schön gesagt«, sagte sie süffisant, »aber soweit waren wir doch eigentlich schon gestern. Dann hätten Sie sich den Besuch bei uns heute sparen können.«

»Hätte ich auch, aber bei den Drohungen, die Sie ausgestoßen haben, habe ich es vorgezogen, lieber ein wenig Zeit bei Ihnen totzuschlagen, als von einer Polizeistreife aus meiner Praxis geführt zu werden.«

In diesem Augenblick ging die Türe auf und der Hauptkommissar trat ein. Er nickte seiner Kollegin kurz zu, dann stellte er sich in den Türrahmen und blieb dort schweigend stehen.

»Brauchen Sie Verstärkung, Frau Kommissarin«, fragte Binder, und nickte dabei in Richtung Löffler.

Monika Berger ignorierte die Frage und hantierte stattdessen mit dem Aufnahmegerät herum. Sie klopfte ein paar Mal prüfend mit ihrer Fingerkuppe gegen das Mikrofon, dann spielte sie das Gerät ab. Man konnte das Pochen der Finger hören. Sie spielte das Band zurück, und stellte das Gerät zwischen sich und Binder auf den Tisch.

»Oh, jetzt wird es aber offiziell«, sagte Binder, »jetzt muss ich vorsichtig sein mit dem, was ich sage.«

Die Kommissarin schaute kurz hinter sich, auf den ruhig dastehenden Löffler. Aber der stand nach wie vor gelangweilt an der Wand und pulte an seinen Fingernägeln herum. Sie wandte sich Binder zu.

»Sie wissen, warum Sie hier sind?«

Binder winkte träge mit seiner Hand.

»Ich habe Ihnen schon ein paar Mal gesagt, dass ich mit Maikas Tod nichts zu tun habe. Wann begreifen Sie das endlich?«

»Aber Herr Binder, Sie sind doch weit und breit der einzige, der ein Motiv, aber kein Alibi hat. Und so, wie Sie manchmal überreagieren, kann man Ihnen durchaus einen Mord im Affekt zutrauen.«

Binder lächelte die Kommissarin an. Dann beugte er sich nach vorne, sodass sein Mund nur noch wenige Zentimeter vom Mikrofon entfernt war.

»Frau Kommissarin«, sagte er deutlich, »Mord im Affekt geht schon mal gar nicht. Mord setzt Planung voraus. Sie kennen mich doch inzwischen ein wenig. Ich rege mich schnell auf, aber auch schnell wieder ab. Meine Wut reicht nicht aus, um einen Mordplan über einen längeren Zeitraum zu schmieden. Und dass der Schuss auf Maika von langer Hand geplant war, das pfeifen ja die Spatzen von den Dächern.«

»Trotzdem haben Sie kein Alibi für die Tatzeit«, ließ die Kommissarin sich nicht aus der Fassung bringen.

»Wenn ich ihn hätte ermorden wollen«, lächelte Binder weiterhin, »dann hätte ich ein Alibi für die Tatzeit, das dürfen Sie mir glauben.«

»Aber vielleicht ist das ja gerade Ihr Trick«, fuhr Monika Berger unbeirrt fort, »kein Alibi zu haben, um dann glaubwürdiger zu erscheinen.«

Binder lachte die Kommissarin jetzt unverhohlen aus.

»Ja, ja, alle Kreter lügen.«

»Wie bitte«, fragte sie irritiert.

»Herr Binder wühlt gerade in seinem bildungsbürgerlichen Sprichwortschatz«, erscholl Löfflers Stimme von hinten.

Dann trat er an den Tisch, einen Stuhl in der Hand, den er neben Monika Berger hinstellte. Er ließ sich auf den Stuhl fallen und wandte sich an Binder.

»Aber sagen Sie mal, Herr Binder«, fuhr Löffler fort, »wie hat Maika eigentlich reagiert, als Sie auf ihn losgegangen sind?«

Binder wurde wieder ernst.

»Wie soll er schon reagiert haben«, brummte er unwirsch, »er hat sich natürlich gewehrt und ist seinerseits auf mich los.«

»Und wer hat gewonnen?«

»Maika war der Stärkere von uns beiden. Er hatte ja Übung, der Mann machte doch seit fünfzig Jahren jeden Tag Sport, der war total fit.«

»Er hat Sie also niedergeschlagen und dann ausgelacht?«

Binder zögerte mit der Antwort, dann gab er sich einen Ruck.

»So könnte man es ausdrücken«, sagte er dann. »Aber nun hören Sie mir mal zu, Herr Hauptkommissar, wenn Ihre Kollegin hier schon nichts kapiert. Was sollte ich denn davon haben, ich meine, was sollte es mir bringen, wenn ich Maika erschieße? Er hatte das Grundstück doch bereits gekauft, es war auf seinen Namen ins Grundbuch eingetragen. Erben kann ich auch nichts von ihm und mein Geld war so oder so weg. Sie werden doch wohl nicht ernsthaft glauben, dass ich mich rächen wollte, oder irgend so einen Blödsinn. Rache ist etwas für die Dummen, ein Zeichen von Hilflosigkeit. Und das können Sie mir doch nicht wirklich unterstellen?«

Löffler spielte wieder schweigend mit seinen Fingern. Er schien sich Binders Worte durch den Kopf gehen zu lassen.

»Sie könnten mit dem jungen Maika zusammenarbeiten«, sagte er dann, »und jetzt teilen Sie sich brüderlich das Blutgeld mit ihm. Was halten Sie denn davon?

Binder hatte seine Sicherheit wiedergefunden.

»Ich und der junge Maika?«

Er lachte lauthals über diese Vorstellung.

»Mit diesem Idioten würde ich unter normalen Umständen

nicht einmal ein Bier zusammen trinken. Traurig genug, dass er jetzt das ganze Geld erbt. Zumindest zusammen mit seiner Mutter. Aber die hat sowieso keine Ahnung, in ein paar Tagen hat sie ihm alles überschrieben, die ist ja noch doofer als er.«

Binder bereitete es offensichtlich großen Spaß, über den jungen Maika herzuziehen.

»Das Schlimmste daran ist«, fuhr er nach kurzem Nachdenken fort, »dass es im Grunde mein Geld ist, das er dann in den Sand setzen kann.«

Nach diesen Worten starrte Binder vor sich hin, und machte ganz den Eindruck, als liege eine schwere Last auf seiner Seele, von der er nicht wusste, wie er sich von ihr befreien konnte. Löffler und Berger ließen ihm einige Zeit, um sich zu erholen. Dann führte Löffler die Vernehmung fort.

»Das Geld, Herr Binder, das haben Sie doch mit Dopinggeschäften gemacht. Dieses schöne, viele Schwarzgeld. Aber sagen Sie mal, an wen haben Sie die Mittelchen eigentlich verkauft?«

Binder war bei dem Wort Doping sichtlich zusammengezuckt. Er beobachtete Löffler aufmerksam, schien plötzlich auf jedes Wort zu achten, das der Kommissar an ihn richtete. Genauso, wie zuvor das Thema Maika und der Mord an ihm kaum zu seiner Beunruhigung beitrugen, rutschte er jetzt zusehends aufgeregter auf seinem Stuhl hin und her.

»Ich habe keine Ahnung, wovon Sie sprechen«, antwortete er, kaum dass Löffler ausgesprochen hatte, »mit Doping habe ich nichts zu tun. Wer das behauptet, den zeige ich an!«

Der Doktor redete sich in Rage und bekam einen hochroten Kopf.

»Sie glauben wohl«, fuhr er fort, »nur weil ich aus dem Osten komme und im Sportbereich tätig war, können Sie mir ungestraft Doping unterstellen, nur weil Ihre Vorurteile befriedigt werden müssen. Aber so einfach geht das nicht, das werden Sie schon noch sehen.«

Ruhig ließ Löffler Binders Vortrag über sich ergehen. Er

widmete sich einfach seinen Fingernägeln, schaute dabei ab und zu auf, ob Binder schon zu Ende war, und rubbelte dann wieder an seinen Nägeln. Als Binder tief Luft holte, nutzte Löffler diese Gelegenheit, um ihn zu unterbrechen.

»Wir haben eine Hausdurchsuchung angesetzt, und dabei …«

»Was haben Sie?«

Es dauerte einige Zeit, ehe Binder diese Information verdaut hatte.

»Ich wollte Ihnen nur sagen«, beendete Löffler schließlich seinen Satz, »dass unsere Leute gerade dabei sind, Ihr Haus und Ihre Praxisräume zu durchsuchen. Die Steuerfahndung hat sich auch interessiert gezeigt, das nur nebenbei. Ich bin gespannt, was wir bei Ihnen zu Hause alles finden.«

»Nichts werden Sie finden, gar nichts«, sagte Binder trotzig.

»Besitzen Sie eigentlich ein Gewehr?«, fragte die Kommissarin plötzlich.

»Wie bitte? Was? Ob ich was besitze?«

»Ein Gewehr«, wiederholte sie, »besitzen Sie eines. Ich glaube, ich habe Sie das noch nie gefragt.«

»Ja klar besitze ich eins, immerhin war ich mal Vorsitzender im Schützenverein. Das ist zwar einige Zeit her, aber die Waffen habe ich noch. Übrigens alle ordnungsgemäß registriert.«

»Also wäre es Ihnen ein Leichtes gewesen, auf Ihren Freund Maika zu schießen – und ihn zu treffen?«

»Klar hätte ich ihn getroffen, wenn ich auf ihn geschossen hätte.«

Binder war offensichtlich froh darüber, wieder über Maika und nicht mehr über das Dopingthema sprechen zu können.

»Aber ich habe nicht auf ihn geschossen!«

»Kennen Sie Glauber? Bernd Glauber«, fragte Löffler.

Binder war ein weiteres Mal verwirrt. Er schaute auf Löffler, dann zu Berger, dann schüttelte er den Kopf.

»Was sind das denn für Fragen? Was wollen Sie eigentlich von mir? Vor allem, was wollen Sie eigentlich von Bernd Glauber?«

»Ich will nur wissen, wie gut Sie ihn kennen«, sagte Löffler, »das ist schon alles.«

»Was heißt hier schon kennen«, antwortete Binder schließlich, »er war Trainer im Verein, beziehungsweise er ist es immer noch. Er macht seine Arbeit ganz gut. Warum, um Gottes Willen, wollen Sie das denn wissen?«

»Kennen Sie ihn von früher«, fuhr Löffler fort.

»Von früher? Was meinen Sie mit früher? Ah, jetzt verstehe ich, Sie meinen, ob ich ihn aus der alten DDR kenne, so nach dem Motto, alte DDR-Seilschaften legen sich jetzt gegenseitig um. Und dopen tun sie sowieso alle. Warum fragen Sie nicht, Herr Hauptkommissar, ob wir an der Grenze ein paar Flüchtlinge erschossen haben. Oder ob wir Folterknechte der Stasi waren, die die Gefangenen auf der Laufbahn bis zur Erschöpfung im Kreis herum getrieben haben? Zu uns Ossis passt das doch.«

»Nur keine Krokodilstränen, Herr Binder, Ihre Polemik ist vollkommen unangebracht. Sagen Sie mir lieber, ob Sie Streit mit Glauber haben oder hatten. Kann ja auch eine Sache sein, die schon ein paar Jahre zurückliegt.«

»Ich kann mich an keinen Streit mit Glauber erinnern«, sagte Binder nach kurzem Nachdenken, »erst in der vergangenen Woche war er noch bei mir zu Hause, und wir haben über die Zukunft des Vereins gesprochen. Aber das war ein ganz normales, freundliches Gespräch. Der Mann wollte auch wissen, wie es mit dem Verein weitergeht, nachdem Maika das Grundstück gekauft hatte. Aber sagen Sie mal, warum wollen Sie das mit Glauber denn wissen?«

In diesem Augenblick klopfte es an der Tür. Monika Berger stand auf, ging zur Tür und öffnete sie einen Spalt. Draußen stand ein Polizist in Uniform, der einen länglichen, in weißes Papier eingeschlagenen Gegenstand auf den Armen trug. Sie sagte ein paar leise Worte zu dem Mann, dann öffnete sie die Türe ganz und ließ den Polizisten herein. Auf seinen Armen trug er ein Gewehr, das er zu Löffler trug und diesem übergab. Löffler, der inzwischen aus seinem Stuhl aufgestanden war, besah sich die Waffe genau, roch am Lauf, hielt es mit weit ausgestreckten Armen vor sich und nickte dem Polizisten dann zu. Ehe dieser den Raum verließ, beugte er sich noch zu Löffler und flüsterte ihm etwas ins Ohr. Löffler legte die Waffe direkt vor Binder auf den Tisch.

»Dieses Gewehr haben wir in Ihrer Wohnung, genauer gesagt, im Keller Ihres Hauses gefunden. Es ist übrigens genau das Kaliber, mit dem Maika erschossen wurde. Es wurde erst vor Kurzem noch damit geschossen. Das kann man sogar noch riechen. Haben Sie etwas dazu zu sagen?«

Binder zuckte mit den Schultern.

»Was soll ich dazu sagen? Es ist mein Gewehr, aber ich habe zuletzt vor ein paar Monaten damit geschossen. Ich habe es sogar schon seit bestimmt einem halben Jahr nicht mehr in der Hand gehabt. Das können Sie mir ruhig glauben. Wenn nicht, können Sie ja meine Finger und meine Hand auf Pulverspuren untersuchen lassen. Bei der Sendung ›CSI Miami‹ machen die das immer, und das funktioniert sogar.«

»Schön, dass Sie Ihren Humor nicht verloren haben«, sagte Monika Berger.

»Nun wollen wir mal die Ballistiker befragen, was die uns zu erzählen haben. Sind Sie nicht gespannt darauf, Herr Binder?«

Der Angesprochene winkte nur stumm ab. Löffler öffnete die Türe, und bat zwei Polizisten herein. Er zeigte auf Binder.

»Nehmen Sie diesen Herrn hier mit nach draußen und passen Sie gut auf ihn auf.«

Die beiden Polizisten traten hinter Binder, fassten ihn an den Armen und geleiteten ihn wie zwei Bodyguards nach draußen.

»He, was soll das«, begann Binder sich zu wehren.

Er wollte den beiden Beamten seine Arme entziehen, aber

sie hielten ihn nur noch fester, und er konnte seinen Oberkörper kaum mehr bewegen.

»Sie können mich doch nicht einfach so festnehmen«, rief Binder, und stampfte mit den Beinen auf. »Einfach so verhaften geht nicht, wo leben wir denn?«

»Aber Herr Binder«, lächelte Löffler ihn an, »Sie sind doch nicht verhaftet. Sie sind hier bloß zum Verhör, und jetzt machen wir eine kleine Pause. Wir wollen Sie doch nicht überfordern, aber nachher sehen wir uns nochmal. Versprochen.«

Damit verschwand Binder zusammen mit den beiden Polizisten auf den Gang des Präsidiums. Löffler nahm die Waffe vom Tisch und trug sie nach draußen. Dort begegnete ihm der Kollege, der das Gewehr zuvor hereingebracht hatte. Löffler gab ihm die Waffe.

»Bringen Sie doch bitte die Waffe zu den Ballistikern. Sagen Sie ihnen, ich will sofort Bescheid, die Sache hat absolute Priorität. Sagen Sie ihnen, jetzt dürften sie mal zeigen, dass sie den Kollegen von ›CSI Miami‹ in nichts nachstehen.«

Der Beamte lächelte und nahm das Gewehr entgegen.

17

Als Monika Berger und ihr Chef in ihr Büro zurückkamen, saß Stammler noch immer am Computer und starrte auf den Monitor, ohne sich von den anderen unterbrechen zu lassen. Löffler verschwand gleich in seinem Büro, während die Kommissarin sich mit dem Band, auf dem sie das Gespräch mit Binder aufgenommen hatten, an ihren Schreibtisch zurückzog.

In diesem Augenblick klopfte es an der Tür. Dann öffnete sie sich und ein Polizist in Uniform kam herein. Er sah sich um, erkannte die Kollegen. Annemarie Heim war in ihrer Ecke nicht zu sehen. Er grüßte beide mit einem Kopfnicken, und wandte sich dann an Löffler.

»Draußen wartet eine Frau«, sagte er, »die lässt sich nicht

abwimmeln. Sie möchte unbedingt jemand sprechen, der«, dann schaute er zu Monika Berger, »oder die mit dem Fall zu tun hat. Mit dem Mordfall Maika, meine ich. Sie möchte eine Aussage machen, irgendetwas melden, was genau, das hat sie bis jetzt für sich behalten. Die Dame ist sehr energisch.«

Suchend sah der Mann sich um und wartete auf eine Anweisung. Aber niemand sagte etwas.

»Lassen Sie sie herein, wir kümmern uns um sie. Hat sie einen Namen genannt?«, fragte Christian Löffler.

Der Polizist grübelte kurz, dann hellte sein Gesicht sich auf.

»Becker«, verkündete er freudestrahlend, »Frau Dr. Becker. Sie sagte noch, sie habe sich jetzt extra bei dem heißen Wetter von der Stadt zu Fuß hierher begeben. Ihre Worte.«

»Na, dann herein mit ihr«, sagte Löffler.

Der Polizist verließ den Raum und kehrte nach kurzer Zeit zurück, im Schlepptau eine ältere Dame, die den Beamten um fast einen halben Kopf überragte. Sie hatte ein schmales Gesicht, die von zwei rot glänzenden Wangen geschmückt wurden. Auf dem Kopf trug sie einen weißen Strohhut mit breiter Krempe, den sie auf die Stirn geschoben hatte. Ansonsten trug sie ein helles Sommerkleid, das bis zum Boden reichte. Unter dem Kleid lugten weiße Turnschuhe hervor. Der Polizist verschwand wieder und schloss die Türe hinter sich.

»Send Sie die Beamte, die den Fall Maika untersuchet«, fragte sie mit schwäbischem Dialekt, »den Mordfall Maika, meine ich?«

Dabei sah sie von einem zum anderen, ehe ihr Blick an der Kommissarin hängen blieb.

»Da sind Sie bei uns richtig«, sagte diese, »wir sind zuständig. Was können wir denn für Sie tun? Wie heißen Sie denn? Wir brauchen den Namen für die Akten.«

Die Frau wischte sich den Schweiß von der Stirn.

»Sie haben es aber heiß hier«, stöhnte sie, »wie kann ma so arbeite? Was habet sie mich grad gefragt?«

»Ihren Namen, bitte.«

»Ah so, genau. Ich heiße Becker, Dr. Gerda Becker. Ich will a Aussag mache zom Fall Maika.«

Monika Berger nickte.

»Also, um was geht es, Frau Dr. Becker?«

»Also, den Doktor, den spare mir ons jetzt, Becker genügt.«

»Wie Sie wollen, Frau Becker. Sie wollen eine Aussage machen?«

Die Frau sah sich suchend im Raum um.

»Ich hätte doch gerne einen Stuhl«, sagte sie, »der Fußmarsch zu Ihnen war etwas anstrengend. Außerdem muss ich Ihnen ehrlich sagen, also, diese Aussage, die fällt mir nicht gerade leicht.«

Sie stockte einen Moment.

»Aber was sein muss, muss sein«, sagte sie dann entschlossen.

Inzwischen hatte Stammler ihr seinen Stuhl herübergetragen und sie setzte sich. Dann atmete sie einmal heftig durch.

»Also«, fragte Monika Berger erwartungsvoll.

»Sie habet doch den Herrn Binder festgenommen«, begann sie dann, »ich habe gehört, dass man ihn verhaftet hat. Seine Haushälterin hat es mir gsagt.«

»Also, verhaftet würde ich nicht gerade sagen«, antwortete die Kommissarin, »wir haben ihn nur zum Verhör hier. Oder besser gesagt – wir unterhalten uns mit ihm.«

Frau Becker war sichtlich nervös. Sie nestelte ständig an ihrer Handtasche, die sie an einer Lederkordel um den Hals hängen hatte. Dann gab sie sich einen Ruck.

»Ich weiß ja«, begann sie von Neuem, »ich hätte das schon früher sagen müssen, schon als der Herr Binder mir erzählt hat, dass man ihn verdächtigt. Die Polizisten haben mich ja auch gefragt, als sie die ganze Nachbarschaft vernommen haben, ob ich etwas wüsste. Aber, ganz ehrlich, ich han mi a bissle geschämt. Das war mir alles so peinlich.«

Sie machte eine kleine Pause.

»Was war Ihnen denn peinlich?«, fragte Monika Berger nach einer Weile ganz sanft, und legte der Frau vor ihr eine Hand beruhigend auf den Arm, »Sie können uns ruhig alles erzählen, dazu sind wir doch da.«

»Was mir peinlich war?«, fragte die Frau, und griff in ihre Handtasche. Sie zog einen Stapel Fotos heraus, die sie mit einem Gummi zusammengebunden hatte. »Das hier war mir peinlich.«

Sie deutete auf die Fotos in ihrer Hand, die sie der Kommissarin hinhielt.

»Was ist denn mit diesen Bildern?«, fragte Monika Berger.

»Es geht um das Alibi des Herrn Binder«, antwortete die Frau, »ich bin doch seine Nachbarin. Mein Haus steht neben seinem Haus. Und mein Wohnzimmer liegt auf gleicher Höhe mit seinem Wohnzimmer. Ach, was soll ich sagen, die Bilder zeigen doch ohnehin alles.«

Plötzlich trat Löffler aus dem Hintergrund hervor, direkt vor Frau Becker hin.

»Saget sie mal, send Sie net die Frau Becker, die Lehrerin, oder täusch i mi«, fragte er, nun auf einmal mit schwäbischem Zungenschlag.

Frau Becker hob den Kopf und musterte den vor ihr stehenden Mann. Man konnte förmlich sehen, wie sie versuchte, einen Sinn in die Worte des Mannes zu bringen. Aber ganz offensichtlich stieß sie dabei an ihre Grenzen.

»Kennet sie mi nemme«, half der Hauptkommissar ihr weiter, »Oberstufe im Keplergymnasium, Deutsch ond Geschichte. Löffler. Christian Löffler.«

Frau Becker schaute ihm direkt in Gesicht und grübelte noch einen Augenblick. Dann erhellte sich ihr Blick. Sie sah Löffler noch einmal an, kniff dabei die Augen zusammen und wurde dann wieder Ernst.

»Ach, der Streber aus gutem Hause«, sagte sie dann, mehr zu den anderen im Raum, als zum Hauptkommissar selbst.

»Jetzt ist er doch nur bei der Polizei gelandet. Dabei hätte ich gedacht«, wandte sie sich direkt an Löffler, »dass aus dir mal was Besonderes wird. Arzt vielleicht, oder wenigstens Anwalt. Oder, dass du in die Politik gehst, mit deinem Mundwerk und mit den Beziehungen, die deine Familie hat. Aber da sieht man mal wieder.«

Löffler war rot geworden, und verlegen wie der Schüler, der er einst gewesen war, stand er vor seiner ehemaligen Lehrerin.

»Also, i hab damals scho gesehen, dass ebbes Aufmüpfiges in dir liegt. Einen Künstler hätt i dir schon zugetraut, allein bloss wegen deim Mundwerk. Aber einen Polizisten, niemals. Wie isch es bloß so weit gekommen?«

»Frau Becker«, löste Monika Berger die entstehende Peinlichkeit auf, »was sind das denn nun für Fotos, die Sie da in der Hand halten? Wollen Sie mir die nicht mal zeigen?«

Die Kommissarin streckte die Hand aus, während Frau Beckers Blick zeigte, dass sie langsam wieder aus der Vergangenheit in das Hier und Jetzt zurückkehrte. Sie zögerte, als sie Monika Bergers Hand vor sich wahrnahm. Schützend legte sie ihren Arm über den Stapel Fotografien.

»Jetzt, wo du auch im Raum bist«, sagte sie zu Löffler, »isch mir des Ganze noch peinlicher. Aber um der lieben Wahrheit willen, muss i jetzt wohl mei Aussag mache.«

Sie holte noch einmal tief Luft und sprach dann weiter.

»Ich bin ja nun eine alte Frau, zumindest nicht mehr die Jüngste. Und ich bin alleine. Das heißt, ich habe keinen Ehemann mehr. Mei Mann isch vor zehn Johr gestorbe. Da ich so alleine war, habe ich mir ein Hobby zugelegt, ich habe es mir zur Gewohnheit gemacht, meine Nachbarschaft zu fotografieren. Zuerst nur die Umgebung, dann auch die Menschen in dieser Umgebung.«

»Also Ihre Nachbarn«, fragte Monika Berger.

»Genau, meine Nachbarn. Der Binder wohnt auf der einen Seite, dieser junge Mann hier auf der anderen Seite.«

Sie reichte der Kommissarin eines der Fotos.

»Der junge Mann ist, glaube ich, Sportler. Fußballer oder Leichtathlet oder so. Ich habe sein Bild schon ein paar Mal in der Zeitung gesehen.«

Monika Berger sah auf das Foto. Sie schaute es sich eine Weile an, dann legte sie es wieder auf den Tisch.

»Der junge Mann ist ja nackt«, sagte die Kommissarin dann, mehr zu den anderen als zu der alten Frau Becker, »vollkommen nackt. Er macht da irgendwelche sportlichen Übungen.«

Frau Becker wurde rot vor Verlegenheit. Sie senkte den Kopf, sodass ihr Oberkörper fast vollständig unter dem großen Hut verschwand. Man hörte eine Weile nur ihr heftiges, stoßweises Atmen. Schließlich hob der Hut sich wieder und Frau Becker kam darunter zum Vorschein.

»Mein Hobby ist auf den ersten Blick wirklich etwas unanständig«, flüsterte die Frau, »und vermutlich auch nicht ganz legal. Aber egal, ich fotografiere die Jungs halt gerne im Adamskostüm. Auch den Binder, obwohl der keinen solchen Körper hat wie der Fußballer. Sehen Sie mal.«

Sie reichte der Kommissarin ein weiteres Bild. Diese sah sich auch dieses Foto aufmerksam an, ehe sie es auf den Tisch zu dem anderen legte. Auch Löffler war inzwischen natürlich neugierig geworden, und nahm die beiden Bilder, um sie seinerseits zu betrachten.

»Aber«, fuhr Frau Becker fort, »ich meine, für einen Mann seines Alters hat er sich ganz gut gehalten. Er macht ja auch jeden Tag Gymnastik. Ich habe außerdem nicht die große Auswahl, wen ich fotografiere. Die beiden sind meine einzigen männlichen Nachbarn. Aber manchmal, gell, des muss ich scho sage, meistens sogar, fotografier i die Leute, wenn sie angezogen sind.«

Frau Becker machte eine kleine Pause, während der sich auch die beiden anderen Beamten, die inzwischen aus ihrer dunklen Ecke im sonnenbeschienen Teil des Büros angekommen waren, die Aufnahmen der Frau ansahen.

»Ich habe den Binder meistens morgens fotografiert«, erzählte sie dann weiter, »wenn er seine Übungen machte. Die macht er immer nackt, sogar im Winter bei offenem Fenster, da kennt der gar nichts. Schauen Sie mal hier.«

Sie reichte der Kommissarin ein weiteres Bild. Wieder war Binder dabei zu sehen, wie er eine Dehnübung machte, dabei nackt war und seinen Körper unnatürlich verrenkte.

»Das alles ist ja schön und gut, liebe Frau Becker«, sagte Monika Berger schließlich, »aber was hat das mit dem Fall Maika zu tun? Wir hier sind schließlich nicht die Sitte, uns interessieren solche Aufnahmen bloß dann, wenn sie im Zusammenhang mit unserem Mordfall stehen. Aber so ein paar nackte Männerkörper ...«

Frau Becker erhob sich mit einem Mal aus ihrem Stuhl und ging zu Löffler hin, der gerade das Bild mit Binder in Gymnastikpose betrachtete. Sie deutete mit ihrem ausgestreckten Zeigefinger auf das Bild.

»Da«, sagte sie, »schau mal her, was siesch du do?«

Löffler schaute genauer hin. Rechts unten, in der Ecke des Bildes, war ein Datum mit einer Uhrzeit angegeben.

»Ich sehe schon«, antwortete Löffler, »dies ist das genaue Datum mit der exakten Uhrzeit, wann das Bild gemacht wurde. Richtig?«

»Und welche Uhrzeit zeigen die Daten an?«

Löffler vergewisserte sich noch mal, ehe er den anderen im Raum das Ergebnis seiner Prüfung bekannt gab.

»Hier steht das Datum des Stadtlaufs, die Zeit ist mit zwölf Uhr dreißig angegeben.«

»Das war ziemlich genau die Tatzeit«, sagte Stammler in die eingetretene Stille.

»Um halb ein Uhr war der Startschuss zu dem Lauf«, ergänzte Annemarie Heim.

»Binder war also zur Tatzeit zu Hause und hat Freikörperkultur betrieben«, sagte Löffler ruhig, »und damit käme er als Täter nicht mehr infrage.«

Die Polizisten sahen sich stumm an. Annemarie Heim ging zurück in ihre dunkle Ecke und verschwand hinter einem Palmenblatt. Stammler setzte sich wieder hinter den Schreibtisch und starrte auf den Computerbildschirm. Frau Becker, die natürlich bemerkt hatte, dass ihr Fotobeweis die Situation für die Ermittler in der Mordsache Maika gewaltig geändert hatte, erhob sich von ihrem Stuhl. Sie schob ihren Sommerhut in den Nacken, und so konnte man sehen, dass sie ihr graues Haar kurz trug, und dass sie hinter ihrem linken Ohr eine Blume stecken hatte.

»Ich weiß ja«, fing sie an, mit Löffler zu reden, »ich hätte diese Aussage früher machen müssen. Vielleicht hätte ich Ihnen allen damit viel unnütze Arbeit erspart. Aber mal ehrlich – wer konnte schon ahnen, dass es irgendwann einmal wichtig werden könnte, dass mein Nachbar zum Zeitpunkt eines Mordes gerade seine Leibesübungen macht.«

Sie stockte.

»Und außerdem«, fuhr sie dann fort, darauf bedacht, ihrer Stimme etwas Festigkeit zu verleihen, »war es mir nicht gerade sehr angenehm, mit dieser Aussage zu Ihnen zu kommen. Manch anderer hätte das nämlich nicht gemacht, das dürfen Sie mir glauben.«

Monika Berger hatte inzwischen das Band vom Verhör Binders zu Annemarie Heims Schreibtisch gebracht, damit diese es abtippte. Also blieb nur noch Löffler als Gesprächspartner für Frau Becker übrig.

»Weißt du«, sagte sie zu ihm, »dabei sind die Fotos bloß zu meinem eigenen Vergnügen gemacht worden. Des glaubsch du mir doch, oder?«

Löffler schaute noch einmal auf die Bilder.

»Sie haben die Aufnahmen doch mit einer Digitalkamera gemacht, nicht wahr?«

Stolz hielt Frau Becker den ganzen Stapel Bilder hoch in Luft und schwenkte sie vor Löfflers Gesicht.

»Ich bin vielleicht eine schon etwas ältere Dame«, triumphierte sie, »aber mit der neuen Technik halte ich locker Schritt. Locker, sage ich. Meine Kamera ist eine der besten, die man für Geld bekommen kann. Sie nimmt zum Beispiel auch bei jedem Foto Datum und Uhrzeit mit auf, beziehungsweise, vermerkt sie auf dem Bild. Sogar beim Ausdruck werden die Daten auf dem Bild ausgedruckt.«

»Sie sind auch ganz sicher«, fragte Löffler eindringlich, »dass das angegebene Datum und die Zeit richtig sind? Kein Irrtum möglich?«

Frau Beckers Augen blitzten Löffler förmlich an.

»Ich bin doch nicht senil, mein lieber Christian«, grummelte Frau Becker ihn an, »und außerdem ist das alles erst zwei Tage her. So schnell vergisst man so etwas doch nicht. Und ehe du jetzt fragst: Ja, die Uhrzeit und das Datum sind richtig eingestellt, die Uhr geht auf die Sekunde richtig. Ich habe im Übrigen sogar meine Kamera mitgebracht.« Sie griff in ihre Tasche holte eine Digitalkamera heraus, die in einer glänzenden rotbraunen Lederhülle steckte, »wenn du willst, kannst du ruhig deine Armbanduhr nach meiner Kamera stellen.«

Sie hielt Löffler die Kamera hin. Der nahm sie ihr ab und legte sie achtlos auf den Tisch neben sich. Er beschäftigte sich inzwischen schon mit anderen Gedanken.

»Sagen Sie mal«, meinte er dann, »haben Sie eigentlich sonst noch etwas beobachten können? Irgendetwas, das uns vielleicht weiterhelfen kann?«

Frau Becker hielt ihren linken Zeigefinger an die Unterlippe. Dann schloss sie die Augen, was wohl ein Zeichen dafür war, dass sie gerade dabei war, die zurückliegenden Tage vor ihrem inneren Auge Revue passieren zu lassen. Nach einer Weile schlug sie die Augen wieder auf und legte ihre Hand auf Löfflers Unterarm.

»Gut, dass du mich dran erinnerst«, sagte sie zu ihrem ehemaligen Schüler, »weil, gestern Abend, es war scho dunkel, do isch jemand ums Haus rom geschliche. Es war ganz sicher ein Mann. Ond wie er do so im Garten rom gelaufe ist, war er plötzlich weg. I glaub, der war em Haus vom Binder. Nach einer Weile isch er wieder rauskomme, aber no hott er koi Paket mehr im Arm g'habt. Ich habe den bloß als Schatten wahrgenommen. Aber dass er was bei sich hatte und nachher nicht mehr, da bin ich mir ganz sicher.«

»Kannten Sie denn die Person, die da im Garten rom g'schlichen isch«, fragte Löffler.

Frau Becker schüttelte bedauernd den Kopf.

»Leider nicht, ich konnte ihn ja nicht mal richtig sehen, geschweige denn erkennen. Es war dunkel, und sein Gesicht habe ich ohnehin nicht gesehen. Er hatte eine Kappe auf, die warf ständig einen Schatten über das Gesicht.«

»Sie haben den Mann nicht zufällig fotografiert«, fragte Löffler lächelnd.

»Warum sollte ich«, sagte Frau Becker und lächelte zurück, »er war doch vollständig angezogen.«

Monika Berger schaute auf Löffler, dieser auf Stammler, der sah zur Kommissarin. Alle zusammen begannen heftig und lautstark zu lachen. Stammler saß hinter seinem Computer, und hielt sich dabei sogar den Bauch vor Lachen. Während der ganzen Zeit hatte Frau Becker freudestrahlend dagestanden, dabei allerdings still in sich hineingelächelt. Als sich alle wieder beruhigt hatten, nahm Löffler das Foto mit dem nackten Binder beim Frühtraining.

»Können wir das behalten«, fragte er Frau Becker, »denn immerhin ist es ja ein Beweismittel. Aber ich versichere Ihnen, Frau Doktor, das Bild ist bei uns in guten Händen. Vor allem aber erzählen wir nichts über die Hobbys unserer Gesprächspartner an Dritte weiter. Da können Sie ganz sicher sein. Aber ich würde Ihnen trotzdem raten, sich vielleicht über Ihre Motivwahl noch einmal Gedanken zu machen.«

Frau Becker zuckte nur stumm mit den Schultern. Dann nahm sie ihre Kamera vom Tisch und verpackte sie in ihrer Handtasche.

»Das Foto dürfen Sie natürlich behalten«, sagte sie zu den

Polizisten, »ich habe es ja digital gespeichert. So, aber jetzt würde ich gerne gehen, es ist noch ein kleiner Fußmarsch zu mir nach Hause. Und ich kann Ihnen ja auch nichts mehr sagen zu der Sache. Nun, was ist, Christian?«

Löffler umfasste Frau Becker sanft an der Schulter und ging mit ihr zusammen in die Büroecke zu Frau Heim.

»Sie können jetzt natürlich nach Hause, Frau Becker«, sagte er zu seiner ehemaligen Lehrerin, »aber zuvor müssen wir noch ein Protokoll machen. Das dauert nicht lange. Die Kollegin Heim wird das machen, und Sie müssen dann nur noch unterschreiben. Natürlich, falls sie sich nicht gut fühlen, können wir …«

»Nein, nein«, wehrte Frau Becker ab, »ich will nicht noch einmal herkommen müssen, ich erledige das gleich. Aber sag mal – lasset ihr den Binder jetzt frei? Oder muaß der no bei euch em Knast bleibe?«

»Noi«, antwortete Löffler, »der koa jetzt hoim, nach Ihrer Aussag könnet mir den jetzt nemme festhalte.«

Frau Becker hatte, das merkte man deutlich, noch etwas auf dem Herzen. Sie hüstelte vor sich hin, sie ging betont langsam in Heims dunkle Ecke, sie knetete ihre Handtasche mit den vom langen Sommer braun gebrannten Fingern.

»Haben Sie noch etwas auf dem Herzen«, erbarmte sich Löffler schließlich der zaudernden Dame, »dann sagen Sie es mit gleich. Vielleicht kann ich noch etwas für Sie tun?«

»Na ja«, druckste Frau Becker herum, »es gäbe da noch was, um ehrlich zu sein. Wegen der Bilder …«

»Ja?«

»Ich meine, also sag mal, muss der Binder denn von den Aufnahmen erfahren? Du kannsch den Binder jo oifach freilasse, ohne dass du ihm was von den Bilder erzählsch. Es langt jo, wenn er weiß, dass er a Alibi hot. Es isch doch egal, von wem, oder?«

Löffler klopfte der Frau beruhigend auf die Schulter, während er sie bei der Kollegin Heim ablieferte.

»Mir machet, was mer könnet. Versprochen.«

Frau Becker seufzte tief. Dann setzte sie sich auf den Stuhl vor Annemarie Heims Schreibtisch, die die Dame lächelnd begrüßte.

»Dauert nicht lange«, sagte Annemarie Heim, »wie beeilen uns, damit Sie noch was von dem schönen Tag haben.«

»Ein schöner Tag sieht anders aus«, klagte Frau Becker, »aber ich weiß scho, was Sie meinet. Fanget mer an, dann höret mer bald wieder auf.«

»Auf Wiedersehen, Frau Doktor Becker«, rief Löffler ihr zu, als er schon an der Türe stand. Sie drehte den Kopf und wandte sich Löffler zu.

»Wenn schon bloß ein Polizist aus dir geworden ist, dann lös den Fall jetzt wenigstens. Alles was Recht isch. Haben mer ons verstande?«

»Wir schaffen das schon. Alles Gute für Sie.«

Frau Becker hob grüßend die Hand. Dann wandte sie sich Frau Heim zu.

18

»Wir haben das Ergebnis der ballistischen Untersuchung vorliegen«, sagte Löffler zu dem vor ihm sitzenden Binder. »Was glauben Sie wohl, was dabei herauskam?«

Binder, der inzwischen genügend Zeit gehabt hatte, um sich mit seiner Situation auseinander zu setzen, lehnte bequem in seinem Stuhl und hatte die Hände vor der Brust gefaltet. Durchaus ein Mann der überlegenen Ruhe.

»Sie haben«, antwortete Binder ruhig, »herausgefunden, dass auf der Waffe meine Fingerabdrücke sind. Kunststück, da das Gewehr ja ohnehin mir gehört. Also, wenn Sie mich fragen, dann beweist das gar nichts.«

Löffler nickte.

»In der Tat, wir haben Ihre Fingerabdrücke. Wir wissen

auch, dass es sich bei Ihrem Gewehr tatsächlich um die Tatwaffe handelt. Was sagen Sie nun?«

Binder lächelte. Dann öffnete er den Mund und gähnte. Schließlich rieb er sich die Augen, so, als käme er geradewegs aus dem Bett.

»Sie müssen mir schon verzeihen, Herr Hauptkommissar«, sagte er dann, »aber dieses Sitzen in Ihren dunklen Räumen, während draußen die Sonne scheint, ermüdet mich zusehends. Wie war noch Ihre Frage? Ah, ja, wegen der Tatwaffe. Wenn es also die Tatwaffe ist, dann müssen Sie mir trotzdem noch beweisen, dass ich auch derjenige war, der mit ihr auf Maika geschossen hat. Und das, Herr Hauptkommissar, das können Sie nicht.«

»Was ist mit Ihrem Motiv?«

Binder winkte ab.

»Damit kommen Sie doch nicht weit, Löffler, das ist doch Kokolores. Wenn es schon um Geld geht, dann wäre ich doch bescheuert, den Mann zu erschießen, der mir das Geld als Einziger wieder besorgen könnte. Und dass ich Maika aus Rache, so mir nichts dir nichts, umlege – das glauben Sie doch wohl selbst nicht. Kein Untersuchungsrichter wird mich deshalb hierbehalten.«

Löffler nickte bedächtig. Dann blätterte er in seinen Unterlagen, die vor ihm auf dem Tisch lagen. Schließlich schien er gefunden zu haben, was er suchte. Er hob den Kopf und schaute Binder an.

»Mal ganz was anderes, Binder«, fragte er den Arzt, »hatten Sie in letzter Zeit eigentlich Besuch von jemand, der Sie normalerweise nicht besucht? Oder nur sehr selten. Also einen Besuch, über den Sie sich gewundert haben?«

»Damen- oder Herrenbesuch?«

»Beginnen wir mal mit den Herren. Die scheinen mir im Augenblick – aber nicht grundsätzlich – etwas Interessanter zu sein.«

Binder legte einen Finger gegen die Schläfe, und signalisierte damit, dass er sich darauf konzentrierte, Löfflers Frage zu beantworten. Dann hatte er wohl zu Ende gedacht und war bereit, alles, was ihm eingefallen war, zu erzählen.

»Mir ist nichts Ungewöhnliches eingefallen. Oder aufgefallen. Was immer Sie mit dieser Frage bezwecken, ich kann Ihnen da nicht helfen.«

Löffler verfolgte weiterhin seine Spur.

»Hat man bei Ihnen eingebrochen. Irgendwann in letzter Zeit?«

Nun war Binder wirklich neugierig geworden. Hatte er die bisherigen Fragen Löfflers für sich vermutlich noch unter der Rubrik ›Routine‹ abgelegt, so zeigte er nun doch Interesse an dem Gespräch. Er beugte sich nach vorne, sah Löffler aufmerksam an, doch dieser blätterte scheinbar konzentriert in der Akte vor ihm auf dem Tisch.

»Eingebrochen? Bei mir? Nicht dass ich wüsste.«

Es war offensichtlich, dass Binder auf weitere Informationen wartete.

»Sind Sie da ganz sicher?«, fragte Löffler, während er von seinen Akten aufblickte.

»Klar bin ich sicher«, antwortete Binder etwas verhalten, »jedenfalls fehlt nichts bei mir zu Hause. Man hat auch keine Scheibe eingeworfen oder eine Türe aufgebrochen. Andererseits sind meine Türen natürlich auch nicht sonderlich gesichert, jeder Amateur könnte in das Haus einbrechen. Aber sagen Sie mal – warum fragen Sie mich das eigentlich? Habe ich etwas verpasst? Sie suchen doch einen Mörder und keinen lausigen Einbrecher.«

Löffler lehnte sich in seinem Stuhl zurück. Dann beugte er sich vor und stellte seine Stimme auf verschwörerisch ein.

»Ich sage Ihnen was, Binder«, flüsterte er dann, »auf Ihrem Gewehr hat man zu wenige Fingerabdrücke von Ihnen gefunden. Was sagen Sie dazu?«

»Was?«

»Man hat zwar Ihre Abdrücke sicherstellen können, aber zu wenige davon.«

»Das verstehe ich nicht, können Sie sich bitte etwas deutlicher ausdrücken?«

Zufrieden lehnte Löffler sich wieder zurück. Er lächelte. Seinem Gegenüber hingegen stand die grenzenlose Ratlosigkeit ins Gesicht geschrieben.

»Ich will Ihnen erklären, was ich meine«, begann Löffler dann, und beugte sich nach vorne, »wir haben Ihre Abdrücke an den unmöglichsten Stellen des Gewehres gefunden, überall, am Lauf, am Zielfernrohr, was immer das zu bedeuten hat, aber wir haben sie dort, wo man sie am ehesten erwartet, nicht gefunden. Und wo, glauben Sie, würde man Ihre Abdrücke am ehesten erwarten?«

»Na, am Abzug natürlich.«

Löffler klatschte dezenten Beifall.

»Exakt, Schütze Binder, am Abzug. Aber wissen Sie, gerade dort waren keine Abdrücke zu finden. Nicht nur, dass man ihre da nicht fand, sondern es gab dort gar keine. Sie verstehen, was das bedeutet?«

Binder nickte nachdenklich.

»Ja«, sagte er dann, »ich glaube schon.«

»Außerdem«, fuhr Löffler fort, »haben Sie neuerdings ein Alibi. Fast hätte ich vergessen, es Ihnen mitzuteilen.«

Neugierig und vollkommen überrascht richtete Binder, der bisher noch immer bequem zurückgelehnt in seinem Stuhl gesessen hatte, sich auf und sah Löffler irritiert an.

»Ja, da staunen Sie«, lächelte Löffler, »eine Nachbarin hat Sie just zur Tatzeit gesehen. Und zwar bei Ihnen zu Hause.«

»Ah«, stieß Binder heraus, »das war bestimmt die alte Hexe von gegenüber. Ich hätte nicht gedacht, dass man die eines Tages noch mal zu etwas gebrauchen könnte.«

Löffler schüttelte angeekelt den Kopf.

»Sie sind wirklich eine miese Type, Binder«, konnte Löffler sich nicht zurückhalten, »aber Sie sollten sich nicht zu früh freuen. Unsere Kollegen haben bei ihrer Hausdurchsuchung noch ganz andere Dinge in Ihrem Labor gefunden. Falls sich der erste Eindruck bestätigt, dann sind sie auf eine wahre Bonanza an Dopingmitteln gestoßen.«

»Ist mir doch egal«, sagte Binder mit einer wegwerfenden Handbewegung, »ich bin Arzt, ich bin auch Wissenschaftler, ich darf Experimente durchführen, da können Sie gar nichts machen. Wenn am Ende eines Experiments etwas herauskommt, das Sie als Dopingmittel bezeichnen – was soll's, dafür können Sie mir doch nicht die Schuld geben. Ich habe lediglich nach harmlosen Vitaminpräparaten geforscht.«

»Und diese Vitaminpräparate haben Sie in schöne, handliche Portionen verpackt und sie versandfertig bei sich eingelagert. Erzählen Sie mir doch keinen Mist. Aber mich geht das nichts an, das ist nicht meine Abteilung.«

»Eben, dann halten Sie sich raus.«

»Dennoch werde alles daransetzen, dass man Sie kriegt und wegsperrt. Darauf gebe ich Ihnen Brief und Siegel.«

Binder stand halb von seinem Stuhl auf und beugte sich nach vorne, so weit, bis sein Gesicht nur noch wenige Zentimeter von dem Löfflers entfernt war.

»Wollen Sie mir drohen, Polizist«, fragte er leise, »dann kann ich Ihnen nur einen guten Rat geben: Lassen Sie es bleiben, da, wo ich herkomme, ist man mit anderen Sachen fertig geworden, als mit einem Bullen, der die Gerechtigkeit in sich reingefressen hat. Und jetzt will ich nach Hause.«

»Dann verschwinden Sie«, gab Löffler ebenso leise zurück.

Binder erhob sich aus seinem Stuhl und band sich den Pullover, den er über die Lehne gelegt hatte, um den Hals. Dann ging er Richtung Türe. Bevor er sie öffnete, drehte er sich noch einmal um.

»Was ist mit meinem Gewehr«, fragte er, »kann ich das mitnehmen?«

»Nein«, antwortete Löffler, ohne sich umzudrehen, »das ist ein Beweismittel.«

»Schade«, sagte Binder, und öffnete die Tür, »gerade jetzt hätte ich Lust, mit der Waffe ein paar Übungsschüsse auf dem Schießstand zu machen. Na ja, vielleicht ein anderes Mal.«

Löffler stand auf und ging auf Binder zu, der schon halb auf dem Flur stand.

»Sie verschwinden jetzt sofort, Binder, oder ich überlege mir etwas, das für Sie sehr unangenehm werden dürfte. Und glauben Sie mir, mir fällt bestimmt etwas ein.«

Mit einem letzten Lächeln verschwand Binder. Löffler sah, wie die Tür hinter Binder zuging. Dann atmete er durch. Schließlich erhob er sich von seinem Stuhl. Er stand ruhig vor dem Tisch und ordnete seine Unterlagen. Als er die Aktendeckel geschlossen hatte, ließ er sich in den Stuhl fallen. Er lehnte sich zurück und schloss für einen Moment die Augen. Er öffnete sie erst wieder, als die Tür aufging und jemand den Raum betrat. Vor ihm stand Monika Berger. Sie sah ihn stumm an.

»Es tut mir in der Seele weh, den Kerl einfach so laufen zu lassen. Aber wir haben nichts gegen ihn in der Hand.«

Monika Berger schüttelte langsam den Kopf.

»Nein, haben wir nicht. Ich hoffe nur, dass die Kollegen ihn wegen der Dopingmittel drankriegen. Aber das wird nicht einfach.«

Löffler schwieg. Dann erhob er sich aus dem Stuhl und packte seinen Ordner unter den Arm.

»Ich besuche noch mal den jungen Maika«, sagte er, »vielleicht erfahre ich noch was, das uns weiterbringt.«

Löffler verließ den Raum und die Kommissarin folgte ihm.

19

Halb saß Binder auf dem Barhocker, halb stand er am Tresen des Vereinsheims des Leichtathletikclubs. Er war alleine an der Bar. Am Stammtisch, hinter Binder, direkt am großen Panoramafenster, das die Sicht auf den Sportplatz freigab, saßen noch drei, vier weitere

Männer. Ansonsten war nur noch der Wirt der Gaststätte, Peter Heusel, im Lokal.

Dieser war gerade dabei, die Bar sauber zu machen. Er hatte bereits die Bierhähne abgeschraubt und sie in ein Bierglas mit frischem Wasser gestellt. Jetzt machte er sich daran, mit Pflegemittel den Schankbereich zu säubern. Vor Jahren hatte sein Vorgänger diese Arbeiten nicht mit der nötigen Sorgfalt verrichtet, was ihn, als der Wirtschaftskontrolldienst überraschend aufgetaucht war und das Lokal überprüft hatte, fast die Lizenz gekostet hatte. Außerdem war noch eine saftige Geldstrafe fällig gewesen.

Damals saß Heusel noch vor der Bar, und hätte sich nicht träumen lassen, dass er ein paar Jahre später ihr Pächter sein würde. Aber die Anmeldung zur Insolvenz seines damaligen Arbeitgebers, der Software-Beratungsfirma Intersoft, und die gleichzeitige Aufgabe des vorigen Pächters, ließen ihn rasch zugreifen, als ihm der Verein das Angebot machte.

»Du bist doch sowieso fast jeden Tag hier«, hatte einer zu ihm gesagt, »da kannst du auch gleich da arbeiten. Du brauchst bloß ja zu sagen, dann kriegst du den Vertrag.«

Heusel sagte ja, unterschrieb und war seitdem Pächter eines Vereinslokals.

»Noch ein Whiskey«, rief Binder, »und zwar für jeden hier. Ich gebe eine letzte Runde aus, dann bezahle ich. Ich bezahle überhaupt alles, was die Herrschaften hier getrunken haben. Heute ist ein guter Tag zum Feiern.«

Doktor Binder, deutlich angeheitert, schob sich auf den Barhocker, stützte sich auf den Ellbogen ab, und nahm seinen Kopf zwischen die Hände. In dieser Stellung wartete er darauf, dass Heusel die Getränke brachte. Zuerst stellte er ein Whiskeyglas vor Binder ab, dann brachte er die übrigen zum Stammtisch. Die Gläser wurden mit einem lauten »Hallo« begrüßt. Binder kehrte zurück aus seiner Lethargie in den Dunst einer Kneipe kurz vor der Geisterstunde. Er drehte sich, mit seinem Glas in der Hand, um, und prostete den Männern zu.

»Auf euer Wohl, Männer!«, rief Binder den anderen Gästen zu, »und denkt daran, nächste Woche ist Vorstandswahl. Dass ihr bloß alles richtig macht.«

Dann hob er sein Glas noch mal und trank es in einem Zug leer. Mit einem heftigen Knall stellte er das leere Glas zurück auf den Tresen.

»Du willst also noch immer Präsident werden«, fragte Heusel, während er das Glas nahm und es zur Spülmaschine trug. Binder sah etwas verwirrt auf Heusel. Es brauchte eine Weile, ehe er begriffen hatte, was er gefragt worden war. Dann aber überzog ein heftiges Leuchten sein ohnehin schon gerötetes Gesicht.

»Und ob«, stieß er hervor, »jetzt erst recht. Wir haben wahrscheinlich bald kein Sportgelände mehr, wenn der junge Maika das ganze Zeug hier an die Geldsäcke verkauft. Aber dann fangen wir halt von vorne an.«

»Wenn du dir das zutraust.«

Langsam begann Binders Kopf auf den Tresen zu sinken. Gerade als die Stirn das kühle Holz der Bar berührte, zuckte Binder zusammen und sein Kopf schnellte wieder nach oben.

»Mann, Maika, dieser alte Ossi«, schimpfte Binder, nachdem er sich vergewissert hatte, dass Heusel ihm noch zuhörte. »Erst baut er hier alles auf, dann klaut er mir mein Geld, und am Ende ist das Gelände weg und Maika tot.«

»Aber du bist doch selbst ein Ossi«, sagte Heusel sachlich.

Binder stierte ihn aus glasigen Augen an.

»Gewesen, mein Freund, gewesen«, antwortet er dann, »ich bin jetzt schon so lange hier, dass ich nicht mal mehr weiß, wo Magdeburg liegt. Oder Dresden. Oder meinetwegen auch Karl-Marx-Stadt.«

Heusel schaute Binder eine Weile zu, wie dieser sich bemühte, den Kopf aufrecht zu halten.

»Karl-Marx-Stadt gibt es doch gar nicht mehr«, bemerkte er schließlich, während er ein paar Gläser trocken rieb, »das heißt doch jetzt schon ewig wieder Chemnitz.«

»Siehst du«, sagte Binder, »so schnell kann das gehen. Und der Maika ist jetzt auch tot. Der war mal mein Freund. Aber da hieß Chemnitz noch Karl-Marx-Stadt.«

Binder war währenddessen aufgestanden, hatte ein paar Geldscheine aus seinem Portemonnaie geholt, und sie auf den Tresen geworfen.

»Stimmt so«, murmelte er.

Dann setzte er sich noch einmal auf den Hocker, wie um ein letztes Mal Kraft zu sammeln für seinen beschwerlichen Heimweg.

»Eines sage ich dir«, rief er dem noch immer mit Abtrocknen beschäftigten Heusel zu, »den Mörder von dem Maika, den krieg ich auch noch. Den schnappe ich mir ganz alleine, da brauche ich keine Polizei. Ich hab da nämlich schon eine Ahnung, wer das war. Mehr als eine Ahnung, habe ich, das kann ich dir sagen.«

Binder verschluckte zwar, betrunken wie er war, die Endsilben, sodass nur ein schwammiges Nuscheln aus seinem Mund quoll. Aber er sprach noch immer deutlich genug, dass der Wirt ihn verstehen konnte.

Was hatte Heusel sich in letzter Zeit alles anhören müssen über den Mordfall Maika. Wilde Spekulationen waren durch sein Lokal geschwirrt wie ein Wespenschwarm. Die Stasi hatte ihn hinrichten lassen als Verräter; betroffene ehemalige DDR-Bürger hatten einen Auftragsmörder gedungen, weil er sie als IM ins Gefängnis gebracht hatte; ein Zufallsschütze hatte ihn aus Versehen getroffen; ein Investoren-Clan habe ihn hinrichten lassen, weil er sie um Geld betrogen habe. Irgendwann hatte Heusel versucht, nicht mehr hinzuhören. Was als Wirt natürlich ein schwieriges Unterfangen war. Aber Binder war beileibe kein Mensch, der sich an solchen Spekulationen beteiligte. Binder war seriös und überlegt. Er war ein angesehener Mann des Vereins, er war Arzt und er hatte sich bislang nicht als Schwätzer entpuppt. Also hörte Heusel ihm aufmerksam zu.

»An wen denkst du denn dabei so?«, fragte Heusel vorsichtig nach.

Binder schaute ihn überrascht an. Offensichtlich dauerte es eine ganze Weile, ehe er sich erstens daran erinnerte, was er gerade gesagt hatte, und dann, zweitens, wie Heusels Frage dazu passte. Dann wurde sein Blick misstrauisch.

»Das sage ich dir nicht«, flüsterte er dann, und schaute sich dabei vorsichtig nach allen Seiten um, »die Sache ziehe ich alleine durch.«

Heusel zuckte gleichgültig mit den Schultern. Dann nahm er das Geld vom Tresen und legte es in seine Kasse.

»Pst, das ist ein Geheimnis«, fuhr Binder flüsternd fort, als Heusel wieder vor ihm stand, »ich weiß auch noch nicht, ob ich dem Typ dankbar sein soll, oder ob ich ihn an die Bullen verrate. Na, egal, jetzt fahre ich erst mal nach Hause und denke über alles nach.«

Damit stand er auf und ging Richtung Ausgang.

»He, wart mal«, rief Heusel ihm nach, »du kannst doch in dem Zustand nicht mehr Auto fahren. Steck deinen Schlüssel wieder ein, ich bestelle dir ein Taxi.«

Binder hob seinen Schlüsselbund über den Kopf und schlenkerte ihn hin und her.

»Was soll mir heute noch passieren«, rief er Heusel zu, »heute ist doch mein Glückstag. Ich habe sogar ein Alibi gefunden, obwohl ich gar keins gesucht habe. Und als die Bullen meine Praxis und mein Haus durchsucht haben – ach, was soll ich sagen – mit dem Zeug, das sie dort gefunden haben, können die doch gar nichts anfangen. Ich sag doch: Ein Glückstag für mich.«

Damit öffnete er die Eingangstür. Heusel versuchte es noch mal.

»Mensch, Binder, nimm' doch ein Taxi, man soll sein Glück nicht herausfordern, das kann nämlich ins Auge gehen.«

Ehe Binder die Türe hinter sich schloss, drehte er sich noch mal um.

»Danke für die Fürsorge, aber ich fahre, und damit basta. Gute Nacht allerseits.«

Dann drehte er sich um und ging.

»Lass ihn doch machen, was er will«, rief einer der Stammgäste vom Tisch herüber, »er ist doch selber groß, er wird schon wissen, was er macht. Bring uns lieber noch eine Runde. Wenn es schon kein Bier mehr gibt, dann eben nochmal eine Schnapsrunde.«

Heusel nahm ein paar der frisch gespülten Gläser und goss den Whiskey ein.

Als Binder ins Freie trat, begann er augenblicklich heftig zu schwitzen. Hatte im Innern des Lokals die Klimaanlage wenigstens noch für etwas kühle Luft gesorgt, trat er nun in eine Spätsommernacht, bei der die Luft buchstäblich stillstand, bei der die Hitze des Tages sich wie eine Glocke über die Stadt gelegt hatte, und die einen umfasste wie ein feuchtes Handtuch.

Der Parkplatz vor dem Lokal war nicht beleuchtet, die einzige Lichtquelle waren die Fenster des Vereinsheims. Ein paar Wolken hatten sich vor den Mond geschoben, und so stand Binder nach ein paar Schritten im Dunkeln. Auf dem Weg zu seinem Wagen überkam ihn ein dringendes Bedürfnis. Das Sportgelände war umgeben von hohen, dichten Hecken. Entlang des Gehsteigs, der die Parkbuchten abschloss, standen alte, hochgewachsene Pappeln. Binder ging ein paar Schritte vom eigentlichen Weg ab und schlug sich in die Büsche.

Er suchte sich einen Baum aus, der ganz im Dunkeln lag und ihn vor fremden Blicken schützte. Alte Macht männlicher Gewohnheit. Er öffnete seinen Hosenschlitz und pinkelte an den Baum. Dann schloss er die Hose wieder und drehte sich um. Er ging ein paar Meter in die Richtung, in der er seinen Wagen vermutete. Auf einmal hörte er ein Geräusch. Er blieb stehen und lauschte. Da kam das Geräusch wieder. Es waren Schritte, die sich eindeutig in seine Richtung bewegten. Binder kniff die Augen zusammen, und versuchte, die Dunkelheit zu durchdringen. Aber er konnte noch immer nichts erkennen, obwohl die Schritte ihm anzeigten, dass die Person, von der sie stammten, nur noch wenige Meter von ihm entfernt sein konnte. Dann sah er die Gestalt.

Die Person, die vier, fünf Meter von ihm entfernt stand, trug helle Kleidung, die sich von der Dunkelheit abhob. Dann gab es eine Lücke in der Wolkenwand am Himmel, und endlich hatte Binder einen freien Blick auf die Person vor sich. Binder lächelte.

»Ach, dass wir uns heute Nacht noch begegnen, hätte ich nicht erwartet«, sagte er zu der Person vor sich, »aber gut, wenn du schon mal hier bist. Ich weiß übrigens genau, was da läuft, oder hältst du mich für blöde. Ich habe gar nicht gewusst, dass du so gut schießen kannst, ein Schuss, ein Treffer, ein wirklich gutes Ergebnis. Es gefällt mir aber gar nicht, dass du mich in die Sache mit hineingezogen hast, daran hättest du denken können, ehe du abgedrückt hast. Das nehme ich dir wirklich übel. Vielleicht hätte ich dich nicht mal bei der Polizei angezeigt, wenn du da etwas Rücksicht genommen hättest, denn immerhin hast du mir mit Maika einen Gefallen getan. Auch wenn mein schönes Geld jetzt endgültig weg ist. Aber da wird mir vielleicht auch noch was einfallen. Für dich ist die Uhr abgelaufen, morgen gehe ich zur Polizei!«

Die Person rückte näher an Binder heran. Die Tatsache, dass sie kein Wort sprach, machte ihr Auftauchen hier noch unheimlicher. Dann entdeckte Binder etwas in der Hand seines Gegenübers. Unwillkürlich trat er einen Schritt zurück.

»He, was hast du denn da dabei«, fragte er, »was schleppst du denn mit dir herum? Was soll das denn? Spinnst du jetzt vollkommen? Ich habe das mit der Polizei doch nur so gesagt.«

Binder wich immer weiter vor der Person zurück, die ihn zusehends mehr bedrängte. Jetzt erkannte Binder auch den langen Gegenstand in der Hand dieser Person, die noch immer kein Wort zu ihm gesagt hatte. Als die Person noch dichter an ihn heranrückte, hielt Binder abwehrend die Hände vor das Gesicht.

»Das kannst du doch nicht machen!«, rief er, »das geht doch nicht! Ich halte auch den Mund, das war doch bloß ein Scherz vorhin. Ich sage keinem was! Denn eigentlich geht mich das alles auch gar nichts an. Lass mich bloß zufrieden. Was willst haben, du brauchst es nur zu sagen, wir können uns bestimmt einigen.«

Im Rückwärtslaufen stolperte Binder über einen Ast am Boden. Er stürzte, fiel auf den Rücken und lag da, wie ein umgeworfener Käfer. Arme und Beine hielt er der Person, die da über ihm stand, zugleich abwehrend und flehend entgegen. Doch sein Gegenüber achtete weder auf das unterdrückte Schluchzen Binders, noch auf die ausgestreckten Arme. Die Person holte mit dem Arm aus, und rammte Binder einen Sportspeer mitten ins Herz.

Die Speerspitze durchschlug den Körper Binders, kam am anderen Ende wieder heraus und versank tief in der Erde. Obwohl der Boden von der Sommerhitze der vergangenen Wochen hart gebrannt war, ging der Speer tief in den Boden.

Als die Person sich langsam wieder von Binder wegbewegte, und in der Dunkelheit verschwand, lag dieser tot auf dem Boden, mit beiden Händen den Schaft des Speeres, der aus seiner Brust ragte, umklammernd.

20

Als Hauptkommissar Löffler die Türe zum Büro aufstieß, fiel sein Blick direkt auf Monika Berger, die bereits vor ihrem Computer am Schreibtisch saß. Löffler schaute auf die Uhr, die an der Wand hing. Der Blick der Kollegin folgte dem seinen.

»Ist was mit der Uhrzeit«, fragte sie.

»Ziemlich früh dran heute Morgen«, meinte Löffler, hinter dem gerade Stammler ins Büro trat. »Ist der Superbulle schon wieder an der Arbeit? Es ist gerade mal halb acht Uhr.«

»Das Verbrechen schläft nicht, nur die, die es verhindern sollen. Also leben wir wie die Gauner und schlafen ebenfalls nicht.«

Löffler lachte und ging in sein Büro. Durch die offene Türe hörte man, wie er vor sich hin pfiff.

»Gut gelaunt, unser Boss«, nickte Monika Berger in Richtung Löfflers Büro.

»So einen Chef wünscht man sich doch, oder«, gab Stammler, offensichtlich ebenfalls gut gelaunt, zurück.

Löffler kam aus seinem Büro zurück, stellte sich neben Stammler, löste die Krawatte und ließ sie sich um den Hals baumeln.

»Ist jetzt schon wieder warm, richtiggehend heiß«, stöhnte er, »hat die Hitze eigentlich nie ein Ende? Wir haben Mitte September, aber die Sonne hat das wohl noch nicht so ganz mitgekriegt.«

»Bei uns gibt es keine steife Brise wie in Hamburg, daran müssen Sie sich wieder gewöhnen«, meinte Kollegin Berger, dabei süffisant lächelnd.

Löffler tat so, als habe er die Kommissarin jetzt erst wieder entdeckt. Monika Berger wollte gerade etwas sagen, als Löfflers Telefon läutete. Er ging in sein Büro zurück und nahm ab.

»Ja, Löffler hier … da sind Sie richtig … und wo genau … das kenne ich, natürlich … wir sind auf dem Weg … was ist mit Spurensicherung und dem anderen Brimborium … gut gemacht, dann bis gleich.«

Löffler kam aus seinem Büro zurück und traf auf zwei neugierige Gesichter.

»Binder ist tot«, sagte er, »ermordet. Tatort: Vor dem Vereinsheim, auf dem Parkplatz. Die Kollegen vor Ort haben schon alles abgesperrt. Machen wir uns auf den Weg.«

»Wir alle?«

»Ja, wir alle. Frau Heim wird ja gleich kommen, die kann dann von hier aus koordinieren und die Anrufe annehmen.«

Zusammen verließen sie das Gebäude und gingen zum Wagen. Stammler fuhr. Es war nicht weit zum Tatort. Sie fuhren vor zur Derendinger Straße, dann links Richtung Tunnel, schließlich zur Ausfahrtstraße nach Rottenburg Richtung Paul-Horn-Arena. Schon von Weitem sahen sie das Polizeiaufgebot.

Zu dieser frühen Stunde konnte man noch nicht mit vielen Schaulustigen rechnen. Die Straße nach Rottenburg wurde um diese Zeit zwar von vielen Pendlern von außerhalb benutzt, um vom Umland aus in die Unistadt zu fahren. Aber da der Tatort so weit von der Straße entfernt lag, konnte man vom Auto aus nur die Polizeiwagen erkennen.

Ein Kollege in Uniform hob die Absperrung auf, und die drei Kommissare konnten bis dicht an den Tatort vorfahren. Sie stiegen aus und gingen zusammen zum Fundort der Leiche. Es war leicht zu erkennen, wo das war. Doktor Kürner beugte sich bereits über die Leiche am Boden. Wenn man Kürner über die Schultern sah, konnte man einen Blick auf das Gesicht der Leiche werfen, die auf dem Rücken auf dem von der Sonne bereits braun gefärbten Gras lag. Es handelte sich eindeutig um Binder.

»Guten Morgen, Markus«, begrüßte Löffler den Gerichtsmediziner, »hast du die Leiche schon untersucht?«

Der Arzt drehte sich um, erkannte Löffler, und winkte ihn mit der Hand heran. Löffler trat neben Kürner, die beiden Kollegen folgten ihm. Erst jetzt, nachdem der Oberkörper des Mediziners die Leiche nicht mehr verdeckte, konnte man sehen, was da aus dem Boden ragte. Wie auf dem Boden festgepinnt lag Binders Leiche im Gras, der Schaft des Speers war tief eingedrungen, woraus man schließen konnte, dass der Täter mit großer Wut und mit großer Kraft zugestoßen haben musste. Gerade schob Kürner die Zunge zurück in den Mund, die seitlich herausgehangen hatte. Auf der Leiche war kaum Blut zu sehen, aber wahrscheinlich war es am Rücken herausgeflossen und dann im Boden versickert. Zumindest das wenige, das der hart gebrannte Boden aufnehmen würde. Fasziniert starrten die Polizisten auf die Leiche. So einen Mord hatten sie alle drei noch nie gesehen.

»Also, Zufall war das nicht«, sagte Stammler und wendete sich ab, »der Speer ist bestimmt nicht aus Versehen in Binder reingeflogen.«

Löffler sah ihn erstaunt an.

»War ein Scherz«, sagte Stammler verlegen. »Der Versuch eines Scherzes«, verbesserte er sich schnell.

Der Gerichtsmediziner stand auf. Er reckte die Arme über den Kopf, schüttelte die Beine aus und machte drei, vier Kniebeugen.

»Ich bin es nicht mehr gewohnt, am Tatort zum Einsatz zu kommen und vor meinen Kunden in die Knie zu gehen. Normalerweise werden sie mir gebracht, und ich kann bequem an ihnen arbeiten. Aber da es dein erster Fall hier in Tübingen ist, opfere ich mich eben mal wieder auf.«

Löffler klopfte ihm anerkennend auf die Schultern.

»So ist es recht, mein Freund«, sagte er lächelnd, »tue deine Freundespflicht. – Aber mal im Ernst, so was habe ich noch nie gesehen.«

Doktor Kürner schüttelte nur den Kopf.

»Ich auch nicht«, gab er zu, »dass man jemand einen Sportspeer in die Brust rammt, dürfte ziemlich selten vorkommen. Vor ein paar Jahren wurde mal ein Weitenmesser bei einem Wettkampf von so einem Ding durchbohrt, aber das hier war natürlich eindeutig Mord.«

»Wie ist es passiert?«

»Ich würde sagen, dass man diesem Binder hier den Speer aus höchstens einem Meter Entfernung in die Brust gerammt hat. Also nicht geworfen, sondern regelrecht gerammt. Und das mit ziemlicher Kraft. Binder muss schon auf dem Boden gelegen haben, deshalb steckt das Ding hier auch so tief in der Erde. Ich stelle mir das so vor: Binder sieht den Angreifer, flüchtet, stolpert, fällt hin, der Angreifer steht über ihm und rammt ihm den Speer rein. Punkt.«

»Dass das mit einem Sportspeer möglich ist?«

»Nee, eigentlich nicht. Da hat man an der Spitze manipuliert. Angeschliffen vermutlich. Wenn wir ihn herausziehen, werden wir es ja sehen.«

»Die Uhrzeit?«

»Kann ich noch nicht sagen. Aber Pi mal Daumen vor acht bis zehn Stunden.«

»Also gegen Mitternacht.«

»So was. Damit liegst du zumindest nicht weit weg vom korrekten Zeitpunkt.«

»Binder war sofort tot?«, fragte Monika Berger von hinten.

»Wie bitte?«

Kürner machte einen Schritt zur Seite und entdeckte die Kommissarin hinter Löfflers Rücken.

»Ah, daher kommt die Stimme«, sagte er. »Nun, wenn Sie mir zugehört hätten, wüssten Sie die Antwort. Ein Blitzschlag hätte Binder auch nicht schneller vom Leben zum Tode befördern können. Als Binder nämlich am Boden lag, traf der Speer ihn mit unglaublicher Wucht mitten ins Herz. Wenn ich einmal davon ausgehe, dass dies bei totaler Dunkelheit stattfand – abgesehen vom Mondlicht natürlich –, dann war das ein perfekter Stoß.«

»Warum betonst du das denn so?«, fragte Löffler neugierig.

Kürner lächelte mit einer Mischung aus Arroganz und Demut.

»Weil ich dir damit sagen will, dass du nach einem Mann suchen musst, der entweder über ziemlich große Kräfte, oder aber über einen unbändigen Hass auf den Toten verfügen muss. Oder über beides.«

Löffler zog ein paar Gummihandschuhe aus seiner Tasche und streifte sie über. Dann griff er vorsichtig nach dem Speer in Binders Herz. Tatsächlich ließ sich der Speer kaum bewegen, so fest saß er im Boden.

»Ist dir denn sonst noch was aufgefallen?«, fragte Löffler, und zog sich die Handschuhe wieder aus.

»Ja«, antwortete Kürner, »er stinkt nach Kneipe. Ganz gewaltig sogar. Alkohol und Zigaretten. Eine halbe Nacht im Freien hat nicht ausgereicht, um den Gestank zu vertreiben. Geh doch mal in die Kneipe da drüben. Ich könnte mir vorstellen, dass du dort vielleicht den genauen Todeszeitpunkt herauskriegst.«

Mit einer Handbewegung gab Kürner seinen Mitarbeitern ein Zeichen, dass sie den Toten jetzt umdrehen konnten. Zwei Helfer stellten sich neben den Toten. Einer kniete nieder und hielt Binder fest. Der andere zog heftig an dem Speer. Aber es wollte ihm nicht auf Anhieb gelingen, ihn aus dem Boden zu ziehen. Er rüttelte ein paar Mal hin und her, und lockerte dabei die Erde, in der das Gerät steckte. Dann zog er ein weiteres Mal, und schließlich hatte er den Speer in der Hand.

Der andere Helfer packte Binder an der Schulter und drehte ihn auf den Bauch. Jetzt konnte man erkennen, dass die Erde unter Binder vollgesogen war mit dem Blut des Toten. Das Loch, in dem der Speer gesteckt hatte, zeigte allerdings keinerlei Blutspuren, abgesehen von den Rändern. Am Stahl konnte man Schleifspuren erkennen. Die Spitze war scharf wie ein Jagdmesser. Kürner kniete nieder und nahm seine Arbeit wieder auf.

»Ich danke dir, Markus«, sagte Löffler und klopfte dem Arzt dabei freundschaftlich auf die Schulter, »falls du noch was Interessantes herausfindest, lass es mich wissen.«

»Ich schicke dir meinen Bericht«, antwortete Kürner, ohne seine Arbeit zu unterbrechen, »und vergiss nicht, Freitagabend.«

Löffler ging in Richtung Vereinsheim, die Kommissarin folgte ihm.

»Was meinte er denn mit Freitagabend«, fragte sie, als sie über den Parkplatz gingen. Löffler sah sie überrascht an.

»Das war privat. Aber wenn Sie es genau wissen wollen, wir haben am Freitag Klassentreffen. Kürner nennt es aber immer Karrierevergleich, und irgendwie hat er recht damit. Dort steht Stammler, kommen Sie, gehen wir zu ihm.«

Stammler stand am Eingang des Vereinsheims, neben ihm ein Mann. Als sie ankamen, schob Stammler den Mann neben sich in Löfflers Richtung.

»Das hier ist der Wirt des Lokals, Herr Heusel«, erklärte Stammler, »er hat Binder heute Morgen gefunden und die Polizei gerufen.«

»Ich bin Hauptkommissar Löffler, das ist meine Kollegin Berger, Herr Heusel. Wie kommt es denn, dass Sie so früh in der Gegend waren?«

»Ich bin morgens oft sehr früh hier, zumindest im Sommer. Da kann ich dann in aller Ruhe meine Bestellungen machen und das Lokal putzen und aufräumen. Früher hatte ich ja eine Putzfrau dafür, aber das kann ich mir nicht mehr leisten. Außerdem habe ich eine Wohnung keine fünf Minuten von hier. Dachgeschoss. Was glauben Sie, wie heiß es da jede Nacht ist bei diesen Temperaturen?«

Wie zur Bestätigung wischte er sich den Schweiß von der Stirn, der sich dort gebildet hatte, weil die Sonne ihm bereits wieder ins Gesicht schien.

»Und wie war das nun heute Morgen?«, fragte Berger.

»Ich kam heute mit dem Fahrrad her. Ich wollte am Vormittag noch zum Spitzberg hoch, um mit dem Mountainbike ein paar Runden zu drehen. Im Wald geht es, da ist die Hitze nicht so groß. Weil ich nicht mit dem Wagen kam, bin ich auch nicht über den Parkplatz gefahren, deshalb habe ich den Binder nicht gleich gesehen. Aber als ich die Fenster aufmachte, Sie verstehen, wegen dem Durchzug, als ich also die Fenster zum Eingang hin öffnete, da sah ich Binders Wagen auf dem Parkplatz stehen. Das hat mich dann sehr gewundert.«

»Was war daran so ungewöhnlich? Er könnte doch hier zu tun gehabt haben. Oder er hat den Wagen einfach stehen lassen.«

Heusel winkte mit dem Zeigefinger ab.

»Nein, nein«, sagte er, »so war das nicht. Binder war nämlich gestern Abend bei mir im Lokal, und er wollte danach mit dem Wagen heimfahren. Ich habe ihn gebeten, ein Taxi zu nehmen, aber er wollte in seinem Zustand unbedingt noch fahren. Obwohl er das meiner Meinung nach nicht mehr konnte.«

»Sie meinen, er war betrunken?«

Heusel lachte lauthals. Dann fiel ihm vermutlich ein, dass sie über einen Toten redeten, und er wurde wieder ernst.

»Also betrunken würde ich nicht gerade sagen«, meinte er, »er war eher sturzbesoffen. Er hat seine Entlassung aus dem Gefängnis gefeiert. Er spendierte eine Runde nach der anderen.«

»Seine Entlassung aus dem Gefängnis hat er ein bisschen früh gefeiert«, sagte Löffler zu Stammler, »immerhin liegen noch andere Anklagen gegen ihn vor als Mord.«

»Tja, so kam er vom Regen in die Traufe, würde ich sagen.«

»Eher in den Speer, würde ich sagen«, warf Monika Berger ein.

Löffler sah sie betont vorwurfsvoll an, allerdings mit einem verschmitzten Lächeln in den Mundwinkeln.

»Jetzt reicht es aber, was sollen denn die Leute von uns denken, wenn wir über unsere Mordopfer in der Art reden«, sagte er ausgesprochen streng, und wandte sich schließlich wieder Heusel zu.

»Also, Herr Heusel, Sie haben Binders Wagen gesehen. Und dann, was haben Sie dann gemacht?«

»Na, ich habe erst mal überlegt, warum der Wagen überhaupt da stand. Das hat mich gewundert, ich hätte nicht gedacht, dass Binder es sich noch mal anders überlegen würde. Andererseits, dachte ich, habe ich ihm ja kein Taxi rufen dürfen. Wie also kam er dann nach Hause? Also bin ich rausgegangen und habe nachgeschaut, ob Binder vielleicht noch vor dem Wegfahren hinter dem Steuer eingeschlafen war. Auf dem Weg zum Auto habe ich jemanden dort liegen sehen. Das war dann der Binder. Ich bin natürlich gleich hingerannt, denn zuerst dachte ich, da hat sich einer verletzt und ich könnte ihm noch helfen. Aber bei dem Anblick war mir gleich klar, dass da nur noch Polizei und Leichenwagen zu kommen brauchten.«

Ruhig hatten Löffler und die anderen sich die Geschichte Heusels angehört. Löffler stand eine Zeit lang ruhig da, legte den Finger an die Unterlippe und schien das Gesagte noch einmal zu überdenken.

»Wie war denn das gestern?«, fragte er dann. »Ist etwas Außergewöhnliches vorgefallen, etwas Besonderes passiert? Immerhin war Binder wohl hoffnungslos besoffen. Gab es da Streit mit einem anderen Gast?«

»Streit«, lachte Heusel, »ganz und gar nicht. Binder hat die Jungs doch den ganzen Abend über eingeladen, die haben ihm aus der Hand gefressen. Hätte Binder vorgeschlagen, man solle aus der Tübinger Altstadt einen asphaltierten Parkplatz machen, dann hätten die das unterstützt.«

»Und es ist wirklich gar nichts vorgefallen?«, meldete sich Stammler noch einmal zu Wort.

Heusel schloss die Augen, richtete das Gesicht gegen die Sonne, als wolle sich die nötige Bräune abholen, und dachte so eine Weile nach.

»Es war zwar nicht gerade ungewöhnlich«, sagte er schließlich, und wandte sich wieder Löffler und den anderen zu, »aber zum Schluss, ehe er ging, hat er noch etwas Merkwürdiges gesagt. Warten Sie, wie war das noch mal genau?«

Heusel nahm sich eine weitere Denkpause. Dann schien er endlich zu einem schlüssigen Ergebnis gekommen zu sein.

»Also«, begann Heusel, »er sagte, er wüsste, wer Maika auf

dem Gewissen habe. Er sei sich ziemlich sicher, und er wolle den Fall auch ohne die Polizei lösen. Es kann auch sein, er hat gesagt, er würde den Fall zusammen mit der Polizei lösen, so genau weiß ich das nicht mehr. Ich meine, der Mann konnte sich nur noch mit Mühe artikulieren, da geht schon mal das eine oder andere Wort verloren. Jedenfalls war er sich ziemlich sicher, dass er den Mörder Maikas kennt. Das hat er noch gesagt, dann ist er gegangen. Sturzbetrunken wie er war. Hat noch bezahlt, und raus war er.«

Zufrieden mit sich blickte Heusel von einem Polizisten zum anderen, als ob er auf ein Lob wartete.

»Das haben Sie sehr gut beobachtet«, lobte ihn Löffler, »und vielen Dank auch für Ihre ausführlichen Informationen. Wenn Sie meinem Kollegen, dem Herrn Stammler hier, jetzt noch die Namen der Gäste aufschreiben, die gestern Nacht zusammen mit Binder in Ihrem Lokal waren, bitte.«

Heusel nickte eifrig. Dann stellte er sich neben Stammler und schaute ihn auffordernd an. Stammler hob die Schultern. Dann ging er zum Eingang des Lokals, während Heusel ihm folgte.

»Da drüben ist doch diese Tankstelle«, sagte Löffler zu Monika Berger, »gehen Sie doch mal rüber und fragen Sie, ob der Mann oder die Frau an der Kasse etwas gesehen haben. Die Leute an den Tankstellen verlassen ja heutzutage ihre Kabuffs nicht mehr, aber vielleicht haben wir ja Glück und der Mann war eine Zigarette rauchen. Oder die Frau. Fragen Sie doch mal nach.«

Die Kommissarin nickte stumm und machte sich auf den Weg zur Tankstelle. Sie war etwa dreihundert Meter vom Sportplatz entfernt, aber man hatte freie Sicht auf das Sportgelände. Falls also zufällig jemand – ein tankender Autofahrer, der Angestellte oder Späteinkäufer, die vergessen hatten Wurst für ihre Brotscheiben zu besorgen –, falls also davon einer oder eine in diese Richtung geschaut hatten, war es durchaus möglich, dass ihnen etwas aufgefallen war.

Löffler ging währenddessen noch einmal zu Markus Kürner zurück, der gerade dabei war, seinen Koffer zusammenzupacken. Die Leiche Binders war bereits in einen der provisorischen Särge gelegt und in den Rettungswagen getragen worden.

»Fertig?«, fragte Löffler.

Kürner nickte stumm.

»Soweit ich das beurteilen kann«, fuhr Löffler fort, während er Kürner zu dessen Wagen begleitete, »hat er seinen Angreifer gekannt.«

Kürner schaute ihn erstaunt an.

»Ja klar«, sagte Löffler, »denn es sieht nicht so aus, als habe es einen Kampf gegeben. Also ließ er den Mann, weil er ihn kannte, dicht an sich herankommen. Oder wie siehst du das?«

Kürner war unterdessen in seinen Wagen eingestiegen. Vom Fahrersitz aus sah er nach oben zu Löffler, der gegen den Türrahmen gelehnt erwartungsvoll dastand.

»Wie willst du dich gegen einen Speer wehren«, sagte Kürner bedächtig, »Binder ist abgehauen, er hat versucht zu fliehen, stürzt, kommt nicht mehr hoch, der Mörder steht vor ihm, dann stößt er zu. Es kann ein Bekannter, aber auch ein gänzlicher Unbekannter gewesen sein. Du darfst ruhig nach beiden Seiten ermitteln. Dein erster Tübinger Fall soll schließlich eine echte Herausforderung für dich sein.«

Kürner ließ lachend den Motor an. Löffler trat von der Wagentür zurück und Kürner zog sie zu. Zu dem geöffneten Seitenfenster heraus gab er Löffler zum Abschied die Hand.

»Mal sehen, ob du bis zum Karrierevergleich am Freitag den Fall gelöst hast. Wenn du es schaffst, dann werde ich dafür sorgen, dass du zum Ehrengast des Abends ernannt wirst.«

Löffler klopfte lachend auf das Autodach und Kürner fuhr weg. Er stand noch eine Weile und sah dem Gerichtsmediziner nach. Dann kam Kollegin Berger bereits von ihrem Ausflug zur Tankstelle zurück. Löffler ging ihr entgegen. Aber schon von der Ferne schüttelte sie den Kopf.

»Nichts erfahren, was uns weiter bringen würde«, sagte sie, als sie bei Löffler ankam, der sich inzwischen auf der Schattenseite gegen einen Baum gelehnt hatte, um aus der bereits wieder heißen Sonne zu kommen.

Löffler wartete schweigend, bis sie weitersprach.

»Die Tankstelle macht bereits früher zu, da war keiner mehr. Folglich haben wir auch keine Zeugen.«

»Mist«, sagte Löffler, »kaum haben wir einen Verdächtigen, hat er ein Alibi, und kaum hat er das, wird er selbst ermordet.«

Berger zuckte nur mit den Schultern und wischte sich den Schweiß von der Stirn. Sie zog ihre Sonnenbrille heraus und setzte sie auf.

»Aber eins ist klar«, fuhr Löffler fort, »die Theorie mit dem Zufallsschuss können wir vergessen. Maika wurde absichtlich erschossen, genauso wie Binder hier niedergestochen wurde. Sagt man da überhaupt gestochen? Oder durchbohrt? Na, egal, er ist tot, und das ist kein Zufall.«

»Und nun?«, fragte Monika Berger. »Ich habe das Gefühl, wir stehen wieder ganz am Anfang.«

»Das ist kein Gefühl, liebe Kollegin, das entspricht exakt den Tatsachen.«

»Und jetzt?«

Löffler lächelte.

»Und jetzt«, sagte er verschmitzt, »gehen wir den Fall noch einmal Stück für Stück durch, von Anfang an.«

21

Gerd Stammler stand schon eine ganze Weile hinter seiner Kollegin Annemarie Heim und sah ihr über die Schulter. Sie schaute konzentriert auf ihren Bildschirm und las in den Personenakten Maikas.

»Also, was willst du?«, fragte sie schließlich, und drehte sich plötzlich zu Stammler.

Der erschrak ob der Heftigkeit von Heims Bewegung.

»Nichts, gar nichts, ich seh' dir bloß zu. Darf ich das nicht?«

Heim lächelte und schaltete den Bildschirm aus. Dann stand sie auf, ging zum Kaffeeautomaten und goss sich eine Tasse ein.

»Thema Berger, was«, sagte sie, und kam lächelnd auf Stammler zu, »machst du dir Sorgen um sie?«

Stammler ließ sich auf Heims Stuhl plumpsen.

»Sorgen nicht gerade, aber sie hängt schon sehr oft mit dem Löffler zusammen, meinst du nicht auch?«

»Mensch, das ist ihr Chef, und wenn der sagt, steig ein, fahr mit zum Verhör, dann hat sie das zu machen. Die kann schon auf sich aufpassen.«

»Ja? Wirklich?«

Heim atmete tief durch.

»Glaubst du allen Ernstes, sie müsste sich vor Löffler in Acht nehmen? Die beiden kabbeln sich ein bisschen, wie das so üblich ist zwischen Kollegen. Wenn die sich erst besser kennen, geht jeder seines Wegs, der Reiz des Neuen ist dann vorbei. Und außerdem …«

Annemarie Heim dachte einen Moment nach.

»… außerdem ist es nicht das schlechteste für Monika, wenn sie mal wieder aus ihrem Trott rauskommt.«

Gerd Stammler nickte.

»Das schon, nach ihren letzten Erlebnissen mit dem anderen Geschlecht ist so eine Annäherung ganz gut. Ich meine, dass sie wieder in Männergesellschaft kommt. So ganz zwanglos.«

Nun lachte seine Kollegin lauthals.

»Mensch, Gerd, du spielst ja großer Bruder. Seit du wieder Single bist, hast du viel Zeit zum Nachdenken, was?« Sie runzelte die Stirn. »Bist du etwa selbst an unserer Kommissarin interessiert? Ich glaube fast. Das nennt man dann Eifersucht.«

Gerd Stammler wurde rot im Gesicht.

»Hoppala«, sagte Annemarie Heim, »ich werde doch nicht ins Schwarze getroffen haben? Oje, oje, das kann aber nicht gut gehen. Liebe im Büro – des geht net, lass des bloß bleibe.«

Stammler stand auf und goss sich bei der Maschine ebenfalls einen Kaffee ein. Dann kam er wieder zu der Kollegin zurück.

»Es ist doch normal«, sagte er, »dass ich mir Gedanken mache. Sieh mal, beim letzten Mann, bei diesem Frederick, also, so was will ich nicht noch mal erleben. Ich meine, ich will nicht, dass sie so was noch mal erleben muss. Mit ihrer damals besten Freundin auf und davon. Und was hatte das für Folgen, Mann, hatte das Folgen.«

»Jetzt vergleich mal net Äpfel mit Birnen. Aber du hasch scho recht, immerhin hat sie seitdem keine Freundin mehr, einen Freund sowieso nicht.«

»Dabei sieht die aus wie ..., wie ..., saugut halt. Wäre doch schade, wenn sie alleine bliebe, oder?«

Wieder lachte seine Kollegin laut auf.

»Ond du meinst, du wärst der Richtige für sie? Woisch was? Bring du erst mal dein eigenes verkorkstes Privatleben in Ordnung, dann schau mer mal weiter. Ond bis dahin müssen mir noch einen Mörder fangen.«

Jetzt lachte auch Stammler.

»Ach Heimi, wenn wir dich nicht hätten, du bringst die Sachen auf den Punkt. Also los, gucken wir mal, was wir zu unserem Maika alles haben.«

22

Stammlers Bürotür wurde heftig aufgestoßen und Hauptkommissar Löffler fegte ins Zimmer. Er blieb in der Tür stehen und sah sich um. Dann gab er der Tür mit der Hacke einen Stoß, dass sie ins Schloss fiel. Er machte ein paar Schritte nach vorne, als die Tür erneut aufgestoßen wurde. Kommissarin Berger kam herein. Stammler sah beide erstaunt an. Monika Berger schaute erst Stammler an, dann Löffler. Dieser sah die Kommissarin an und zuckte mit den Schultern.

»Jetzt schauen Sie nicht so erwartungsvoll. Wir haben uns besprochen und den Fall noch mal von vorne bis hinten durchdacht. Deshalb müssen wir, das heißt Sie, versuchen, alles über die Verbindung Maika und Binder und einen unbekannten Dritten herauszufinden. Gehen Sie dabei ganz tief in die Datenbanken, und vergessen Sie nicht – schauen Sie, was wir alles an Informationen aus ihrer gemeinsamen Zeit in der DDR bekommen können. Dort liegt vielleicht der Schlüssel für diesen Fall. Arbeiten Sie sorgfältig, damit wir schnellen Erfolg haben, damit meine Karriere einen Riesensprung nach vorne macht.«

Gerd Stammler sah seinen Chef erstaunt an.

»Sagt die Kollegin Berger«, erklärte Löffler seinem Kollegen, »sie meint, dieser Fall wäre perfekt für mich, wenn ich den löse, sind meiner Karriere nach oben keine Grenzen mehr gesetzt. The sky is the limit – sagt die Kollegin Berger.«

»Tja, wenn sie das sagt«, grinste Stammler, während Monika Berger sich stumm an ihren Schreibtisch setzte und den PC hochfuhr.

»Männer, ich sage nur Männer«, murmelte sie leise, aber noch laut genug, dass beide sie verstehen konnten.

Löffler wollte gerade in sein Büro gehen, als Stammler ihn noch einmal zurückrief.

»Hören Sie, ich habe vorhin schon ein wenig in den Daten unserer beiden Kandidaten, also unserer beiden inzwischen Verstorbenen, recherchiert. Dabei ist mir etwas Merkwürdiges aufgefallen. Die beiden, also Binder und Maika, haben seit Jahren abwechselnd alle drei Monate fünfzehntausend Mark, beziehungsweise später dann achttausend Euro, an eine Klinik überwiesen. Am Anfang gingen die Zahlungen an eine

Klinik am Bodensee. Die letzte Zahlung wurde übrigens an eine Klinik hier in Tübingen überwiesen. An eine Klinik, die vorwiegend auf Langzeitpatienten ausgerichtet ist.«

Löffler dachte einen Moment über diese Information nach. Auch Monika Berger war hinter ihrem Schreibtisch hervorgekommen und stellte sich neben Stammler.

»Wofür war denn das Geld?«, fragte Löffler dann, »oder anders gefragt, für wen wurde das Geld bezahlt?«

»Hier«, deutete Stammler auf seinen Bildschirm, »aus den Überweisungen kann man nur entnehmen, dass sie an die Klinik bezahlt wurden. Dazu gibt es ein Aktenzeichen, aber keinen Verwendungszweck und schon gar keinen Namen.«

»Dann rufen Sie bitte im Krankenhaus an.«

»Habe ich schon gemacht, aber sie wollen mir keine Auskunft geben. Datenschutz. Ärztliche Schweigepflicht. All so was. Also keine Informationen.«

Löffler dachte nach.

»Um welche Klinik handelt es sich denn?«, fragte er dann.

»Die Schönbuch-Klinik, eine Klinik, die eher ein Sanatorium ist. Ein Aufenthalt dort ist nicht ganz billig, das jedenfalls habe ich herausgefunden.«

»Ja, ja, ich kenne die Klinik«, sagte Löffler etwas unwirsch, »und mit wem da haben Sie geredet?«

»Über die Verwaltung kam ich da nicht hinaus, die haben mich gleich abgewimmelt. Wie ich schon sagte, Schweigepflicht und Datenschutz.«

Löffler schwieg. Auch die beiden Kommissare blieben stumm. Sie sahen Löffler an, als erwarteten sie von ihm einen klärenden Gedankenblitz.

»Nun«, erklärte der Hauptkommissar, »zufällig ist der Leiter der Klinik ein guter Freund meines Vaters.«

Monika Berger und ihr Kollege sahen sich an und begannen dann zu grinsen. Löffler bemerkte das zwar, ließ es aber unkommentiert.

»Es handelt sich dabei«, fuhr er fort, »um einen gewissen

Professor. Der Name spielt ja keine Rolle, und gleichgültig, wie er auch heißt, auch er muss sich ja an Schweigepflicht und Datenschutz halten. Andererseits kann er sich im privaten Gespräch ja auch mal vertun und zu viel erzählen, das kann jedem mal passieren, oder nicht?«

Seine Kollegen nickten eifrig.

»Eben. Deshalb geh ich jetzt mal telefonieren. Ich denke, ich benutze meinen eigenen Apparat.«

Damit verließ er den Raum und ging in sein Büro, dessen Türe er hinter sich schloss. Monika Berger hatte sich inzwischen auf einen Stuhl neben Stammler gesetzt. Eine Weile saßen sie stumm nebeneinander. Aus Löfflers Büro drangen immer wieder ein paar Satzfetzen, die man aber nicht verstehen konnte.

»Egal, was du jetzt sagen willst«, sagte Stammler schließlich zu seiner Kollegin, »du kannst es dir sparen.«

Sie spielte das Unschuldslamm. Dabei legte sie ihren Kopf zur Seite und schaute Stammler vollkommen harmlos an.

»Was willst du denn«, kokettierte sie, »ich sage doch gar nichts. Im Gegenteil, ich muss dich loben. Das mit dem Sanatorium hast du wirklich toll hingekriegt. Vielleicht ist das wirklich die Richtung, in die wir ermitteln müssen.«

Stammler schien erstaunt über dieses unerwartete Lob.

»Wo wart ihr eigentlich vorhin die ganze Zeit?«

Monika Berger tat so, als habe sie nichts gehört. Aber Stammler ließ nicht locker.

»Ich rede mit dir, Monika. Du brauchst gar nicht so zu tun, als würdest du mich nicht hören, das kenne ich nämlich schon von dir. Das machst du immer, wenn dir etwas peinlich ist. Was ja ohnehin selten genug vorkommt.«

Berger murmelte etwas Unverständliches vor sich hin.

»Was hast du gesagt?«

»Wenn du es genau wissen willst«, platzte es aus Berger heraus, »wir sind spazieren gegangen, von der Wurmlinger Kapelle bis nach Schwärzloch und zurück!«

»Was ist bei eurem Ausflug denn herausgekommen«, fragte Stammler, noch immer mit einem Glucksen in der Stimme.

»Na ja«, gab Berger zurück, »er hat mir erklärt, dass wir den Fall ganz neu aufziehen müssen.«

»So möchte ich dich auch mal erleben«, sagte Stammler, »gehst du mit mir auch mal spazieren?«

Monika Berger konnte ihre Antwort schuldig bleiben, denn in diesem Augenblick kam der Hauptkommissar zurück in ihr Büro. Er blieb mitten im Raum stehen und wartete, bis die beiden Kollegen sich an ihre Plätze gesetzt hatten.

»Also«, begann er dann, »ich habe heute Abend eine Verabredung zum Essen. Mein Gast ist ein bekannter Mediziner, aber Sie kennen ihn nicht. Ich denke, ich gehe jetzt mal nach Hause und bereite mich darauf vor. Sie wissen ja, gesellschaftliche Verpflichtungen erfordern stets ein gewisses Maß an Vorbereitung.«

»Und wir, was machen wir?«, fragte Stammler.

»Sie reden über den Fall«, sagte Löffler, »beim Reden kommen einem oft die besten Gedanken. Es gibt da einen Aufsatz von Kleist zu dem Thema, aber darüber reden wir ein anderes Mal. Zwischenzeitlich benutzen Sie Ihren Computer und schauen mal nach, was er uns zu unseren beiden Toten ausspuckt. Reden Sie, machen Sie sich einen schönen Abend. Wir sehen uns dann morgen in alter Frische wieder.«

Löffler winkte noch einmal mit der Hand, dann verließ er das Büro. Die beiden Kommissare blieben noch eine Weile schweigend auf ihren Stühlen sitzen. Schließlich beugte sich Stammler über seinen Computer und begann auf die Tasten seines Keyboards zu hämmern.

»Also schön«, seufzte Monika Berger, »machen wir uns halt an die Arbeit.«

»Genau«, stimmte Stammler zu, »und wenn wir fertig sind oder wenn wir die Schnauze voll haben, dann gehen wir einen trinken. Ich lade dich ein.«

Als seine Kollegin nicht antwortete, räusperte Stammler sich lautstark.

»Ist ja gut«, antwortete Monika Berger genervt, »wenn ein Schwabe schon mal einen ausgibt, dann sollte man nicht Nein sagen. Also, ich bin dabei. Und nun befolgen wir die Anweisungen unseres Chefs. Du fängst an zu reden. Ganz im Sinne von Kleist!«

23

Der »Storchen« war eine typische Tübinger Altstadtkneipe. Was ihn allerdings von den anderen Kneipen unterschied, war, dass sich der Gastraum im ersten Stock des Hauses befand. Man musste also zuerst über eine steile Treppe nach oben steigen, ehe man dann durch eine Schwingtür ins Innere des Lokals kam.

Die Gäste entsprachen genau dem Bild, das sich ein Tourist unter Tübinger Kneipen vorstellte: Mehrheitlich studentisches Publikum, das sich um die Holztische des Lokals gruppierte, und alteingesessene Tübinger, jahrelange Stammgäste, die am Tresen saßen und dort ihr Bier tranken. An der Stirnseite des Lokals war ein großes Poster, das auf den ersten Blick wie eine Reproduktion von Hoppers ›Nighthawks‹ ausschaute. Erst bei genauem Hinsehen bemerkte man dann, dass die Personen um dieses Dinner herum aus Altstars wie James Dean oder der Monroe bestanden. Aus unerfindlichen Gründen zog sich noch immer, mitten im September, eine bunte Weihnachts-Lichterkette über die Decke des ›Storchen‹. Aber keiner der Gäste störte sich daran.

Die beiden Kommissare saßen am Tresen. Er bestand aus glattem, hellem Holz und hatte die Form eines L. Vor den beiden stand je ein Glas Kellerbier und ein leer getrunkenes Schnapsglas.

»Stairway to heaven«, sagte Stammler.

»Ich kann es nicht mehr hören. Es ist ein guter Song, aber

ich kann ihn nicht mehr hören. Er kommt mir zu den Ohren heraus.«

»Er ist gleich zu Ende.«

Schweigend lauschten sie, wie der Song zu Ende ging.

»So, geschafft«, sagte Monika Berger, und nahm einen Schluck aus ihrem Bierglas.

»Und was ist das, was jetzt kommt?«

Die Kommissarin lauschte einen Moment.

»Das ist Whitesnake, auch so eine alte Band aus dem letzten Jahrtausend.«

»Dass du dich noch so gut konzentrieren kannst, in deinem Zustand.«

»Du hast es also bemerkt«, sagte Monika Berger zerknirscht, »dabei habe ich mich doch so zusammengerissen. Aber nach dem dritten Tequila ist es mir schwer gefallen. Ich gestehe: Ich bin betrunken.«

»Ich auch. Nicht so stark wie du, aber immerhin.«

»Musst du nicht nach Hause?«

Stammler sah sie erstaunt an.

»Ich«, fragte er dann, »warum sollte ich nach Hause? Zu wem sollte ich nach Hause? Falls du es vergessen hast, bin ich wieder Single, verlassen von Frau und Kindern.«

»Ich dachte auch eher an deine neue Familie, an die Löfflers. Warten sie nicht mit dem Abendessen auf dich? Ich meine, du musst dich doch bestimmt an die Familienregeln halten. Oder wie nennt man das? Haushaltsregeln? Löfflers Vorschriften? Oder vielleicht ...«

»Monika, halt den Mund.«

Stammler hatte ihr wirklich seine Handfläche über den Mund gelegt. Erst als Monika Berger, die tatsächlich perplex darüber war, nicht mehr weiterredete, nahm er sie wieder weg.

»Hör zu, kannst du nicht dein Lästermaul mal für ein paar Stunden ausschalten? Schenk' dir und uns einfach mal eine Pause.«

Die angetrunkene Kommissarin nickte stumm.

»Und überhaupt, was ist eigentlich mit dir«, fuhr Stammler fort, »seit deiner, wie soll ich es nennen, Liaison mit diesem Computerfreak war bei dir nicht mehr viel los. Beziehungsmäßig gesehen. Was also ist los mit dir?«

Monika Berger wollte aus ihrem Glas trinken, stellte aber fest, dass es leer war. Mit einem heftigen Knall stellte sie es zurück auf den Tresen. Die Bedienung, Christine, drohte ihr scherzhaft mit dem Finger.

»Was weißt denn du schon von meinem Privatleben?«, sagte sie zu Stammler.

»Darüber weiß ich alles, denn es gibt darüber nichts zu wissen, weil du gar kein Privatleben hast.«

»Was weißt du, sag' mal!«

»Ich weiß zum Beispiel, dass du dir sonntags manchmal drei Filme im Kino reinziehst. Alleine.«

Die Kommissarin schwieg.

»Woher weißt du das?«, fragte sie schließlich leise.

Gerd Stammler zögerte.

»Na gut«, sagte er schließlich, »aber das sage ich dir nur, weil ich angetrunken bin. Morgen streite ich alles ab. Ich weiß es von deiner Nachbarin. Deren Freund hat nämlich eine Schwester, und deren Freundin hat eine Bekannte, oder war es eine Kollegin, oder war es nicht sogar die Schwester, na, ist ja auch egal, jedenfalls weiß ich es indirekt von der Kartenabreißerin im Kino ›Blaue Brücke‹.«

Monika Berger grinste säuerlich.

»So klein ist die Welt. In Zukunft muss ich mich wohl verkleiden, ehe ich ausgehe.«

»Ach, Quatsch«, sagte Stammler aufgedreht, »das ist doch gar nicht nötig, jetzt hast du ja wieder jemand, mit dem du ausgehen kannst.«

Sie schaute ihn überrascht an.

»Wer sollte das denn sein?«

»Na, ich natürlich!«

Monika Berger sah ihn aus inzwischen trüben Augen an. Der Alkohol und der Zigarettenqualm zeigten Wirkung.

»Mensch Stammler«, rief die Kommissarin so laut, dass die Umstehenden zu ihnen herüber blickten. »Kaum hat dich deine Frau rausgeworfen, schon baggerst du mich an«, fuhr sie, nun im Flüsterton, fort. »Aber unter Kollegen geht das schon. Darauf trinken wir noch einen.«

Sie winkte mit der Hand und Gunder, genannt Saggs, der Wirt, kam her, um die Bestellung aufzunehmen.

»Habt ihr net bald genug«, fragte Saggs mit einem Lächeln. »Ich hab gedacht, ihr wollet einen Mörder fange. Ond jetzt sitzet ihr dohanna ond saufet.«

»Lieber Saggs«, sagte Monika Berger, nun doch lallend, »auch wir brauchen mal eine Pause vom Mörderfangen. Und deshalb hätte ich gerne noch mal dasselbe wie vorhin aber ohne Bier.«

»Also bloß zwoi Schnäps?«

»Genau, Bier vertrag' ich keins mehr.«

Sie schauten zu, wie der Wirt zwei Schnapsgläser mit braunem Tequila füllte.

»Ond was ist mit der Orange ond dem Zimt. Brauchet ihr des überhaupt noch? Des isch doch viel zu kompliziert en euerm Zustand.«

»Wo du recht hast, hast du recht. Also zwei Tequila pur, ohne Gemüse und Gewürze.«

Saggs stellte die Schnäpse vor ihnen ab.

»Die gehen aufs Haus. Aber nur, wenn ihr drnoch hoimganget. Ich will net, dass ihr an der Theke einschlofet.«

»Die Polizei schläft nie«, lallte Monika Berger.

»Um euch daran zu erinnern, lege ich jetzt noch was von Police auf.«

Er wandte sich zu seiner Musikanlage, drehte den Ton des Songs, der gerade lief, langsam ab, dann fingerte er an seinen Gerätschaften herum, bis endlich Roxanne von Police aus den Lautsprechern tönte. Saggs drehte sich noch einmal zu ihnen um und grinste. Die beiden Polizisten nahmen ihre Schnapsgläser und prosteten ihm zu. In einem Schluck kippten sie den Tequila. Stammler schloss dabei die Augen und schüttelte sich anschließend. Monika Berger allerdings schaffte es dann doch nicht ganz. Sie verschüttete den letzten Rest auf ihr T-Shirt. Sie starrte auf den Fleck auf ihrer Brust, dann schüttelte sie bloß den Kopf, strich einmal mit der Hand über ihr nasses Shirt und stellte dann das Glas ab. Beide brauchten eine Weile, um den Schnaps zu verdauen.

»Also, das muss ich schon sagen«, meinte die Kommissarin, nachdem sie sich wieder soweit gefangen hatte, dass sie sprechen konnte, »wenn du schon mal einlädst, dann richtig.«

»Kann ich mir jetzt ja locker leisten, nachdem ich mir die Miete spare.«

»Ach, dein neuer Freund Löffler lässt dich sogar umsonst bei sich wohnen? Nobel, nobel, der Mann.«

»Sein Vater lässt mich wohnen, nicht Löffler. *Er* ist der hilfsbereite Mann. Außerdem ziemlich reich, wenn man mal das Haus betrachtet, in dem die Familie residiert.«

»Ah, residiert.«

»Jeder, der einen Pool hat, residiert. Das ist nun mal so.«

»Muss schön sein, wenn man mit einem goldenen Löffel im Mund geboren wurde. Da ist das Leben um einiges einfacher.«

Inzwischen nuschelte die Kommissarin so stark, dass man sie kaum mehr verstehen konnte. Auch ihr Kopf sackte immer wieder vornüber. Aber immer dann, ehe die Stirn den Tresen erreichte, zuckte sie zusammen und hob den Kopf wieder an. Plötzlich tauchte Löffler im Eingang auf. Im dunklen Anzug, zwar ohne Krawatte, aber dennoch höchst elegant, stand er in der Tür und schaute sich um.

Die beiden Kollegen saßen so, dass sie, wenn sie es darauf anlegten, den Eingang im Blick hatten, der sich rechts von ihnen, am Ende des Tresens befand. Aber geschwächt durch den Alkohol, die Sicht beeinträchtigt durch die heftigen Rauchschwaden, nahmen sie gar nicht wahr, dass ihr Chef hereinkam. Dieser ging zielgerichtet auf die zwei zu. Als er sich in ihrem Rücken befand, blieb er eine Weile lächelnd stehen.

»Wenn wir den Fall lösen, ich meine falls wir ihn überhaupt jemals lösen, dann ist doch er es, der alle Lorbeeren absahnt. So ist das doch immer.«

»Ich glaube nicht, dass Löffler so denkt«, schüttelte Stammler den Kopf

»Das musst du ja jetzt sagen. Du bist doch inzwischen abhängig von ihm«, sagte Monika Berger mit schriller Stimme.

»Geschwätz.«

»Aber eins muss man ihm lassen, reden kann er.«

»Kaum spricht man vom Teufel, schon steht er leibhaftig vor einem«, sagte Löffler völlig überraschend für die beiden, und stellte sich genau zwischen sie an den Tresen.

»Sie haben ja gut abgeräumt hier«, sagte Löffler und deutete auf die leeren Bier- und Schnapsgläser.

Saggs, der Wirt, tauchte vor ihnen auf.

»Hallo Christian«, rief er Löffler entgegen, »ich hab scho ghört, dass du wieder da bisch. Ond dann hoscht du nix Besseres zu tun, als glei zu mir in die Kneipe z'komme.«

Er reichte ihm die Hand über die Theke.

»Willsch was trinka?«

»Du, i komm ein andermal wieder. Du siehst doch, was für ein Elend ich hier versorgen muss. I meld mi.«

»Scho recht.«

Saggs widmete sich wieder den anderen Gästen, während Löffler noch immer zwischen seinen beiden Beamten stand, und dabei halb verwundert, halb entsetzt von der einen auf die andere Seite sah.

Eine ganze Weile sagte keiner ein Wort, während im Hintergrund ›Hotel California‹ von den Eagles trällerte. Dann hob Monika Berger ihren Kopf, zumindest so weit sie es schaffte. Jetzt erst hatte ihr Gehirn begriffen, dass Löffler neben ihr stand. Sie musterte ihn von der Seite, ihr Blick blieb an seinem Sakko hängen.

»Sie hier«, sagte sie dann, »wo kommen Sie denn her? Wie haben Sie uns überhaupt gefunden?«

»Ich bin doch Polizist, auch wenn Sie das wahrscheinlich inzwischen vergessen haben. Für einen Polizisten war das kein Problem.«

Monika Berger zupfte an Löfflers Sakko.

»Ist man aber schwer elegant heute«, nuschelte sie vor sich hin, »war man beim Polizeipräsidenten zum Speisen eingeladen? Was gab es denn?«

Löffler schaute Stammler fragend an. Aber dieser hob nur die Schultern und schüttelte dabei den Kopf.

»Ich bin erst am kommenden Wochenende bei ihm eingeladen, da hat er nämlich Geburtstag«, sagte Löffler. »Ich kann ja dafür sorgen, dass Sie auch kommen dürfen.«

Die Kommissarin sah ihn ratlos an. Dann legte sie die Stirn in Falten, so, als dächte sie über den Sinn der Worte Löfflers nach.

»Ich glaube nicht«, mischte Stammler sich ein, »dass die Kollegin noch Sinn für Ironie hat. Ich glaube eher, dass sie für gar nichts mehr Sinn hat.«

»Ja, das scheint mir auch so. Was sollen wir jetzt tun?«

»Ich kümmere mich schon um die Kollegin. Ich habe sie ja auch hierher gebracht und sie damit ins Elend des Alkohols gestürzt.«

Der Hauptkommissar sah Stammler zweifelnd an.

»Seien Sie mir nicht böse«, meinte er dann, »aber Sie machen auch nicht gerade den fittesten Eindruck auf mich. Eher so, als wolle der Lahme dem Blinden helfen, wenn Sie den Vergleich erlauben.«

»Na ja, die Reva … Relavi … Einsteins Theorie könnte ich Ihnen nicht mehr erklären.«

Stammler winkte resigniert ab. Löffler überlegte einen Moment.

»Ich habe zwar interessante Neuigkeiten für Sie beide«, begann er dann. »Ich war mit dem Leiter des Sanatoriums beim Essen. Aber ich glaube nicht, dass das heute noch viel bringt. Deshalb verschieben wir unser Gespräch auf morgen.«

»Ah, das Sanatorium«, kehrte Monika Berger kurzzeitig in das Hier und Jetzt zurück. Dann klappte ihr Kopf nach unten und sie lag nun endgültig mit der Stirn auf dem Tresen.

Saggs schaute vorwurfsvoll zu Löffler. Dieser winkte beruhigend ab, und signalisierte ihm, dass er sich um die Kollegin kümmern würde.

»Kommen Sie, Stammler«, sagte Löffler entschlossen, »wir bringen Frau Berger zum Wagen. Ich habe vorne in der Jakobsgasse geparkt, das schaffen wir locker zu zweit. Na ja, wenn ich Sie so ansehe, bleibt die meiste Arbeit wohl ohnehin an mir hängen.«

Löffler winkte Saggs zu.

»Ich zahle mal die Rechnung der Herrschaften. Oder besser: Schreib es auf, ich komme morgen vorbei und erledige das.«

»Du weißt, dass ich eigentlich Deckel net mag. Aber bei der Polizei mach ich mal a Ausnahme. Dann seh mer uns morge. Aber deine zwei Kollegen kannsch drhoim lasse. Isch wahrscheinlich au besser, wenn ich mir die so aguck.«

Saggs grüßte noch mal und ging zurück zu seinen anderen Gästen. Die Polizisten schafften mit Mühe und Not die steile Treppe, Löffler vornedraus, um notfalls einzugreifen. Als sie in die Gasse hinaustraten, sogen alle drei mit vollen Zügen die frische Luft ein. Dies schien auch belebend auf Monika Berger zu wirken. Denn plötzlich schlug sie die Augen auf, sah sich erstaunt um, erblickte erst Stammler, dann Löffler und begann dann nochmals tief ein- und auszuatmen. Nach ein paar Minuten war sie in der Lage, zumindest wieder alleine, wenn auch schwankend, zu stehen.

»Ich will nach Hause«, war der erste verständliche Satz, den sie über die Lippen brachte.

Das nahmen Stammler und Löffler als Zeichen, sie in die

Mitte zu nehmen. So gingen sie die letzten hundert Meter in die Jakobsgasse, wo Löfflers Auto im Halteverbot stand.

»Sie stehen im Halteverbot«, nuschelte Monika Berger.

»Dann schreiben Sie mir doch einen Strafzettel«, antwortete Löffler.

Er öffnete die Wagentüren und zusammen mit Stammler schob er die Kommissarin auf den Rücksitz. Dann stiegen Stammler und Löffler vorne ein.

24

Die Terrasse war nach Süden angelegt, sodass bereits jetzt, zu dieser frühen Stunde, es war gerade acht Uhr, die Sonne auf sie schien. Zum Schutz hatte Löfflers Vater den Sonnenschirm aufgespannt, ein neumodisches Gerät, das man mit einer Fernbedienung dirigierte. So konnten sie im Schatten um den gedeckten Frühstückstisch herumsitzen.

Löffler Senior, oder seine Haushälterin, hatten beim Frühstück an nichts gespart. Alles, was gut und teuer war, stand auf dem frisch glänzenden Marmortisch, perfekt angerichtet. Es gab dabei alleine ungefähr acht verschiedene Wurstsorten, die gleiche Anzahl an Käsesorten, dazu mehrere Brotarten, Fruchtsäfte, einen Obstkorb, weiche Eier, gebratene Eier, Kaffee, Tee, Honig oder Marmelade. Das Ganze wurde noch verziert durch einen riesigen Blumenstrauß, der die Mitte des Tisches schmückte.

Gerade als Löffler die Sonnenbrille aufsetzte, trat seine Kollegin Berger durch die Terrassentür. Ihr halblanges Haar stand strohig vom Kopf ab. Sie hatte offensichtlich versucht, einen Scheitel in der Mitte zu ziehen, aber auf irgendeine Weise war es ihr gelungen, dass der Scheitel auf halber Strecke erst nach links, und dann wieder nach rechts ausbrach. Ihre Augen verdeckte eine große Sonnenbrille. Sie trug dieselben Kleider wie am Vortag. Als sie die anderen um den

Tisch versammelt sah, blieb sie stehen und sah sich irritiert um.

»Immer heraus, die Sonne lacht bereits, und alleine schon ihr Anblick verspricht einen schönen Tag«, empfing sie Vater Löffler.

Er rückte einen Stuhl neben sich und winkte einladend mit der Hand.

»Was ist denn passiert?«, fragte Monika Berger mit noch etwas brüchiger Stimme, »ich habe das Gefühl, als sei eine Bombe neben meinem Kopf explodiert.«

Sie setzte sich an den Tisch und sah die anderen fragend an.

»Die Bombe heißt Bier und Schnaps«, antwortete Löffler Senior lachend, »und das Gegenmittel steht hier und heißt Frühstück. Allerdings haben wir für Sie noch ein besonderes Gedeck namens Aspirin aufgelegt.«

Er deutete auf ein Glas Wasser und eine Untertasse, auf der tatsächlich eine kleine, weiße Pille lag. Die Kommissarin griff nach der Aspirin, legte sie auf die Zunge, nahm den Kopf nach hinten, würgte kurz und schluckte. Mit gierigen Schlucken trank sie danach aus dem Wasserglas. Stumm hatten sie die Männer am Tisch beobachtet.

»Ist was?«, fragte die Kommissarin, als sie die interessierten Blicke der anderen bemerkte.

Alle drei beeilten sich, die Köpfe heftig zu schütteln.

»War wohl etwas viel gestern«, murmelte sie verlegen vor sich hin. »Ist ja kein Wunder, kein Mittagessen, weil Spaziergang und dann zum Tequila verführt, obwohl ich den nicht vertrage.«

»Aha«, sagte Stammler, »die anderen sind schuld.«

»Schuld hat hier gar niemand«, mischte sich Löffler Senior ein, »Frau Berger hatte einfach einen schlechten Tag. Außerdem wurde sie früh morgens auch noch zu einer Leiche gerufen. Wenn der Tag schon so beginnt!«

Dankbar sah Monika Berger zu Vater Löffler hinüber. Dieser lächelte sie aufmunternd an, und schob ihr einen Teller mit frischen Brötchen und einen weiteren mit klein geschnittenen Stücken einer Wassermelone hin.

»Es war wohl wirklich etwas viel gestern«, räumte Monika Berger schließlich reumütig ein, »aber irgendwie wollte ich einfach nicht aufhören zu trinken, und irgendwann konnte ich dann nicht mehr. Habe ich mich sehr daneben benommen?«

»Na ja«, tröstete Vater Löffler sie, »Sie hatten etwas Schwierigkeiten beim Gehen, ein paar weitere Schwierigkeiten mit dem Reden und noch ein paar mit dem Ausziehen. Aber keine Angst, unsere Haushälterin hat sich diesbezüglich reizend um Sie gekümmert. Wir haben uns nämlich erlaubt, Sie in unserem Gästezimmer übernachten zu lassen. Aber nun frühstücken Sie erst mal, dann sieht die Welt wieder ganz anders aus.«

Monika Berger sah den alten Herrn zerknirscht an.

»Glauben Sie mir, Herr Löffler, so etwas ist mir noch nie passiert.«

»Also, mir schon«, lächelte der Vater sie an, »manchmal braucht man so etwas. Damit man wieder mal weiß, wo einem der Kopf steht.«

»Wenn es dich tröstet«, meldete sich Stammler mit krächzender Stimme, »mir geht es auch nicht viel besser als dir.«

»Nein, es tröstet mich, ehrlich gesagt, überhaupt nicht. Wenn es dir nämlich schlecht geht, geht es mir nicht automatisch besser.«

»Oho, immerhin funktioniert deine spitze Zunge ja wieder!«

Alle am Tisch lachten. Sogar Monika Berger gelang es, das Gesicht zumindest zu einem leichten Lachen zu verziehen.

»Also, nun greifen Sie zu«, sagte Vater Löffler, und schob ihr einen weiteren Teller mit verschiedenen Käsesorten, hin, »so viele Gäste zum Frühstück hatte ich lange nicht mehr. Das bringt doch etwas Leben ins Haus.«

Monika Berger griff nach einer Brezel. Sie schnitt sie durch, beschmierte eine Seite mit Butter, klatschte die andere darauf und biss dann herzhaft hinein. Auch die anderen widmeten sich nun ihrem Frühstück.

»Ich denke«, fing dann Löffler Junior, noch die letzten Bissen seines Schinkenbrotes kauend, an zu reden, »ich bringe Sie alle mal auf den neusten Stand der Ermittlungen.«

Er wartete, bis er die Aufmerksamkeit aller hatte.

»Du, Vater, bist offiziell gar nicht hier. Und wenn du hier wärst, dann hättest du deine Ohren auf deinem Zimmer vergessen.«

Löffler Senior nickte grinsend.

»Wie Sie alle wissen«, fuhr er dann fort, »war ich gestern mit einem Bekannten beim Essen. Durch einen für uns glücklichen Zufall ist diesem Bekannten während einer zwanglosen Unterhaltung unabsichtlich etwas herausgerutscht, das uns vielleicht weiterhelfen kann.«

»Meinen Sie dabei den Professor, den Leiter dieser Klink, dieses Sanatoriums«, fragte Monika Berger, während sie sich ein Glas Orangensaft eingoss.

Löffler sah sie fragend an. Dann schaute er rasch zu seinem Vater hinüber.

»Ich weiß nicht, wen Sie meinen«, sagte er schließlich, »ich kenne keinen Professor. Schon gar keinen mit einer Klinik.«

»Aber Sie sagten doch gestern …«

»Ich kann mir nicht vorstellen, dass Sie von gestern noch viel wissen. Ich könnte mir aber durchaus vorstellen, dass Ihr Gedächtnis Ihnen da einen Streich spielt. Meinen Sie nicht auch?«

Monika Berger nickte rasch. Sie hatte verstanden.

»Wie auch immer«, fuhr Löffler fort, »seit gestern weiß ich nun, durch besagten Zufall, wer die Person ist, für die das Geld an die Klinik bezahlt wurde. Und das, verehrte Kollegen, ist die eigentliche Überraschung.«

Löffler nahm ein weiteres Brötchen aus dem Korb und halbierte es, bestrich es erst mit Butter und dann mit Erdbeermarmelade. Es war ihm natürlich bewusst, dass die anderen darauf warteten, dass er weitersprach, aber vollkommen ungerührt von deren drängender Neugierde biss er in das Brötchen.

»Nun kommen Sie schon«, sagte Monika Berger schließlich.

»Ah ja, der Name«, tat Löffler so, als falle ihm jetzt erst wieder ein, dass er noch etwas vergessen hatte.

»Also«, fuhr er fort, »bei der Person handelt es sich um eine Frau namens Glauber. Katrin Glauber. Sie ist die Tochter von Bernd Glauber, dem Trainer der Leichtathleten in Maikas Verein.«

Zuerst schwiegen alle. Nur Löffler konzentrierte sich weiterhin auf sein Marmeladebrötchen.

»Christian«, sagte dann Löfflers Vater, und ein leichter Vorwurf schwang durchaus in seiner Stimme mit, »deine Kollegen hier warten darauf, dass du ihnen endlich erzählst, was du weißt. Du kannst ja nachher an deinem Brötchen weiteressen. Also, bitte, spanne sie nicht länger auf die Folter.«

»Genau«, sagte nun Stammler, »was macht die Frau denn in dem Sanatorium? Ist sie dort als Patientin oder arbeitet sie dort?«

»Wenn sie dort arbeiten würde, hätten Maika und Binder wohl kaum jedes viertel Jahr dorthin Geld überwiesen«, sagte Monika Berger schnippisch.

»Oh, Madame meldet sich zurück. Alle Mann und wieder an Bord in dem Fall«, sagte Stammler mit starker Ironie.

Der alte Löffler lächelte vergnügt. Die Kabbelei seiner Gäste schien ihm Spaß zu machen.

»Na ja«, sagte Christian Löffler dann zwischen zwei Bissen von seinem Brötchen, »sie ist natürlich eine Patientin dort. Das Geld, das überwiesen wird, ist für ihre Unterhaltskosten. Genauer gesagt, ist es der Betrag, der von keiner Kasse übernommen wird. Wissen Sie überhaupt, was da ein Tag kostet?«

»Aber Christian«, mischte sich der Vater ein weiteres Mal

ein, »deine Kollegen wollen doch nichts über Krankenhauskosten wissen. Habe ich nicht recht?«, wandte er sich an die beiden Kollegen seines Sohnes.

Beide nickten stumm und sahen weiterhin erwartungsvoll auf Löffler. Endlich legte Löffler sein Brötchen zur Seite, schluckte den letzten Bissen hinunter und grinste sie an.

»Strafe muss sein«, sagte er dann, »während ich mir einen stinklangweiligen Abend gönne, und nun immerhin alles über das deutsche Gesundheitssystem und seine Mängel weiß, gießen die sich einen hinter die Binde!«

»Was kam nun dabei heraus«, fragte Monika Berger mit deutlicher Ungeduld in der Stimme, »dürfen wir das heute vielleicht noch erfahren?«

»Sie dürfen«, antwortete Löffler gut gelaunt, »Sie dürfen. Diese Katrin Glauber ist eine Komapatientin, die dort in dem Sanatorium liegt. Sie wurde erst dieses Jahr von einer anderen Klinik hierher überführt. Irgendwo vom Bodensee. Sie ist offensichtlich ein aussichtsloser Fall und das schon seit vielen Jahren. Aber inzwischen scheint man die Hoffnung auf eine Rückkehr in das Leben aufgegeben zu haben. Sie werden, so hört man, noch diese Woche die Apparate abschalten.«

»Sie bringen sie um?«, fragte Stammler entsetzt.

»Nun, so würde ich das nicht bezeichnen. Aber natürlich wäre das jetzt eine grundsätzliche Diskussion.«

»Binder und Maika haben also jahrelang für den Aufenthalt des Mädchens …«

»Der Frau«, warf Löffler ein, »das Mädchen ist über dreißig inzwischen.«

»… haben also jahrelang für den Aufenthalt dieser Frau eine unerhörte Summe bezahlt«, stellte die Kommissarin fest. »Aber warum machen die das denn? Ist der Vater, also dieser Bernd Glauber, ein so guter Freund von ihnen? Also bisher kam das nicht so deutlich heraus. Wenn Sie an Binders Aussagen denken, dann hatten die beiden keinen großen, aber vor allem keinen sehr engen Kontakt.«

Löffler grinste wieder.

»Aber das ist doch klar«, sagte er dann, und konnte einen gewissen Triumph in der Stimme kaum unterdrücken, »diese Katrin Glauber war ein Mädchen, das nach den Dopingtests der beiden in das Koma fiel. Verstehen Sie, ausgerechnet die Tochter ihres damaligen Kollegen fiel ihren furchtbaren Experimenten zum Opfer.«

Alle am Tisch sahen sich schweigend an.

»Und vermutlich«, fuhr Löffler dann nach einer kleinen Pause fort, »haben die beiden dann Glauber mit dem Geld und dem Job ruhig gestellt. Solange es ging. Aber irgendwann ist Glauber dann aufgewacht, auch wenn es viele Jahre gedauert hat.«

»Sie meinen also«, sagte Monika Berger nachdenklich, »dass Glauber jetzt von dem Spiel endgültig die Nase voll hatte, und weil seine Tochter Katrin ohnehin bald sterben würde, hat er endlich Rache genommen?«

»Keine Ahnung, was der Auslöser für diesen späten Ausbruch war. Das kann uns wahrscheinlich nur er selbst erklären.«

»Wenn das alles so überhaupt zutrifft«, warf Stammler ein. »Das ist doch alles bloß Spekulation. Zuerst sollten wir mal mit den Betroffenen reden, ehe hier die Fantasie ins Kraut schießt. Mal abgesehen davon, dass wir auch noch solche Kleinigkeiten wie Beweise brauchen.«

»Das denke ich auch«, sagte Löfflers Vater, »aber trotzdem, mal angenommen, es ist so, wie mein Sohn sagt, dann kann man davon ausgehen, dass es für diesen Mann jahrelang eine furchtbare Qual gewesen sein muss, seine kranke Tochter im Krankenhaus und die Schuldigen in Freiheit zu wissen. Egal, wie viel Geld dabei geflossen ist. Außerdem musste er die Verantwortlichen auch noch fast jeden Tag sehen.«

»Vater«, sagte Löffler, »das ist eine polizeiliche Ermittlung. Eigentlich dürftest du gar nicht hier sein und uns zuhören.«

»Ach ja«, sagte Löffler Senior spitz, »und eigentlich dürfte ich euch auch nicht zum Frühstück einladen, euch mein Haus zur Verfügung stellen und für dich meine Verbindungen spielen lassen.«

»So war das doch nicht gemeint.«

»Aber ja, du sagst doch sonst auch nie etwas, was du nicht meinst.«

Monika Berger hüstelte vernehmlich.

»Nein, nein«, winkte Löffler Senior ab, »das ist kein Streit, das ist die normale Vater-Sohn-Diskussion im Hause Löffler. Aber wir hören auch gleich damit auf, immerhin haben Sie einen Mordfall zu lösen. Sie alle zusammen.«

25

Der junge Maika hatte gerade den Laden geöffnet, als gleich darauf die Eingangstüre aufging. Er drehte sich nicht um, wozu hatte er eine Verkäuferin. Die kleine Beck konnte sich ruhig mal ihr Geld verdienen. Er sortierte die Laufjacken ein, die von den Kunden am Vortag wahllos hingehängt worden waren. Anprobieren, sich im Spiegel angucken, dann die Jacke zurücklegen und sie anschließend um ein paar Euro billiger im Internet bestellen. So lief das Spiel heutzutage. Es war zum Kotzen.

Er hörte das Atmen hinter sich. Das Atmen verschwand aber nicht, auch nicht nach ein paar Sekunden. Er seufzte leise vor sich hin. Na gut, dachte Maika, dann soll es eben so sein, dann übernehme ich den Kunden halt. Er drehte sich um und sah Glauber vor sich stehen. Beide schauten sich ein paar Sekunden an. Schweigend.

»Was machst du denn hier? Hast du keine Trainingsgruppe heute?«

Glauber reagierte nicht auf Maikas Fragen. Er stand einfach nur da und starrte ihn an. Dann trat er einen Schritt nach vorne. Maika ging einen Schritt zurück. Bernd Glauber ging weiter auf ihn zu.

»Ich kann nicht weiter zurück«, sagte Maika, »könntest du mir sagen, was du eigentlich hier willst.«

Glauber stieß Maika leicht vor die Brust.

»Wo ist es?«, fragte er.

»Hä? Was denn?«

»Wo ist es?«

Jetzt stieß Maika den anderen von sich. Glauber stolperte nach hinten und fiel in einen der Ständer mit den Laufhosen. Sie verhinderten, dass er zu Boden ging. Er rappelte sich auf und stellte sich erneut vor den jungen Mann.

»Ich will dir nichts tun, aber wo ist das Zeug?«

Maika hatte sich von seiner Überraschung über Glaubers Auftritt erholt. Jetzt ging er auf ihn zu, schlug ihm mit der flachen Hand gegen die Schulter und brachte sein Gesicht direkt vor das Glaubers.

»Jetzt hör mal zu, mein Freund, das ist mein Laden, und ich werfe dich jetzt hier raus. Wenn es dir nicht passt, rufe ich die Bullen. Ist das klar? Und jetzt ab mit dir!«

Glauber blieb ruhig stehen. Er war wie in Gedanken versunken. Dann griff er langsam in seine Hosentasche, suchte etwas darin und hatte plötzlich ein Messer in der Hand. Er betrachtete es, als sei er selbst überrascht über den Fund in seiner Tasche. Dann klappte er, noch immer ganz ruhig und fast bedächtig, das Messer auf und richtete es gegen Maika.

»Ich will bloß, dass du mir sagst, wo ihr das Teufelszeug gelagert habt. Zeig' es mir, und dann lass mich alleine. Los jetzt.«

»Ich zeige dir gar nichts, damit das klar ist. Mit dir werde ich noch immer fertig.«

Maika stellte sich in Position wie ein Boxer.

»Ihr habt genug Unheil mit dem Dopingzeug angerichtet, jetzt muss Schluss sein. Oder wollt ihr die nächste Generation auch noch vergiften?«

»Hier gibt es kein Doping, und auch keine nächste Generation. Das einzige Doping hier im Laden sind die Ultra-

Sports-Riegel. Und die sind gesund. Und legal. Auch wenn sie einen schneller machen. Oder auch nicht, man muss bloß dran glauben.«

Glauber holte mit dem Messer aus und wirbelte es durch die Luft. Er traf die Laufhosen und zerschnitt sie. Dann, als hätte er Gefallen daran gefunden, stürzte er sich wie wild auf die Trägerhemden, Laufshirts und die Jacken, die Maika zuvor noch so ordentlich einsortiert hatte. Bunte Fetzen aus atmungsaktiven Laufhemden lagen bald auf dem Boden verstreut. Alles ging so schnell, dass der junge Maika überhaupt nicht begriff, was da passierte.

Dann, nach der ersten Überraschung, stürzte er sich auf Bernd Glauber. Er versuchte, ihn von den Ständern wegzudrängen, schlug ihn auf die Brust und die Schultern, zielte mit einem Faustschlag auf Glaubers Kopf, verfehlte ihn aber. Dabei kam er ins Stolpern und fiel auf den Angreifer. Glauber lag auf dem Rücken, und als Maika auf ihn fiel, drang das Messer in seinen Oberkörper. Ein lauter Schrei tönte durch den Laden. Maika stand auf und starrte auf das Messer in seiner Schulter. Er griff danach und wollte es herausziehen. Dabei trat er auf einen der Kleiderständer, verlor das Gleichgewicht und fiel zu Boden. Direkt auf die Schulter mit dem Messer. Er stürzte in das Messer, das sich dadurch noch tiefer in seine Schulter bohrte. Maika setzte sich auf.

»Scheiße, das tut weh. Siehst du Blödmann jetzt, was du angerichtet hast?«

Wie erstarrt stand Bernd Glauber vor dem am Boden sitzenden jungen Mann. Er sah aus, als könne er nicht begreifen, was gerade geschah. Er machte einen Schritt nach vorne und streckte die Hand aus, um dem am Boden Sitzenden aufzuhelfen.

»Hilfe, helft mir«, brüllte Maika los, »er will mir den Rest geben. Holt die Polizei, macht den Kerl fertig! Hilfe!«

Glauber machte einen Schritt zurück. Er sah sich um. Hinter ihm näherte sich die Verkäuferin. Sie hatte einen Baseballschläger in der Hand. Den schwang sie wie eine Keule über dem Kopf. Glauber drehte sich um und ging Richtung Ausgang. Aber dem Schlag mit dem Baseballschläger konnte er nicht entkommen. Er traf ihn in den Rücken und Bernd Glauber fiel über seine eigenen Beine. Aber er rappelte sich schnell vom Boden auf und rannte zum Ausgang. Die Tür schloss sich hinter ihm.

26

Löffler trank gerade einen Schluck Eistee direkt aus der Flasche, als ein Telefon klingelte. Alle sahen sich an, wollten herausfinden, wessen Mobiltelefon es war. Löffler stand schließlich auf, nahm seines aus der Hosentasche und hielt es ans Ohr.

»Ja, Löffler hier ... wann ... wie geht es ihm ... und wo ist er dann hingegangen ... dann ruft die Spurensicherung und wartet erst mal auf uns ... nein, nicht lange, wir sind gleich da ... und schickt einen Streifenwagen vor sein Haus ... dann schaut halt im Telefonbuch nach ... nein, nur beobachten, nichts unternehmen, ehe wir da sind ... ja ... gut, bis gleich dann.«

Löffler steckte das Mobiltelefon wieder ein. Die anderen sahen ihn erwartungsvoll an. Er griff nach seinem Marmeladebrötchen, biss noch einmal ab und legte den Rest dann auf den Teller.

»Schluss mit Frühstück«, sagte er dann, »Bernd Glauber hat gerade eben versucht, den jungen Maika zu erstechen. Ich glaube, das sollten wir uns anschauen.«

Als sie sich dem Sportgeschäft Maikas über die Blaue Brücke näherten, sahen sie schon von Weitem die Polizeiwagen vor dem Geschäft. Zwar war kein Blaulicht zu sehen, aber dass es sich um einen offiziellen Einsatz handelte, konnte man schon daran erkennen, dass die Autos auf dem Gehsteig standen und ein paar der Beamten den Eingangsbereich absicherten. Löffler, der selbst gefahren war, stellte den Wagen im Halteverbot vor dem ›Müller Markt‹ ab, und sie gingen zusammen zu Maikas Geschäft.

Die Kollegen in Uniform winkten sie durch, und als sie ins Innere des Sportladens traten, konnten sie im hinteren Teil, direkt unterhalb der Wandregale für Laufschuhe, Maika Junior und einen Sanitäter sehen. Maika saß mit nacktem Oberkörper auf einem Stuhl. Der Sanitäter verband ihm gerade die Schulter. Auf dem Boden, zu Maikas Füßen, lag ein zerknülltes Hemd, auf dem man die Blutspritzer sehen konnte, die offensichtlich von Maikas Verletzung stammten. Löffler und die anderen gingen zu einem Beamten, der am Kassentresen stand und den Sanitäter und Maika beobachtete.

»Hauptkommissar Löffler«, stellte sich der Hauptkommissar vor, »können Sie mir sagen, was passiert ist?«

»Irgendein Verrückter kam wohl plötzlich zur Türe herein«, begann er zu erzählen, »und hat sich dann recht lautstark mit dem Inhaber des Ladens, also mit dem da druben«, er nickte in Maikas Richtung, »unterhalten. Man kann auch sagen, sie haben gestritten. Irgendwann hat der Mann ein Messer gezogen und auf den da hinten eingestochen. Die Verkäuferin«, er nickte zu einer jungen Frau, die auf den Treppenstufen saß, die in den ersten Stock führten, »kam dazu, und als sie sah, was passierte, hat sie sich einen Baseballschläger geschnappt und dem Mann damit auf den Rücken geschlagen. Das hat gewirkt. Er hat den jungen Mann losgelassen und ist abgehauen. Das Messer hat er übrigens in der Schulter des Inhabers zurückgelassen. Als wir ankamen, steckte es immer noch in dem Mann drin. Na ja, mehr wissen wir noch nicht. Sie sagten ja, wir sollten warten, bis Sie kommen.«

»Haben Sie denn eine Ahnung, wo der Mann hingerannt ist?«

»Nein, wir wissen nichts. Sie sagten doch, wir sollten warten …«

»Ist schon gut, wir kümmern uns jetzt um alles. Halten Sie nur die Leute aus dem Laden draußen.«

»Ich glaube«, sagte Monika Berger, die gerade hinzutrat, »wir können uns jetzt mit Herrn Maika unterhalten, der Sanitäter ist fertig mit ihm.«

Als sie zu Maika kamen, saß dieser noch immer auf seinem Stuhl. Er bewegte langsam seine Schulter, zog sie nach oben, ließ sie langsam wieder fallen, zog sie wieder nach oben. Sein schmerzverzerrtes Gesicht zeigte, dass ihm diese Übung schwer fiel. Er atmete in kurzen Stößen, und die Schweißtropfen auf seiner Stirn kamen sicher nicht nur daher, dass draußen wieder ein heißer Spätsommertag heraufzog.

»Guten Tag, Herr Maika«, grüßte Löffler den Verletzten, »was ist denn mit Ihnen passiert?«

Maika schaute zu den drei Polizisten hoch, dann deutete er mit der Hand auf seine verbundene Schulter.

»Das sehen Sie doch, der Verrückte hat versucht, mich umzubringen. Wenn meine Verkäuferin nicht gewesen wäre, dann hätte er es auch geschafft.«

»Sie reden von Bernd Glauber, nicht wahr?«

»Klar, von wem denn sonst? Ich habe Ihren Kollegen schon alles erzählt, aber die wollten ja unbedingt auf Sie warten.«

»Was mich besonders interessiert: Was wollte er eigentlich von Ihnen? Ich gehe nicht davon aus, dass er Ihre Kasse klauen wollte. Ich gehe auch nicht davon aus, dass er rein zufällig hier hereingeschneit ist. Also, was wollte er von Ihnen? Warum hat er sie so brutal niedergestochen?«

Maika berührte mit einem Finger seine Schulter. Er zuckte bei der Berührung zusammen und sein ganzer Körper verspannte sich dabei. Dann ließ er sich in den Stuhl fallen und schloss die Augen. »Herr Maika.«

Maika öffnete die Augen. Er schaute Löffler fragend an.

»Was haben Sie gefragt?«

»Ich wollte wissen, aus welchem Grund Glauber Sie so brutal überfallen hat?«

»Was weiß denn ich! Er wollte mich einfach nur abstechen, was denn sonst? Er hat mir vorher nicht gesagt, welche Gründe er hat!«

»Aber Sie haben doch zuerst mit ihm gesprochen. Worum ging es denn da? Was hat Glauber denn gesagt?«

Maika zuckte mit der Schulter. Gleich danach verzog er das Gesicht.

»Ah, das tut scheißweh, das kann ich Ihnen sagen.«

»Also«, Löffler wurde langsam ungeduldig, »was wollte er von Ihnen?«

»Keine Ahnung, das weiß ich nicht mehr. Das ging alles so schnell, und ehe ich mich überhaupt wehren konnte, steckte schon das Messer in meiner Schulter.«

»Noch einmal von vorne: Was hat Glauber zu Ihnen gesagt?«

»Hören Sie schlecht, ich sagte doch gerade …«

»Nicht in dem Ton«, unterbrach Löffler den jungen Mann. »Jetzt hören Sie mir mal genau zu: Wir wissen beide, was Glauber hier wollte, ist es nicht so? Und um kein Missverständnisse aufkommen zu lassen, werden wir jetzt erst mal sämtliche Räume durchsuchen. Es ist Ihnen doch klar, was wir da finden werden? Bernd Glauber wusste das auch. Können Sie mir folgen?«

»Ich sage kein Wort mehr.«

Löffler trat näher an Maika heran. Dann tätschelte er ihm die Schulter wie einem guten Freund. Maika schrie auf vor Schmerz. Er bäumte sich in seinem Stuhl auf, dann klappte er wieder zusammen und fiel mit der verletzten Schulter gegen die Stuhllehne, sodass er einen weiteren qualvollen Schmerzensschrei ausstieß.

Dann saß er jammernd auf seinem Stuhl und bewegte sich nicht, um die schmerzende Wunde wieder zu beruhigen. Christian Löffler winkte dem Sanitäter. Der kam mit seinem Kollegen und deutete fragend auf Maika.

»Können wir ihn jetzt mitnehmen ins Krankenhaus?«

»Ja, bringen Sie ihn weg. Aber passen Sie auf ihn auf. Wenn wir uns nicht täuschen, ist er nicht nur Zeuge und Opfer, sondern auch Täter.«

»Hören Sie, Herr Kommissar«, meldete Maika sich plötzlich, »ich würde gerne …«

»Bringen Sie ihn ins Krankenhaus«, sagte Löffler zu den zögernden Sanitätern und wandte sich von Maika ab.

Die Sanitäter hoben Maika aus dem Stuhl, stützten ihn sachte, und führten ihn aus dem Raum. Draußen wartete der Krankenwagen, bereit, den Verletzten zu weiteren Untersuchungen in die Tübinger Uni-Klinik auf dem Schnarrenberg zu bringen.

»Sehr diplomatisch war das aber nicht«, sagte Monika Berger.

»Diplomatisch«, erregte sich der Hauptkommissar, »warum sollte ich bei dem Kerl diplomatisch sein? Er belügt uns, er betrügt uns und er ist ein Gauner.«

»Wie das?«

»Können Sie sich das nicht denken? Was, glauben Sie, wollte Glauber hier? Denken Sie mal scharf nach.«

Monika Berger sah Gerd Stammler fragend an, der seinerseits in Richtung seines Chefs blickte.

»Ehrlich gesagt«, meinte Stammler dann, »kann ich Ihnen im Augenblick nicht so ganz folgen.«

Christian Löffler seufzte.

»Gehen wir jetzt zu der Verkäuferin«, sagte er dann, »sie wird uns sicher etwas zu erzählen haben.«

Die junge Frau, kaum älter als fünfundzwanzig, saß noch immer auf den Treppenstufen ins Obergeschoss. In der Hand hielt sie eine Zigarettenpackung, auf die sie mit dem Zeigefinger nervös einen Rhythmus klopfte. Als sie sah, dass die Polizisten auf sie zukamen, setzte sie sich aufrecht hin und legte die Zigaretten neben sich auf die Treppe.

»Es dauert nicht lange«, sagte Löffler zur Begrüßung zu der Frau, »dann können Sie vor die Tür gehen und eine rauchen.

Mein Name ist Hauptkommissar Löffler, das sind meine beiden Kollegen, Frau Berger und Herr Stammler. Und wir würden Ihnen jetzt gerne ein paar Fragen stellen. Ist das in Ordnung?«

Die junge Frau nickte.

»Beginnen wir mal damit, wie heißen Sie denn?«

»Beck. Caroline Beck.«

»Also, das muss ich schon sagen, Frau Beck«, sagte Monika Berger zu der etwas verängstigt vor ihnen sitzenden Frau, »mutig sind Sie ja. Jagen einfach einen Mann, der mit einem Messer in der Hand auf einen anderen losgeht, in die Flucht.«

Als Antwort lächelte Caroline Beck nur schüchtern.

»Können Sie uns vielleicht sagen, Frau Beck«, übernahm Löffler die Befragung, »worüber die beiden Männer, also der Angreifer und Herr Maika, sich unterhalten haben, ehe es zu dem tätlichen Angriff kam?«

Caroline Beck nickte. Löffler und die anderen warteten. Sie nahm ihre Zigarettenpackung in die Hand und knetete sie darin herum.

»Also, laut genug gesprochen haben die beiden ja«, sagte sie leise.

»Also haben Sie verstanden, worum es ging?«

»Ja, klar. Der Mann, der hereinkam, also dieser Glauber, der wollte, dass Maika, also Herr Maika, ihm das Teufelszeug geben solle.«

»Teufelszeug?«, fragte Stammler.

»Ja, das sagte er«, nickte Frau Beck eifrig mit dem Kopf, »ich habe es genau verstanden.«

»Was geschah dann?«

»Maika, also Herr Maika, wollte ihn hinauswerfen, aber Glauber wollte ohne das Teufelszeug nicht gehen.«

»Sie kennen Herr Glauber?«

»Klar, sagte Frau Beck, »er war schon früher hier bei uns im Laden. Der alte Herr Maika kannte ihn doch gut. Außerdem hat er Sportschuhe und Sportkleidung bei uns gekauft. Hat auch vieles umsonst gekriegt. Seit Jahren schon.«

»Wie ging es dann weiter?«, fragte Löffler.

»Glauber schrie den jungen Maika an, mit ihren Dopingtests hätten sie schon einmal mindestens einen Menschen zugrunde gerichtet. Das dürfe nicht wieder passieren, nie mehr, dafür wolle er schon sorgen. Er werde das ganze Teufelszeug vernichten, daran könne ihn niemand mehr hindern. Als Maika so tat, als wüsste er von nichts, brachte das den Glauber vollkommen aus der Fassung. Auf einmal hatte er ein Messer in der Hand und ist damit auf die Einrichtung losgegangen. Also ich meine, er hat auf unsere Ware eingestochen. Auf Laufschuhe, Sportsocken und Trainingsanzüge, auf Laufshirts und Laufhosen, auf alles halt, was ihm in den Weg kam. Als Maika das verhindern wollte und sich Glauber in den Weg stellte, hat der ihn eher zufällig an der Schulter getroffen. Maika hat gleich geschrien wie am Spieß, als ob er tödlich getroffen sei. Als er hinfiel, hat er sich das Messer vollends reingedrückt. Als ich das gesehen habe, dachte ich, man müsse der Sache jetzt ein Ende machen. Also habe ich mir den Baseballschläger in der Auslage geschnappt und damit Glauber auf den Rücken geschlagen. Der ist derart überrascht gewesen, dass er sich bloß noch umgedreht hat und aus dem Laden gerannt ist. Kann ich jetzt rauchen gehen?«

Löffler schüttelte den Kopf.

»Noch einen Augenblick, bitte, wir sind gleich fertig. Sie wissen schon, worum es ging, oder?«, fragte er Frau Beck, ohne sie dabei anzuschauen.

Caroline Beck zögerte.

»Um Dopingmittel, nehme ich an«, sagte sie dann leise.

»Sie vermuten das?«

»Ich habe schon viele Gespräche mitgehört. Das ließ sich nicht vermeiden. Dann und wann fiel schon das Wort Doping. Oder halt auch andere Begriffe, aber man wusste, was damit gemeint war.«

»Aber Sie haben nie etwas unternommen, oder?«

»Hören Sie«, sagte Frau Beck, nun äußerst erregt, »ich bin Verkäuferin hier und keine Dopingbeauftragte.«

»Aber Sie wissen schon«, mischte sich Stammler ein, »was diese Präparate mit Menschen anstellen?«

Frau Beck erhob sich von ihrer Treppenstufe, nahm eine Zigarette aus der Packung und hielt sie griffbereit in der Hand.

»Wenn Sie sonst nichts mehr wissen wollen, würde ich jetzt wirklich gerne rauchen gehen.«

Löffler schaute seine beiden Kollegen an, die beide den Kopf schüttelten.

»Ich denke«, sagte er zu Caroline Beck, »Sie haben uns alles gesagt, was wir wissen wollten. Das Protokoll machen Sie nachher mit einem Kollegen. Ach ja, ehe ich es vergesse: Wissen Sie, so rein zufällig, wo Glauber nach den Mittelchen hätte suchen müssen? Was hätten Sie ihm denn geraten, wenn er Sie und nicht Maika gefragt hätte?«

Frau Beck legte den Finger auf die Unterlippe und tat so, als dächte sie scharf nach.

»Ich hätte ihm gesagt«, antwortete sie dann sehr bedächtig, »er solle es mal unten im Lager probieren. Hinter der kleinen Türe mit dem aufgeklebten Laufschuhposter. Aber er solle aufpassen, man übersieht das Türchen schnell, denn das Türchen ist klein und es ist etwas dunkel da unten. Die Türe hat keine Klinke, man braucht also schon den Schlüssel, um sie zu öffnen. Aber ich habe in Herrn Maikas Schreibtisch sehr viele Schlüssel gesehen, wer weiß, ob da nicht einer davon passt.«

Dann drehte sich Caroline Beck um, steckte sich die Zigarette in den Mund und ging zum Ausgang. Kaum war sie draußen, blieb sie stehen, zündete die Zigarette an und nahm einen tiefen Zug. Dann sah sie noch einmal zurück zu den Polizisten, die sie beobachteten.

»Da haben Sie aber schön auf den Putz gehauen«, sagte Monika Berger zu Löffler, »mit der Dopinggeschichte haben

Sie uns alle überrascht. Einfach mal so ins Blaue hinein das Thema aufgreifen, das war schon eine Eingebung.«

Löffler sah sie erstaunt an.

»Wovon reden Sie denn?«

»Na, die Dopinggeschichte. Sie haben einfach mal geraten und zu hundert Prozent getroffen, das war doch großartig.«

Löffler schüttelte nachsichtig den Kopf.

»Wissen Sie, Frau Berger, mit etwas Nachdenken, hätten Sie selbst auf die Idee kommen können. Da braucht man kein Glück dazu. Es reicht bereits, wenn man eins und eins zusammenzählen kann.«

»Ach ja, und wie soll ich das jetzt verstehen?«

»Das ist doch ganz einfach, Monika«, mischte Stammler sich ein, »warum sollte Glauber im Geschäft des jungen Maika auftauchen? Mit dem Jungen hatte er doch offensichtlich nichts zu tun, alles lief über die alte Verbindung Josef Maika und den sauberen Doktor Binder. Diese Verbindung geht über zwei Ecken, erstens die gemeinsame DDR-Vergangenheit, und zweitens die gemeinsame Dopingvergangenheit. Was diese Dopingvergangenheit ausgelöst hat, das wissen wir so ungefähr. Wenn wir uns nämlich nicht sehr täuschen, dann liegt das Ergebnis seit Jahren im Koma, und es handelt sich dabei um Glaubers Tochter. Aus irgendwelchen Gründen läuft Glauber jetzt Amok. Und zwar nicht nur gegen seine alten Kumpane, sondern gegen das Doping an sich. Deshalb kann ihn nur ein Thema hierher getrieben haben. Die Dopinggeschichte.«

Die Kommissarin hatte schweigend zugehört.

»Aber was wollte er dann hier?«

»Ganz einfach«, übernahm Löffler wieder, »ihm war natürlich klar, oder er hat es sogar sicher gewusst, dass die Dopinggeschäfte hier abgewickelt werden. Selbst wenn der operative Teil, also die Übergabe und die Bezahlung, an anderen Orten stattfanden, so musste das Zeug doch irgendwo gelagert, verpackt, geprüft, und was weiß ich was alles werden. Deshalb kam er her, direkt ins Wespennest.«

»Okay«, winkte Monika Berger ab, »ich gebe auf, ihr habt recht. Ich bin halt noch nicht so auf dem Damm. Solche Verbindungen können meine Synapsen noch nicht herstellen. Morgen wahrscheinlich wieder, aber für heute ist das wohl gelaufen.«

Löffler und Stammler lachten. Die Atmosphäre war mit einem Mal wieder entspannt.

»Was machen wir jetzt?«, fragte Monika Berger.

Stammler schaute seinen Chef an.

»Jetzt fahren wir zu Glaubers Haus«, sagte dieser, »von unterwegs beantrage ich einen Durchsuchungsbefehl. Sie kennen doch Glaubers Adresse, Herr Stammler?«

»Sindelfinger Straße. Draußen in der Weststadt.«

27

Von der Innenstadt in die Sindelfinger Straße war es nicht weit. Um sich den Verkehr der Mühlstraße und den Umweg über Wilhelmstraße und Universität zu sparen, fuhren sie durch den Tunnel und bogen am anderen Ende in die Westbahnhofstraße ein. Vorbei am ›Café Coyote‹ und am ehemaligen ›Integrata‹-Gebäude, das jetzt das Jobcenter beherbergte. Am westlichen Ende der Straße waren vorwiegend Wohnblocks errichtet worden. In einem davon wohnte die Familie Glauber.

Die Polizisten parkten den Wagen in einer hauseigenen Parkbucht und marschierten dann zusammen zur Haustür. Auf der gegenüberliegenden Seite der Straße stand das Zivilfahrzeug der Kollegen. Löffler grüßte sie kurz mit einem Winken. Dann überlegte er es sich anders, gab seinen beiden Kollegen ein Zeichen, sie möchten auf ihn warten, und ging zu den Kollegen im Zivilfahrzeug. Der Polizist ließ die Scheibe hinunter.

»Hat sich irgendetwas getan, seitdem Sie hier sind?«, fragte Löffler.

»Seit ich hier bin, gar nichts. Grabesstille. Keiner ging, keiner kam.«

»Na gut, dann bleiben Sie mal ruhig weiter hier stehen. Wir melden uns dann wieder bei Ihnen.«

Als Löffler wieder zurückkam, klingelte Monika Berger. Sie warteten eine Weile, aber es kam keine Reaktion. Die Kommissarin drückte ein weiteres Mal auf den Knopf und noch einmal. Schließlich ertönte der Türöffner. Die drei Kriminalbeamten gingen ins Haus. Über einen Treppenabsatz kam man zu zwei Wohnungen. Die Tür der linken war nur angelehnt und Löffler stieß sie auf. Im Flur, zwei, drei Meter hinter der Türe, stand eine Frau und schaute ihn stumm an. Sie bewegte sich nicht.

Sie war vielleicht zwischen vierzig und fünfzig Jahre alt. Aber ihr Gesicht zeigte die Spuren von Kummer und Leid vergangener Jahre.

»Frau Glauber?«, fragte Löffler zaghaft, das Gesicht erinnerte ihn kaum noch an die Frau, die er erst vor ein paar Stunden noch im Streit mit ihrem Mann gesehen hatte.

»Was wollen Sie?«, kam es, leise, fast flüsternd zurück.

»Sind Sie Frau Glauber?«, fragte er sicherheitshalber noch mal.

Die Frau nickte.

»Wir sind von der Kripo. Mein Name ist Löffler, das sind meine Kollegen Frau Berger und Herr Stammler.«

Die Frau nickte den beiden zu.

»Frau Glauber, wir würden uns gerne mit Ihnen unterhalten«, sagte Löffler.

»Mit mir?«, fragte die Frau erstaunt, »was wollen Sie denn von mir wissen? Ich kann Ihnen doch gar nichts erzählen. Worum geht es denn überhaupt?«

Es klang wie das letzte Aufbäumen eines Menschen, der noch einmal versuchte, eine Realität zu verteidigen, die es schon lange nicht mehr gab.

»Aber Frau Glauber«, lächelte Löffler sie an, »Sie wissen

doch genau, warum wir hier sind. Nun tun Sie mal nicht so. Wir können uns viel Zeit sparen, wenn wir uns rasch darüber einigen, dass Sie uns sagen, wo wir Ihren Mann finden können.«

»Er ist weg.«

»Ja, das wissen wir«, sagte Monika Berger, »aber die Frage ist, wo er hingegangen ist, nachdem er bei Maika im Sportgeschäft war. Also, wo ist Ihr Mann?«

»Er hat mir nicht gesagt, wo er hinwollte, er hat sich nur von mir verabschiedet.«

Die Frau stand vor ihnen, den Blick auf einen Punkt auf dem Boden gerichtet, während sie ihre Hände ineinander verschränkt hielt und sie so fest drückte, dass ihre Fingerknöchel weiß hervortraten.

»Frau Glauber«, sagte Löffler ganz behutsam, »wir alle hier wissen doch, was vorgefallen ist. Wir wissen, was Ihr Mann getan hat. Wir wollen nur verhindern, dass noch mehr passiert. Wir wollen nicht, dass Unschuldige zu Schaden kommen. Deshalb müssen wir Ihren Mann schnell finden. Nur Sie können uns dabei helfen.«

Frau Glauber fixierte unbeirrt den Punkt zu ihren Füßen. Löffler sah Monika Berger hilflos an. Diese ging zu der Frau hin, legte ihr den Arm um die Schulter und führte sie ganz langsam den Flur entlang, hinein ins Wohnzimmer. Dort setzte sie Frau Glauber auf die dunkelbraune Couch, ließ sich dann neben ihr nieder. Sie nahm die Hand der Frau in die ihre. Schweigend blieben sie eine Weile so sitzen.

»Er hat gesagt«, fing Frau Glauber plötzlich zu reden an, »das wäre die einzige Möglichkeit, die ihm noch bliebe. Irgendjemand müsse diesen Wahnsinn doch stoppen. Wenn er das nicht mache, dann …«

Löffler hatte sich inzwischen in dem Wohnzimmer umgeschaut. Er ging zu einem Regal, auf dem Bilderrahmen in verschiedene Größen standen. Er nahm einen der Rahmen herab, sah ihn sich an und ging damit zu Frau Glauber.

»Ist das Ihre Tochter«, er hielt Frau Glauber das Bild hin.

Frau Glauber sah das Foto an. Dann nahm sie es in die Hand und strich über das Glas. Strich über das Gesicht eines Mädchens, das den Fotografen anlachte und dabei leuchtend weiße Zähne zeigte. Frau Glauber begann stumm zu weinen. Löffler und die anderen gaben ihr Zeit, um sich langsam wieder zu beruhigen.

»Sie war so ein hübsches Mädchen«, sagte Frau Glauber, »damals, ehe sie so krank wurde. Jetzt wollen sie sie umbringen. Nach all den Jahren. Aber vielleicht ist es gut so. Aber vielleicht auch nicht.«

»Wird Ihr Mann hierher zurückkommen?«, fragte Monika Berger leise.

Frau Glauber sah die Polizistin überrascht an. Fast schien es so, als habe sie die Anwesenheit der drei Kriminalbeamten vergessen. Langsam fand sie wieder zurück in die Wirklichkeit.

»Mein Mann?«, fragte sie, »was ist mit ihm?«

»Das wollen wir von Ihnen wissen«, sagte Löffler, und beugte sich zu ihr hinunter. »Wissen Sie denn, wo er sich gerade aufhält?«

Langsam, wie in Trance, hob die Frau den Kopf, schaute Löffler lange an und schüttelte dann den Kopf.

»Ich weiß es nicht«, sagte sie, »ich denke nicht, dass ich es weiß. Aber er hat mir das da gegeben, ehe er gegangen ist.«

Sie griff in die Tasche ihrer Hose und kramte eine ganze Weile darin herum. Dann zog sie etwas heraus und präsentierte es auf ihrer Handfläche: Es handelte sich um eine Pille, eine kleine, blau getönte Kapsel.

»Er hat gesagt, ich soll das nehmen, dann wäre alles schnell vorbei.«

Monika Berger starrte auf die Kapsel. Sie streckte die Hand aus, um sie zu berühren, zog sie dann aber zurück und schaute fragend zu Löffler hin.

»Was ist das?«

»Das ist eine Zyankalikapsel«, sagte dieser, »alte Armeebestände, nehme ich an. So eine Art Notration. Hatten früher die Nazichargen. Ich glaube, auch Goebbels hat sich und seine Familie damit umgebracht.«

Löffler streckte die Hand aus und nahm Frau Glauber vorsichtig die Kapsel aus der Hand. Dann zog er ein Taschentuch aus der Tasche, wickelte die Kapsel ein und schob das Taschentuch zurück in seine Hosentasche.

»Ich nehme die Kapsel mal an mich«, sagte er zu Frau Glauber, »bei mir ist sie sicher. Gut, dass Sie sie nicht eingenommen haben.«

Frau Glauber sah ihn mit noch immer tränenverhangenen Augen an.

»Ich konnte es nicht«, sagte sie, »ich habe Angst vor dem Tod, ich will nicht sterben. Ich habe auch Angst vor dem Leben, vor allem vor diesem Leben, das ich schon so viele Jahre führe. Das wir so viele Jahre führten. Aber ich konnte Bernd den Wunsch trotzdem nicht erfüllen. Es ging einfach nicht.«

Sie begann zu schluchzen. Löffler und die anderen warteten wieder eine Weile.

»Er wird furchtbar enttäuscht sein von mir«, fuhr sie dann fort, noch immer schluchzend, noch immer mit leiser, kaum vernehmbarer Stimme. »Ich habe ihm seinen letzten Wunsch an mich verweigert. Ich habe ihn angelogen, ich habe es ihm versprochen, aber ich war nicht stark genug. Aber er, er wird es schaffen. Er ist stärker als ich. Und er ist vielleicht noch verzweifelter, als ich es jemals gewesen bin.«

»Er wird es schaffen«, fragte die Kommissarin, »was meinen Sie damit? Gibt es noch mehr von diesen Kapseln?«

Frau Glauber nickte.

»Noch zwei«, sagte sie, »eine für sie, die andere für ihn selbst. Ich wollte nicht dabei sein, wenn es passiert, das hätte ich nicht ertragen. Ich war zu feige, mir das anzuschauen. Merkwürdig, da hält man so viel Leid aus, all die Jahre, und am Ende ist man feige. Aber ich verstehe ihn nicht, meinen Mann, ich meine, das mit Katrin, das ist doch unnötig. Sie muss doch sowieso sterben.«

»So wie die beiden anderen«, platzte Stammler heraus, »so, wie Maika und Binder, die Ihr Mann getötet hat?«

Frau Glauber starrte Stammler an, als bemerke sie jetzt erst, dass noch jemand in der Wohnung war. Dann fiel ihr Blick auf die beiden anderen Kommissare. Schließlich nahm sie wieder das Foto ihrer Tochter in die Hand und schaute es lange an.

»Sie hatten es verdient«, sagte sie, und es schien so, als spräche sie zu ihrer Tochter, »sie haben all das Unglück über uns gebracht, und sie haben noch so viele andere Menschen mit hineingezogen. Ja, sie haben es verdient, auch wenn der Tod eine harte Strafe ist.«

»Frau Glauber«, sagte Löffler ungeduldig, drängend, »wo ist Ihr Mann? Ist er im Krankenhaus, ist er bei Ihrer Tochter? Nun reden Sie endlich mit uns!«

»Aber ja, natürlich ist er dort«, sagte sie, »er will doch bei Katrin sein, wenn sie stirbt, er wollte sie auf ihrem Weg begleiten.«

Frau Glauber begann erneut zu schluchzen. Löffler ging zur Tür, winkte die beiden anderen zu sich her.

»Frau Berger«, sagte er zu seiner Kollegin, »holen Sie doch mal den Kollegen von draußen herein, er soll sich um die Frau kümmern. Ich werde währenddessen einen Arzt rufen, der soll auch gleich einen Psychologen mitbringen. Sie, Stammler, rufen im Krankenhaus an, falls der Glauber noch nicht bei seiner Tochter ist, sollen sie versuchen, ihn von einem Besuch abzuhalten. Falls er schon bei ihr ist, sollen sie auf keinen Fall etwas unternehmen, bis wir kommen. Keiner geht in das Zimmer der Tochter rein, sagen Sie das den Leuten das. Alles klar?«

Die beiden Kriminalkommissare nickten. Löffler holte sein Mobiltelefon aus der Tasche und wählte.

28 Das Krankenhaus, im Volksmund wurde es auch die Sterbeklinik genannt, lag von der Sindelfinger Straße aus gesehen am anderen Ende der Stadt. Es befand sich auf halber Höhe zu Waldhäuser Ost, Richtung Sand, dem Ortsteil unterhalb von Waldhäuser Ost. Sie fuhren über die Wilhelmstraße Richtung Lustnau, dann, noch vor dem Institut für Sport, bogen sie links ab, fuhren den Nordring hoch, um dann die Klinik von oben her anzufahren. Das Krankenhaus befand sich inmitten eines dicht bebauten Ortsteils Tübingens. Enge, geschwungene Sträßchen führten hindurch. Man hatte das Gefühl, auf jeden nur möglichen ungenutzten Quadratmeter hatte man Bäume und Sträucher gepflanzt, sodass man sich vorkam, wie in einem weitläufigen, unübersichtlichen Garten. Nur die Häuser, die immer wieder zwischen dem Grün auftauchten, verdrängten kurzfristig das Gefühl der Idylle. Gelang es einem, zwischen all den Sträuchern, Bäumen und Häusern einen freien Blick zu ergattern, dann konnte man gegenüber den Österberg mit dem Turm sehen. Mitten in all dieser Architektur stand die Schönbuch-Klinik. Die Zufahrt war eng, und man konnte sie leicht übersehen, falls man nicht gerade gezielt nach ihr suchte. Und hätte man es nicht gewusst, dann hätte man an diesem Ort kaum nach einer Klinik gesucht, dort gar keine vermutet, weil ihr dieses Weitläufige fehlte, das die Unikliniken und die BG auf dem Schnarrenberg besaßen. Löffler hatte den Wagen direkt vor dem Eingang geparkt. Zusammen mit seinen beiden Kollegen stürmte er an die Rezeption, an der eine Frau saß und in den Bildschirm vor ihr starrte. Sie sah auf, als sie die drei vor sich stehen sah.

»Wir suchen Frau Glauber, Frau Katrin Glauber. Wo liegt sie?«

Löfflers Atemlosigkeit, seine Lautstärke, der Eifer in seinen Worten irritierte die Frau.

»Wen suchen Sie?«

»Frau Katrin Glauber!«

Löffler hatte langsam gesprochen und jede Silbe dabei betont.

»Ah ja, Sie hatten doch angerufen. Sie sind doch die Polizei, richtig?«

Lächelnd saß die Frau hinter ihrem Tresen, bereit, sich auf ein kleines Schwätzchen mit ihren Besuchern einzulassen.

»Hören Sie, hat man Sie denn nicht informiert, dass Sie auf die Polizei warten sollen?«, fragte Löffler streng. »Jetzt sagen Sie mir: Ist der Vater der Patientin, Herr Glauber, schon eingetroffen?«

»Aber ja«, sagte die Frau fröhlich, »als Sie angerufen haben, war er schon bei seiner Tochter. Wissen Sie, er kommt ja doch fast jeden Tag einmal her, um nach ihr zu schauen. Wenn man bedenkt, dass sie das gar nicht weiß, ich meine, sie ist doch im Koma, also erkennt sie ihn nicht, und wenn ich daran nur denke …«

»Stopp!«

Mit einer Handbewegung brachte der Hauptkommissar die Frau zum Schweigen.

»Jetzt seien Sie mal einen Moment ruhig«, sagte er, »und sagen Sie mir, wo das Zimmer der Frau Glauber ist. Oder noch besser – bringen Sie uns hin!«

»Also wissen Sie, ich kann hier nicht weg, wie stellen Sie sich das vor? Außerdem bin ich ja kein Fremdenführer, oder sollte man dazu Hausführer sagen? Na, egal, jedenfalls kann ich Sie …«

Demonstrativ stellten sich die drei Polizisten vor der Frau in der Rezeption auf. Die Frau erschrak und begriff erst jetzt, wie ernst es den Kriminalbeamten war.

»Wo ist das Zimmer von Frau Glauber?«, fragte die Kommissarin mit ernster Stimme.

»Zweiter Stock, Zimmer zweihunderteins. Ganz hinten links«, stammelte die Frau.

»Danke«, sagte Löffler, und rannte los, seine beiden Kollegen folgten ihm.

Sie versuchten gar nicht erst, auf den Aufzug zu warten, sondern nahmen gleich das Treppenhaus in den zweiten Stock. Sie stürmten die Treppen hinauf, zwei Pfleger, die ihnen entgegenkamen, konnten sich gerade noch in Sicherheit bringen, indem sie sich an die Wand pressten. Dann erreichten sie den zweiten Stock. Sie sahen den langen Gang vor sich.

»Hinten links, hat sie gesagt«, sagte Stammler keuchend.

Der Gang war menschenleer. Endlich standen sie vor dem Zimmer mit dem Schild ›201‹ an der Tür. Alle drei blieben stehen, beruhigten ihren Atem, sahen sich noch einmal kurz an, nickten, und Löffler drückte die Klinke nieder. Er öffnete langsam die Türe. Als sie weit genug offen stand, konnten sie Bernd Glauber am Bett seiner Tochter sitzen sehen. Er hielt ihren Kopf in der Hand, den er auf seinen Oberschenkel gebettet hatte. Vielleicht war sie bereits tot, vielleicht aber war dies auch nur die Normalität, die durch ihren komatösen Zustand verursacht wurde. Glauber schaute nur kurz auf, dann sah er wieder auf seine Tochter.

»Guten Tag, Herr Glauber, kennen Sie mich noch?«, fragte der Hauptkommissar.

Er blieb in der Türe stehen, und gab auch seinen beiden Kollegen Zeichen, dass sie sich nicht weiter ins Zimmer begeben sollten.

»Natürlich kenne ich Sie noch«, antwortete Glauber, ohne allerdings den Blick zu heben. »Ich habe sogar schon auf Sie gewartet. Sie kommen früher, als ich gedacht habe.«

»Ach ja?«

»Ja, denn es ist noch nicht vorbei. Ich wäre gerne alleine.«

»Sie irren sich, es ist vorbei. Hören Sie, Glauber, lassen Sie uns die Sache jetzt beenden, es hat doch keinen Sinn, wenn noch mehr Menschen sterben.«

Löffler ging ein, zwei Schritte ins Zimmer. Als Glauber dies bemerkte, griff er rasch in die Brusttasche seines Hemdes und holte etwas heraus. Als er es zum Mund führte, konnte man erkennen, dass es sich um eine Zyankalikapsel handelte.

»Lassen Sie das!«, rief Löffler ihm zu und hielt an.

Glauber nahm seine Hand wieder zurück, behielt aber die Kapsel zwischen Daumen und Zeigefinger der linken Hand, während er mit der rechten seiner Tochter über die Stirn strich. Monika Berger zupfte Löffler am Ärmel. Löffler drehte sich um.

»Hören Sie«, flüsterte sie, »ich habe da eine Idee. Sehen Sie, vor dem Fenster ist ein großer Balkon. Soweit ich sehen kann, nimmt er die gesamte Länge des Gebäudes ein. Ich will versuchen, ob ich nicht von der Seite durch die Glastür ins Zimmer komme. Damit rechnet er bestimmt nicht.«

»Und dann?«

»Entweder lenke ich ihn damit ab, und Sie können ihn schnappen. Oder ich bin so schnell, und kriege ihn selbst, ehe er sich die Kapsel in den Mund steckt.«

Löffler überlegte. Dann nickte er der Kollegin zu.

»Okay, gehen Sie, aber beeilen Sie sich, ich beschäftige den Mann inzwischen.«

Die Kommissarin verschwand aus dem Zimmer, während Löffler sich wieder einen Schritt nach vorne wagte. Sofort machte sich Glaubers linke Hand mit der Kapsel auf den Weg zu seinem Mund.

»Nun warten Sie doch«, rief Löffler ihm zu, »ich lasse Sie ja in Ruhe. Aber ein paar Fragen können Sie mir doch beantworten. Sie wissen ja, wie das mit Polizisten so ist, wenn ich nicht alles schlüssig belegen kann, werde ich unruhig.«

Glauber zögerte. Dann ließ er die Hand wieder sinken.

»Was wollen Sie denn wissen?«, fragte er.

»Na ja, zuerst mal ein Kompliment. Sie haben es Maika und Binder wirklich heimgezahlt, was sie Ihnen angetan haben.«

»Nicht nur dafür.«

»Oh, ja klar, die beiden haben ja noch mehr auf dem Kerbholz. Dopingtests. Dopingverkäufe. Kranke und verletzte Sportler, die sich auf sie eingelassen haben.«

Bernd Glauber schwieg.

»Aber nun hören Sie mir mal zu«, fuhr Löffler unbeirrt fort, »Sie haben der Menschheit vielleicht einen Dienst erwiesen. Aber um welchen Preis? Und wenn die beiden so schlimm waren, sind sie es dann wert, dass noch jemand wegen ihnen stirbt?«

Glauber hob den Kopf und sah ihn traurig an.

»Ich sterbe doch nicht heute, Herr Hauptkommissar. Ich bin schon vor langer Zeit gestorben. Aber das können Sie nicht verstehen. Hätten Sie Binder nicht wieder freigelassen, dann könnte er heute noch leben.«

»Was heißt das?«, fragte Löffler, während er einen weiteren Schritt ins Zimmer machte, »wollen Sie damit sagen, dass Sie Binder gar nicht umbringen wollten?«

Glauber schüttelte den Kopf. Wieder strich er über die Stirn der Frau in seinem Schoß. Inzwischen war deutlich, dass Katrin Glauber nicht mehr am Leben war. Ein Blick auf die Apparaturen am Kopfende des Bettes genügte, um sich darüber sicher zu sein. Alle Apparate waren abgeschaltet. Lose hingen ein paar Kabel herunter.

»Ah«, sagte Löffler, »ich verstehe. Sie wollten ihm den Mord an Maika in die Schuhe schieben. Na ja, fast wäre ihnen das ja geglückt.«

Glauber lächelte. Aber es war ein merkwürdiges Lächeln. Ganz sicher keines der Freude oder Zufriedenheit.

»Fast hätte es geklappt, nicht wahr?«

»Ja«, sagte Löffler, »fast.«

»Wissen Sie, ich wollte nicht, dass Binder stirbt, ich wollte, dass er den Rest seines Lebens in einer engen Zelle verbringt. Das wäre schlimmer, viel schlimmer für ihn gewesen als alles andere. Ich habe ihm dafür extra sein eigenes Gewehr untergeschoben, nachdem ich damit geschossen hatte. Das mit seinem Sterben ging dann viel zu schnell. Und er war auch noch betrunken. Aber er hat mich erkannt. Und er hat um sein Leben gebettelt. Wenigstens das.«

»Warum so grausam?«

Löffler schob sich wieder einen Schritt näher ans Bett der toten Katrin Glauber. Ohne seinen Blick direkt darauf zu richten, konnte er Monika Berger auf dem Balkon vor dem Zimmer sehen. Sie winkte Löffler vorsichtig zu. Dann deutete sie auf einen Drahtstuhl, der neben ihr stand. Sie machte eine Ausholbewegung.

Löffler schaute auf Glauber. Aber der war mit seiner Tochter beschäftigt, strich ihr die Haare aus dem Gesicht und zupfte an ihrem Kragen herum. Langsam schüttelte Löffler den Kopf. Mit der rechten Hand machte er das Zeichen dafür, dass sie sich noch gedulden sollte. Monika Berger nickte.

»Hören Sie, Glauber«, wiederholte Löffler, »warum all diese Grausamkeit? Sie hatten doch ihre Rache. Was soll denn jetzt noch kommen?«

Glaubers Kopf schnellte nach oben. Er zog eine Hand nach, sodass Katrins Kopf zur Seite kippte und nun zwischen Glaubers Knien hing. Er griff unter Katrins Kinn, hob den Kopf wieder hoch und legte ihn sanft zurück in seinen Schoß.

»Rache, sagen Sie«, begann er dann von Neuem, »es ging mir nicht um Rache, es ging darum, die beiden aufzuhalten. Was wissen Sie denn schon?«

»Dann erzählen Sie mir alles, was ich wissen muss!«

Wieder schob Löffler sich einen Schritt nach vorne.

»Sie haben wieder angefangen mit ihren Tests«, erzählte Glauber mit leiser Stimme, »sie haben wieder junge Menschen, fast Kinder, mit dem Zeug versorgt. Sie haben wieder junge, ehrgeizige, aber ahnungslose Sportler mit dem Zeug vollgepumpt. Und sie haben viel Geld damit verdient. Sie haben das Zeug an jeden weiterverkauft, der es sich leisten konnte. Und was ist passiert? Ein Junge, an dem sie die Tests gemacht haben, ist auf der Bahn zusammengebrochen. Kurzzeitiger Herzstillstand. Er hat sich wieder erholt. Sie haben es unter den Teppich gekehrt. Seine Eltern haben Geld bekommen, der Junge eine Reise. Können Sie sich vorstellen, dass Eltern bei so etwas mitmachen? Aber die Zeiten sind so, das Geld ist knapp, jeder schaut, dass er welches auftreibt. Der Preis dafür ist fast egal.«

Löffler schüttelte ganz leicht, kaum merklich den Kopf, als Monika Berger ihm von draußen wieder Zeichen gab, die bedeuteten, dass sie wissen wollte, ob sie jetzt eingreifen sollte. Sie pendelte bereits den Stuhl mit ihren Händen hin und her.

»Warum haben Sie das nicht gemeldet?«, fragte Löffler.

Glauber hob den Kopf und lächelte Löffler mit eher erstauntem Gesicht an.

»Anzeigen? Wem denn? Wer, glauben Sie, hat Interesse an einer solchen Anzeige, an einer solchen Information? Wäre die Polizei der Sache nachgegangen? Wohl kaum. Also, sagen Sie mir doch, wem ich das hätte melden können?«

»Lassen Sie uns später darüber reden«, sagte Löffler, »in aller Ruhe. Die ganze Sache ist ja jetzt zu Ende. Denken Sie doch auch an Ihre Frau.«

»Meine Frau«, fragte Glauber erregt, »was ist mit meiner Frau? Hat sie … ist sie …?«

»Nein, Herr Glauber, hat sie nicht. Ihre Frau wollte leben, und sie will, dass auch Sie leben, hat sie gesagt.«

Glauber schwieg ein paar Sekunden.

»Ach ja, meine Frau«, sagte er dann traurig, »ich dachte mir schon, dass sie nicht die Kraft hat. Über die Jahre hat sie schon alle Kraft verloren, die sie besaß. Sie war ausgebrannt und schwach. Ich dachte, ich tue ihr einen Gefallen. Aber sie hängt doch noch mehr am Leben, als ich dachte. Sie lebt lieber dieses fürchterliche Leben weiter, als dass sie einen Schlussstrich zieht. Aber ich kann auf sie keine Rücksicht mehr nehmen.«

Wieder ging Löffler einen kleinen Schritt nach vorne.

»Hören Sie, Herr Glauber«, sagte er eindringlich, »geben Sie mir diese Pille, stehlen Sie sich nicht so davon. Wenn Sie richtig gehandelt haben, dann …«

»Ich würde alles wieder genauso machen.«

»... wenn Sie also richtig gehandelt haben, wenn sie von dem, was Sie taten überzeugt sind, dann stehen Sie, verdammt noch mal, auch dazu. Oder wollen Sie als ein Feigling in Erinnerung bleiben, der sich aus seiner Verantwortung davongestohlen hat?«

Glauber blickte auf. Zum ersten Mal sah er Löffler in die Augen, und hielt dessen Blick stand. Fast konnte man den Eindruck gewinnen, dass er nun zum ersten Mal die Anwesenheit des Hauptkommissars so richtig wahrnahm.

»Reden Sie nicht so mit mir«, sagte er scharf, »Sie haben doch keine Ahnung. Ich kann nur so handeln, das ist der Plan.«

»Beruhigen Sie sich wieder«, sagte Löffler besänftigend, »ich will doch nur wissen, warum Maika und Binder über all die Jahre die Kosten für Ihre Tochter übernommen haben.«

Aus Bernd Glaubers Mund ertönte ein trockenes Kichern.

»Nicht nur die Kosten für meine Tochter, nicht nur das«, kicherte er weiter, »mir haben sie auch Geld gegeben. Und einen Job in ihrer Nähe. Ich habe mich zum Schweigen bringen lassen dadurch. Ich habe mir mein Leben so eingerichtet, wie sie es sich vorstellten. Ich habe gut gelebt, habe meine Tochter regelmäßig besucht und habe gelernt, nicht mehr an früher zu denken.«

Er machte eine Pause um Luft zu holen und um nachzudenken.

»Dann wollten sie nicht mehr bezahlen«, fuhr er fort, »von einem Tag auf den anderen. Sie wollten einfach nicht mehr bezahlen. Und sie wollten mich aus dem Verein werfen. Als ich ihnen sagte, dass ich dann zu der Polizei gehen und alles erzählen würde, haben sie mich nur ausgelacht. Ich sagte ihnen, ich hätte Beweise von damals, Unterlagen, Aufzeichnungen, Testergebnisse, Proben der Medikamente, alles das, was ich damals zur Seite geschafft hatte. Da haben sie noch lauter gelacht. Sie sagten, ich solle sie doch verklagen, das interessiere heute doch sowieso keinen mehr. Nach der langen Zeit. Mir wurde klar, dass sie recht hatten. Das alles ist lange her, und wen interessiert das schon – Doping. Aber meine Tochter, die liegt hier und erkennt mich seit über zwanzig Jahren nicht mehr. Und das Schlimmste, sie haben einfach weitergemacht. Sie haben sich neue, junge Menschen für ihren Dopingdreck gesucht, und sie vollgepumpt mit dem Zeug. So wäre es weiter gegangen, immer weiter.«

Bernd Glauber hatte sich in Rage geredet. Schweiß hatte sich auf seiner Stirn gebildet. Man konnte deutlich erkennen, wie er langsam die Kontrolle über sich verlor. Ein einsamer, hilfloser Mann, der sich vor einem Abgrund sah. Vor einem Abgrund, in den er bereit war zu springen. Löffler winkte mit der Hand. Monika Berger auf dem Balkon sah das Zeichen. Mit ihrer ganzen Kraft schwang sie den Stuhl und schmetterte ihn gegen die Glastür. Sie zertrümmerte die Scheibe. Scherben flogen durch das Zimmer. Der vollkommen überraschte Glauber drehte sich um, ließ dabei den Kopf seiner toten Tochter von seinem Schoß gleiten. Die Tochter hing nun zwischen Bett und Boden. Inzwischen hatte Löffler drei, vier schnelle Schritte auf Glauber zu gemacht. Er warf sich auf den Mann, dem bei dem Aufprall die blaue Kapsel aus der Hand fiel. Auch die Kommissarin war durch die Scherben ins Zimmer gestürzt und zerrte an Glaubers Schulter. Glauber versuchte, am Boden liegend, während Löffler auf ihm lag, an die Kapsel zu kommen. Löffler seinerseits zog an Glaubers Arm, damit dieser sie nicht erreichte.

Die Kapsel war unter das Bett gekullert. Zentimeter um Zentimeter kam Glauber näher an das Zyankali. Verzweifelt zerrte Löffler an Glaubers Oberkörper, und versuchte ihn zurückzuziehen. Auch die Kommissarin zog an Glaubers Beinen. Doch Glauber erreichte die Kapsel, trotz aller Anstrengungen der Polizisten. Er schob sie sich in den Mund, biss darauf und sein Körper erschlaffte. Löffler griff ihm in den Mund, versuchte, den Kiefer auseinander zu drücken. Aber vergeblich. Ein letztes Zucken ging durch Glaubers Körper, dann lag er ruhig da. Löffler lag auf Glauber, und ließ hilflos die Arme fallen. So lagen sie einige Sekunden, ehe Stammler dazukam und Löffler an den Schultern nach oben zog. Löffler ließ sich auf das Bett fallen, saß ein, zwei Minuten ruhig da. Zu seinen Füßen lag der tote Glauber, neben ihm kniete die erschöpfte Monika Berger.

»Fast hätten wir es geschafft«, sagte Löffler dann leise.

»Ja, fast«, sagte die Kommissarin.

»Aber vielleicht ist es besser so für ihn«, meinte Stammler.

Löffler winkte ab.

»Nein«, sagte er dann, »das ist nicht besser, so etwas ist niemals besser. Wir sind dazu da, um Mörder einzusperren, nicht um sie vor unseren Augen sterben zu sehen.«

Sie hörten die Stimmen von Menschen, die sich vor dem Zimmer versammelt hatten.

»Kommt, wir gehen nach draußen«, sagte Stammler, »die Ärzte sind da und die Spurensicherung. Sie wollen hier herein.«

»Sie sollen noch ein paar Minuten warten.«

»Gut, ich sage es ihnen.«

Stammler ging nach draußen und zog die Türe hinter sich zu.

»Wir haben alles versucht«, sagte Monika Berger, als sie sich langsam vom Boden erhob und neben Löffler trat.

»Ja, klar, alles. Aber genützt hat es trotzdem nichts.«

Schweigend blieben sie noch ein paar Minuten in dem Zimmer. Dann gingen sie nach draußen und machten den Raum frei.

Hauptkommissar Löffler und seine Kollegin Berger gingen über den Klinikparkplatz zu ihrem Wagen. Stammler hatte angeboten, zu Frau Glauber zu fahren und sie von dem zu unterrichten, was passiert war.

»Jetzt haben wir den Fall also doch noch gelöst«, sagte Monika Berger.

»Was haben Sie denn gedacht?«

Die Kommissarin lachte leise.

»Ich dachte nur eben daran, dass ja nun ihre Einstandsparty fällig ist.«

»Gerade eben ist ein Mensch vor unseren Augen gestorben, und Sie reden von einer Party. Ganz schön kaltschnäuzig.«

»Wenn wir die Party nicht stattfinden lassen, wird Glauber auch nicht mehr lebendig.«

»Stimmt«, sagte Löffler, und klopfte der Kollegin auf den Rücken, »Sie sind ja unsere Pragmatikerin. Aber Sie haben recht. Am Samstag machen wir das.«

Sie waren am Auto angekommen.

»Dann können wir uns jetzt eigentlich duzen«, sagte Berger, während sie die Beifahrertür öffnete, »nach so einem Fall.«

»Warum denn das?«

»Na, das macht doch alles viel einfacher.«

»Was denn genau?«

»Die Arbeit. Die Kommunikation. Die Stimmung.«

»Schön, aber was genau ändert sich dann?«

»Die Atmosphäre untereinander. Es wir irgendwie familiärer dadurch.«

»Aber wir sind doch gar keine Familie.«

»Ach, lassen wir es, vergessen wir das Ganze.«

»Vergessen? Was denn?«

Monika Berger war ins Auto gestiegen. Löffler ließ sich auf den Fahrersitz fallen.

»Dieter Baumann hat mir Karten für sein Kabarettprogramm geschickt.«

Sie sah Löffler fragend an.

»Karten für Sonntagabend. Hätten Sie Lust, mitzukommen?«

Die Kommissarin schaute überrascht. Dann lächelte sie und nickte.